AKAL / LITERATURAS
7

Director de la colección:
Francisco Muñoz Marquina

La colección *Akal Literaturas* proporciona a estudiantes y profesores textos esmeradamente editados y anotados, precedidos de una sencilla pero completa introducción y acompañados de un conjunto de actividades que favorecen, de un lado, la adecuada comprensión de las obras por parte del alumno y, de otro, lo animan a desarrollar su creatividad y expresión personal. Todos los volúmenes incluyen, además, una cuidada selección de documentos complementarios y el comentario de un texto de la obra editada que puede servir de modelo al estudiante para la redacción de sus propios comentarios.

Maqueta: R.A.G.

Diseño de cubierta:
Sergio Ramírez

© Jesús Maire Bobes, 2002

© Ediciones AKAL, S. A., 2002, 2003, 2006
Sector Foresta, 1
28760 Tres Cantos
Madrid - España

Tel.: 918 061 996
Fax: 918 044 028

www.akal.com

ISBN-10: 84-460-1527-7
ISBN-13: 978-84-460-1527-7
Dep. Legal: M. 7.422-2006

Impresión: Cofás, S. A.
Móstoles (Madrid)

Impreso en España / *Printed in Spain*

Reservados todos los derechos. De acuerdo a lo dispuesto en el artículo 270 del Código Penal, podrán ser castigados con penas de multa y privación de libertad quienes reproduzcan o plagien, en todo o en parte, una obra literaria, artística o científica, fijada en cualquier tipo de soporte, sin la preceptiva autorización.

CUENTOS DE LA EDAD MEDIA Y DEL SIGLO DE ORO

Edición de Jesús Maire Bobes

Jesús Maire Bobes, Doctor en Filología Hispánica y Catedrático de Lengua Castellana y Literatura, ha publicado numerosos artículos (sobre *La Celestina*, el *Quijote*, el teatro español del Siglo de Oro, etc.) en revistas como *Alazet. Revista de Filología* (Instituto de Estudios Altoaragoneses), *Archivum* (Universidad de Oviedo), *Epos* (Universidad Nacional de Educación a Distancia), *Sefarad* (Consejo Superior de Investigaciones Científicas), *Raíces*... Otros trabajos suyos han aparecido en actas de congresos como *Humanismo y literatura en tiempos de Juan del Encina* (Universidad de Salamanca) y *El teatro en tiempos de Felipe II* (Universidad de Castilla-La Mancha). Entre sus últimas publicaciones, figuran el *Vocabulario de Allande* (Oviedo, 1997) y la edición de una selección de textos de la *Divina Comedia* de Dante Alighieri (Madrid, 1999).

ÍNDICE

Introducción 9

    Marco histórico social 9
        Edad Media 9
        Siglo de Oro 13
    Panorama literario 23
        Edad Media 23
        Siglo de Oro 31

Bibliografía 37

Cuentos hebreos y musulmanes 39
Calila e Dimna 48
Sendebar 51
Barlaam y Josafat 59
Los castigos de Sancho IV 61
Don Juan Manuel: *El conde Lucanor* 63
Libro del caballero Zifar 75
Francesc Eiximenis 78
Anselm Turmeda: *La disputa de un asno* 81
Juan Ruiz: *Libro de buen amor* 89
Libro de los gatos 93
Libro de los ejemplos por A.B.C 101

Espéculo de los legos	104
Arcipreste de Talavera: *Corbacho*	110
Valerio Máximo: *Los nueve libros de los ejemplos y virtudes morales*	113
Ysopete	117
Giovanni Boccaccio: *Decamerón*	120
Cristóbal de Castillejo	135
Francisco Delicado: *La lozana andaluza*	137
Pedro Mejía: *Silva de varia lección*	140
Fray Antonio de Guevara: *Reloj de príncipes*	143
La vida de Lazarillo de Tormes	145
Luis de Pinedo: *Libro de chistes*	149
Juan Timoneda	151
Juan de Mal Lara: *Filosofía vulgar*	163
Antonio de Torquemada: *Jardín de flores curiosas*	166
Melchor de Santa Cruz: *Floresta española*	174
Floreto de anécdotas y noticias diversas	177
Lucas Gracián Dantisco: *Galateo español*	179
Jerónimo de Mondragón: *Censura de la locura humana y excelencias de ella*	181
Mateo Alemán: *Guzmán de Alfarache*	183
Miguel de Cervantes Saavedra: *El ingenioso hidalgo don Quijote de la Mancha*	185
Lope de Vega	190
Mira de Amescua: *Galán, valiente y discreto*	194
Francisco de Quevedo: *Vida del buscón llamado don Pablos*	195
Vicente Espinel: *Vida del escudero Marcos de Obregón*	197
Juan de Arguijo	199
Pedro Calderón de la Barca	201
Juan de Robles: *El culto sevillano*	204
Alfonso de Andrade	206
Baltasar Gracián: *El Criticón*	209
Francisco Santos	211
Un cuento popular asturiano: *El cura chiquito*.	213

Glosario	215
Actividades	219
Actividades de comprensión	219
Actividades de recapitulación	246
Otras actividades	247
Textos complementarios	255
Comentario de texto	263

INTRODUCCIÓN

A mi familia

MARCO HISTÓRICO SOCIAL

EDAD MEDIA

La sociedad medieval castellana estaba ordenada en tres grupos sociales (llamados *estados, brazos, órdenes* o *estamentos*); a saber: *bellatores, oratores* y *laboratores*. Esta segmentación trataba de imitar la ordenación celestial, la cual también se dividía en tres órdenes o coros angélicos. Los *bellatores* (defensores) eran nobles que se dedicaban a combatir con las armas; los *oratores* (oradores) eran clérigos que se consagraban a rezar; los *laboratores* (trabajadores) eran villanos que se aplicaban a labrar los campos, a comerciar y a efectuar otras labores. Las personas no eran iguales ante la ley puesto que cada estamento tenía su propio régimen jurídico y debía cumplir unas funciones determinadas en la vida. Si un individuo se extralimitaba, era castigado (cuento n.º 6). En el reino de Aragón, los estados eran: *maiors (mayores), mitjans (medianos)* y *menors (menores)*.

Los tres estados

La nobleza	El estamento privilegiado era la nobleza, aunque sus componentes, a causa de su diverso poder y riqueza, formaban tres categorías: aristócratas (magnates, príncipes, próceres), caballeros e hidalgos. Los señores más poderosos y ricos gobernaban las poblaciones, castillos o tierras que el rey les concedía en préstamo, beneficio u *honor*. Los nobles estaban protegidos por una inmunidad especial, llamada *honra,* la cual castigaba severamente cualquier agravio que recibiesen o atropello que padeciesen, impedía a los oficiales reales la entrada en sus dominios, los eximía del pago de *pechos* (tributos), les permitía disfrutar de numerosas exenciones, les otorgaba estatuto jurídico propio y los liberaba de la obligación de ir a la guerra si el rey no les concedía honores. Otras prebendas menores, pero muy apreciadas y valoradas, consistían en sentarse en los bancos más ostentosos y destacados de las iglesias, ocupar los lugares más solemnes en procesiones y ceremonias, etc. Duques, condes, prelados y personas de rango similar estaban revestidos de dignidad, eran respetados y honrados. La honra constituía, justificaba y presidía el sistema estamental; fundaba la mentalidad nobiliaria, simbolizaba el poder señorial, se resumía en el trato de favor recibido, se asimilaba a poder y rango, llevaba consigo obediencia y homenaje, representaba derechos (mercedes, títulos, cargos) y brillaba exteriormente (pompa, esplendor, derroche).

El clero	El clero también disfrutaba de privilegios. Si un clérigo era acusado de homicidio, sólo podía encargarse del caso un tribunal eclesiástico; los abades, priores y obispos disfrutaban de un rango y de un patrimonio similar al de los magnates; los prelados también participaban en la vida de la Corte. La Iglesia se encargó de difundir la teoría de que el poder del monarca procedía de Dios, bien directamente, bien a través del pontífice. Para otorgar mayor verosimilitud a este postulado, los príncipes de la Iglesia investían a los monarcas de su dignidad y aseguraban que eran reyes «por la gracia de Dios» y que hacían las veces de Dios en la tierra, en donde eran sus vicarios. Cristo (o su madre o los santos) amparaban al caballero si éste defendía el cristianismo (n.º 28). En caso contrario, el caballero era castigado (n.º 15).

En la sociedad medieval, el guerrero alcanzaba el nivel más elevado de la escala de valores. Las armas conferían por sí una nobleza y al mismo tiempo unas obligaciones. Caballero era sinónimo de valiente y cortés. En el polo opuesto se encontraba el villano, cuyos rasgos distintivos eran cobardía y grosería. La literatura —escrita por nobles y clérigos— recogió sobradamente dicha distinción. En nuestros días, aún se identifica al caballero con persona elegante y amable. Se dice de una persona educada: «Es todo un caballero». Por el contrario, el vocablo *villano*, que en su origen significaba «habitante de villa», ha pasado a designar a «hombre ruin, malvado».

Caballeros frente a villanos

El estado llano estaba constituido mayormente por campesinos, que también eran llamados *pecheros* porque pagaban pecho o tributo. Los labriegos estaban sujetos a los señores por vínculos que limitaban su libertad. No sólo carecían de honores, sino que debían prestar servicios y cultivar las tierras; además, eran considerados por los señores como si fueran animales. Se creía que el hecho de tener que pagar pecho implicaba degradación e inferioridad. Desde el punto de vista señorial, cualquier individuo que trabajara con sus manos (el villano) era vil, poseía «fealdad moral» y merecía todos los desprecios:

El estado llano

estaba *deshonrado*. Esta situación era general en Europa. En 1336, el abad del monasterio cisterciense de Vale Royal (condado de Chester, Inglaterra) obligaba a sus aldeanos a reconocer sobre las Sagradas Escrituras que «eran villanos, ellos y sus hijos después de ellos por toda la eternidad». Otro prelado estimaba que los campesinos no poseían más que su vientre. En Castilla, don Juan Manuel juzgaba que los campesinos se hallaban abocados a la condenación eterna. En Cataluña, el franciscano Francesc Eiximenis aseguraba que los villanos eran desvergonzados, no tenían derecho a honor alguno y llevaban una vida bestial (n.º 16).

Los burgueses

Aunque no con la misma intensidad que en otros lugares, en Castilla también se desenvolvió la actividad mercantil (n.º 5). Muchos artesanos y comerciantes —llamados en los documentos *ruanos* o *burgueses*— lograron liberarse parcialmente del yugo señorial y establecieron un poder municipal en villas y ciudades. En el siglo XIII, Alfonso X el Sabio reglamentó la ostentación y fausto de mercaderes que, como se habían enriquecido con el comercio, la contratación y las transacciones, imitaban la vida lujosa de los aristócratas. En el siglo XV, la actividad mercantil alcanzó gran intensidad: se crearon bancos municipales, se activaron las ferias, aparecieron las letras de cambio y surgieron establecimientos bancarios. En Aragón, ricos mercaderes compraban baronías, casaban a sus hijos con nobles de linaje y construían mansiones en la ciudad que estaban repletas de lujosos paños y tapices. Dichas personas se habían enaltecido y disfrutaban de privilegios similares a la nobleza: exención del pago de tributos, libertad para ingresar en una Orden Militar y otras prebendas. Habían medrado, ascendido en la escala social y pasado de servir a ser servidos, de respetar a ser respetados, de estar deshonrados a ser honrados. De hecho, en Valencia y en Barcelona, tales individuos fueron llamados *ciutadans honrats* (ciudadanos honrados). Muchos escritores reaccionaron vivamente contra esos advenedizos (n.ºs 12, 42).

SIGLO DE ORO

Este latinismo *(aureum saeculum)* designa el periodo más brillante de la literatura española, el cual abarca los siglos XVI (el *Renacimiento*) y XVII (el *Barroco*). Por extenderse a dos centurias, hoy en día se habla también de *Siglos de Oro* y de *Edad de Oro*. No obstante, otro punto de vista, que se fija no sólo en las glorias literarias y artísticas, sino también en las dificultades, crisis y contrariedades que fueron padecidas por España en aquella etapa de su historia, prefiere la expresión *Edad conflictiva*.

Aun cuando no resulte fácil deslindar periodos históricos, puede afirmarse que las formas de vida medievales tocaron a su fin a causa del florecimiento comercial que tuvo lugar en las ciudades italianas durante el siglo XIV, y que se afirmó en el XV, siglo en que se desarrolló un movimiento cultural que se caracterizó por el estudio de la Antigüedad clásica. Este periodo cultural y social, llamado *Renacimiento*, se extendió posteriormente por Europa hasta finales del siglo XVI (aunque los límites cronológicos no siempre coinciden en todas las naciones). Esta etapa de la civilización presenció el nacimiento de estructuras económicas de tipo capitalista, se desenvolvió dentro del marco del Estado moderno y concedió gran importancia al saber de la Antigüedad. No es que en el Renacimiento la Iglesia perdiera

El Renacimiento

su poder, sino que los hombres de este periodo se inclinaban más ante los clásicos griegos y latinos que ante la doctrina de los Santos Padres. La renovación tuvo un protagonista: el ser humano. Los pintores iluminan sus facciones en retratos, los escultores reproducen su figura en estatuas, los arquitectos aseguran su huella en palacios, los músicos cantan sus emociones en madrigales, los escritores proclaman su dignidad en diálogos; los filósofos, en fin, señalan en sus escritos: *gran milagro es el hombre*. Surgen biografías, memorias y autobiografías, las cuales contienen numerosos datos personales. Despierta la curiosidad del hombre, que, confiando en la razón, estudia el cuerpo humano, busca y encuentra nuevos mundos, se preocupa de la naturaleza, etc.

La economía renacentista

La economía medieval tendía a la subsistencia. Se aceptaba que las ciudades o villas negociaran, pero con el objetivo de ser suficientes y abundantes para sí mismas puesto que la Iglesia condenaba la usura (n.ºs 35, 36). Los servicios que prestaban los señores eran pagados por el rey con honores: tierras, villas y castillos. Era una economía estática e inmovilista. En cambio, en el Renacimiento, se tiende hacia el negocio especulativo, hacia la economía dinámica y activa. Es decir, las operaciones comerciales persiguen el objetivo de obtener beneficios. Cobran gran auge las ciudades y el comercio, el sistema feudal se descompone. Los honores con que el rey distingue a los señores son diferentes: cargos diplomáticos, jefes de los tercios, puestos en la corte. Florecen los préstamos con interés y se incrementa el afán de lucro, que es típico de la mentalidad burguesa.

El atraso castellano

La frase de Celestina («A tuerto o a derecho, nuestra casa hasta el techo») muestra dicha realidad, aunque en España el Renacimiento no se desarrolló con la misma intensidad que en otros países europeos. Una de las causas de este atraso se debió a que no se impusieron los valores burgueses: importancia del esfuerzo personal, utilidad del trabajo, necesidad del ahorro, espíritu de orden. Además, Castilla exportaba sus materias primas —hierro, lana, seda— y posteriormente, cuando éstas eran manufacturadas en el extranjero, se veía obligada a importarlas a un precio mucho mayor. Por otro lado, la Iglesia seguía condenando la usura (se conservan cartas de algunos comerciantes en las que estos individuos manifiestan escrúpulos de conciencia cuando se trataba de conceder préstamos con interés), y las actividades comerciales e industriales no estaban bien consideradas por la población, que solía ver en ellas residuos de judaísmo.

En la sociedad medieval, las oportunidades de medrar eran escasas, pero los cambios económicos que hubo en la baja Edad Media introdujeron categorías sociales que no se basaban tanto en el nacimiento como en la posesión de riqueza, y ayudaron a romper con la sociedad estamental. Los burgueses copan puestos en los municipios, se ennoblecen comprando *ejecutorias de hidalguía* y forman un poderoso patriciado urbano que, junto a los nobles de cuna, gobierna villas y ciudades. Este grupo social de burgueses estaba formado por banqueros y ricos mercaderes aunque también tenían cabida en él notarios, médicos y letrados.

Promoción social

Los Reyes Católicos (1476-1504) trataron de imponer un orden político que se adecuara a los cambios económicos que se habían producido en la baja Edad Media, perfilaron las estructuras del Estado moderno, intentaron limitar el dominio señorial y reforzar el poder de las ciudades, etc. La nueva concepción del Estado permitió la

El Estado moderno

creación de nuevos organismos que se encargaron de cuestiones diferentes: la administración central, la justicia, el «orden público», etc. Ciertamente, el orden se obtuvo a costa de muchos atropellos y arbitrariedades, pero también es evidente que, para muchos de los cargos mencionados, aquellos monarcas seleccionaron a personas que no pertenecían necesariamente a la nobleza. Diego Hurtado de Mendoza, en su *Guerra de Granada,* sostiene que los Reyes Católicos pusieron el gobierno de Granada en manos de letrados y de *gente media entre los grandes y pequeños,* y atendieron no tanto al valor de la sangre como al valor del individuo: personas que destacaban por su rectitud y competencia, por no *gastar suntuosamente* y por su trato humano y blando. De este modo, el servicio al rey pudo hacerse de nuevos modos, los cuales también otorgaban honores: representándolo en los tribunales o en los municipios (n.º 79) siendo sus virreyes en las Indias, luchando en los tercios, etc. La expresión *Iglesia, mar o casa real si quieres medrar* expresa claramente las expectativas que se abrían a las personas que aspiraban a promocionar y mejorar en la escala social.

Los conversos

Algunos no tuvieron posibilidades de medrar. Por ejemplo, los judíos, quienes fueron expulsados en 1492 (n.º 79). Sin embargo, los hebreos que se convirtieron al cristianismo pudieron permanecer en el reino. Eran los conversos o cristianos nuevos, cuya vida, a causa de las delaciones, corrió peligro en muchas ocasiones (n.º 86). Antes de la expulsión, los judíos no podían acceder a cargos en los municipios, ni en la Iglesia, ni en la Universidad, pero al convertirse al cristianismo, vieron que se les abrían las puertas de los cargos públicos. Los cristianos viejos o cristianos *lindos* —es decir, *limpios,* cuyos antepa-

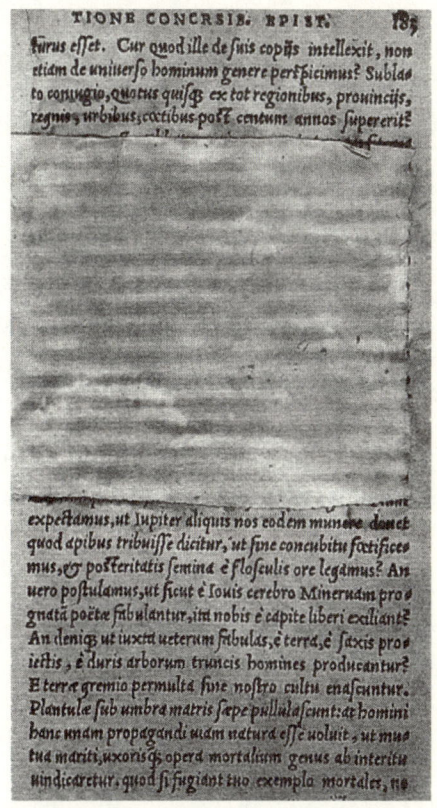

Página de una obra de Erasmo censurada por la Inquisición.

sados no habían tenido sangre hebrea o musulmana— mostraron su enojo e impulsaron el establecimiento de estatutos de limpieza de sangre cuyo objetivo principal consistía en impedir a los conversos el acceso a dichos oficios o cargos públicos. Cualquier persona que se desviara del dogma católico —advertida o inadvertidamente— corría el riesgo de terminar en las garras del Santo Oficio de la Inquisición. Si un individuo era perseguido por la Inquisición, perdía la fama, sus bienes y el honor.

El Barroco   Entre 1600 y 1700 se extendió un periodo que los expertos denominan *Barroco*. Se ha dicho que el Barroco supuso una vuelta a la Edad Media. Entre otras razones, se apunta el auge que experimentaron los valores religiosos tradicionales; dicho relieve se manifestó, por ejemplo, en la preocupación de los reyes por la salvación: Felipe IV y Carlos II ordenaron en sus testamentos que se dijeran cien mil misas por su alma. Con todo, aunque hay rasgos comunes entre la Edad Media y el Barroco, es preciso tener en cuenta que no se produjo un regreso al feudalismo.

Decadencia y corrupción   Durante el Barroco, se originaron cambios políticos, sociales y culturales. La monarquía de los Habsburgos (los Austrias), que regía los destinos de nuestro país, entró en una irreversible decadencia (n.º 88). Se dio la paradoja de que la monarquía de los Austrias dominaba medio mundo, pero sus estructuras económicas estaban anticuadas, pues estaban anquilosadas en los tiempos medievales. Algunos datos pueden ayudarnos a entender los motivos del deterioro que se originó en la vida nacional: descenso de la población a causa de epidemias, mortalidades y expulsiones; disminución de los envíos monetarios de América; despoblación del mundo rural; aumento de la mendicidad. Otros factores no menos importantes fueron el retraso tecnológico, el escaso desarrollo de la industria nacional y la dependencia de la industria extranjera. La Corona parecía hechizada porque, a pesar de que existía una crisis enorme, continuaba gastando en exceso y despilfarrando en fiestas, viajes y regalos. Las guerras exteriores causaban también carencias en las arcas públicas.

Con el fin de paliar la escasez, se idearon recursos claramente inmorales, al menos desde nuestra perspectiva histórica. Uno de ellos fue la corrupción: los validos o favoritos de los reyes cobraban grandes sumas de dinero por la venta de cargos en la Corte, en los Consejos o en la Administración. Cuando caía un gobierno, entraba otro nuevo que tenía ganas de enriquecerse pronto (n.º 109). En realidad, la corrupción ya se había instalado en las esferas de poder durante el reinado de Felipe II, quien, con el objetivo de llenar las vacías arcas del Tesoro real, vendió muchos cargos (por ejemplo, los de concejal). Este procedimiento causó enormes trastornos puesto que los compradores, al intentar sacar provecho de las «inversiones» realizadas, aumentaban la corrupción. Todo cuanto venimos diciendo condujo a un periodo de crisis, cuya expresión más grave consistió, probablemente, en la sublevación de Portugal y Cataluña, la cual tuvo lugar en 1640.

El dinamismo económico que se produjo en la baja Edad Media y en el Renacimiento abrió cauces para que muchos individuos mejorasen su posición social. Las personas que llegaban a ser regidores, alcaldes, escribanos, y todos cuantos conseguían oficios que otorgaban prestigio y poder, estimaban que habían alcanzado cargos dignos y, por tanto, sentían que *valían más* y se consideraban *honrados*. Ocurría lo mismo si se mejoraba de trabajo (por ejemplo, abandonando «oficios viles» —herrero, carnicero, comediante, molinero, mesonero, ganapán—, por otros de mayor categoría). De este modo, en el Siglo de Oro el común de la población, que trataba de imitar el modo de vida nobiliario, se obsesionó con la honra, que medía el valor de la persona en la escala social. El *valer más* (o su contrario: *valer menos)* no se basó ya tanto en la cuna como en los hechos que llevaba a cabo el individuo, y se buscaba *ser más que otro*. El descubridor y aven-

La honra

turero Lope de Aguirre aseguraba que *el que no es más que otro no vale nada*.

Ahora bien, era preciso demostrar a ojos de la comunidad que *se valía más*. Esta vanagloria influyó en el concepto de *honra*, el cual adquirió el matiz de mostrar ostentación y jactancia. Aunque soportara hambre, el hidalgo necesitaba exhibir un porte noble y mantener su dignidad (buena muestra es la figura del escudero de *Lazarillo de Tormes*). El poderoso —ya fuese religioso o seglar— necesitaba exhibir su categoría exteriormente y demostrar ante todos que era rico y fuerte; por ello, manifestaba su excelencia y categoría teniendo muchos lacayos, entrando en las ciudades con la compañía de muchos pajes, vistiéndose con brillo y exigiendo acatamiento a su persona (n.º 76). Para que no mermase su honra, muchos nobles se empeñaban económicamente convidando a suntuosas fiestas o a espléndidos festines. A mayor lujo, ostentación y engrandecimiento, mayor honra. Cuanto menos estimado y poderoso era un individuo, menos honra tenía. Deshonra era sinónimo de bajeza, agravio, debilidad y vileza. A mayor número de privilegios, más honra; a mayor número de infortunios, menos honra. La obsesión por la honra y la ceremonia alcanzó a toda la población (n.ºs 53, 88).

La situación de la mujer

Algunos aspectos de la sociedad no se transformaron. La situación de las mujeres apenas se modificó; su ocupación principal continuó siendo la maternidad: la mayoría de ellas daba a luz cada dos años aproximadamente. Había mujeres que parían más de veinte veces a lo largo de su vida, aunque las desdichadas condiciones sanitarias causaban la muerte de muchas. Pestes, epidemias y guerras mandaban a la tumba a multitud de personas aun cuando los más débiles

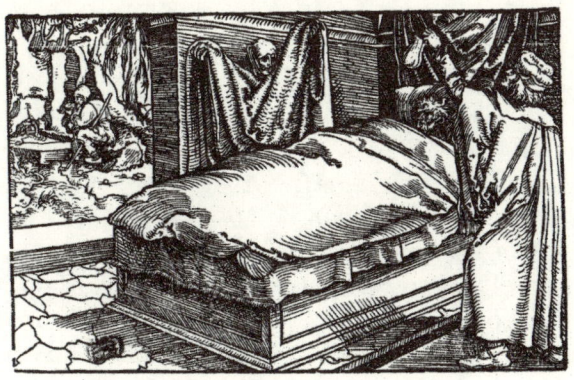
Remedios extravagantes para curar la peste.

—los niños— se llevaran la palma. Otra *salida* que tenían las mujeres era ingresar en un convento al que, en muchas ocasiones, entraban forzadas por su propia familia. Este hecho puede explicar el estado de inmoralidad que se vivía en muchas comunidades de religiosas (n.º 72).

Es cierto que los episodios históricos influyen en los literarios, pero también parece evidente que, en ocasiones, aquéllos se inspiran en éstos. No afirmamos que la lectura de un cuento de Boccaccio (n.º 43) animara a nadie a conducirse como el protagonista del mismo, pero es obvio el enorme parecido que guarda dicho relato con el siguiente suceso histórico: hacia 1530, un comunero se refugió en un convento de monjas, embarazó a catorce de ellas y fue denunciado por una monja anciana a la que no quiso complacer. Sin embargo, muchas monjas llevaron una vida virtuosa y fueron muy cultas (eran una excepción dentro del analfabetismo casi general de la población). La educación de la mujer preocupó a muchos tratadistas, los cuales indicaban cuál debía ser la conducta de la esposa: honestidad, discreción y obediencia (n.ºs 70, 95). Fray

Luis de León señalaba que la casada debía soportar y solazar al marido cuando éste llegaba al hogar. Estaba muy mal visto que la mujer saliera de casa aunque se hacía una excepción: ir a misa. Con todo, las mujeres se preocupaban de su belleza e higiene (n.º 108). En general, los escritores se burlaban de las mujeres que estudiaban y las tachaban de *cultas* (n.º 59).

Supersticiones   En el Siglo de Oro también se conservaron las supersticiones antiguas. Algunos individuos cultos de la sociedad creían que las estrellas influían en el comportamiento humano. Así, se admitió que la aparición de cometas en 1556 y en 1577 anunciaba conflictos sociales y guerras. Antonio de Torquemada cuenta que un astrólogo, el padre del papa Marcelo, pronosticó que su hijo llegaría a «pontífice máximo, pero de tal manera lo será que no lo será». Como Marcelo fue elegido papa y murió al cabo de veinte días, se creyó que el vaticinio se había cumplido. Así mismo se aceptaba tanto la eficacia de las artes mágicas para lograr determinados objetivos como la capacidad de la Iglesia para practicar conjuros. El propio Antonio de Torquemada afirmaba: «Los hombres santos y religiosos, por virtud de las palabras santas y exorcismos ordenados por la Iglesia, atormentan a los demonios y los fuerzan a que salgan de los cuerpos donde entran y que hagan otras operaciones». La ciencia renacentista también admitía el poder de las artes mágicas. La literatura refleja el miedo popular a los fantasmas (n.º 71), el poder de los demonios (n.º 73), la creencia en presagios y adivinaciones (n.ᵒˢ 103, 104). Muchos creían que las brujas celebraban reuniones en donde sometían su voluntad al demonio, bailaban y copulaban con diablos. La simple mención del nombre de Dios implicaba la desaparición del aquelarre y de las orgías que allí tenían lugar.

Panorama literario

Edad Media

Probablemente, los cuentos son el género literario que más ha fascinado a los seres humanos (de cualquier país y condición). En sus comienzos, los cuentos tuvieron carácter oral, pero después pasaron a ser colecciones escritas (el carácter oral que poseyeron en su origen explica las diferentes variantes que del mismo cuento hay en culturas y comunidades distintas) y fueron recogidos por los escritores en sus obras. Sin embargo, no resulta fácil deslindar los cuentos populares de la tradición culta. Así, un cuento como el de «la lechera» alcanzó tal difusión que fue tratado en múltiples variantes: fue recogido por don Juan Manuel, apareció en *Calila e Dimna* (n.º 6), etc.

El cuento popular

Ciertamente, la semejanza que existe entre mitos y relatos de pueblos diferentes indica que, posiblemente, la cultura de Occidente tiene unos comienzos comunes. Durante muchos siglos, el idioma que conservó esas raíces y permitió el contacto entre personas de distintos reinos fue el latín, pero, como es sabido, dicha lengua se fraccionó en las lenguas románicas. En Castilla, el proceso que permitió el predominio del castellano (llamado entonces *romance* o *lengua vulgar*) sobre el latín fue lento, pero incontenible. Los primeros balbuceos del romance fueron apareciendo en documentos y en textos litúrgicos. Ahora bien, ¿qué motivos pudieron inducir a los monarcas medievales a sustituir la lengua latina por la vulgar en documentos y escritos filosóficos, literarios o científicos?

Las traducciones castellanas

A fines del siglo XII, el castellano se fue imponiendo. Alfonso X comprendió la importancia que había alcanzado la lengua vulgar y decidió generalizar su empleo. En su determinación influyeron varias razones: el castellano servía de vehículo de comunicación entre musulmanes, judíos y cristianos, y permitía al rey comunicarse con su pueblo y gobernar mejor su reino. Es preciso tener en cuenta que la mayoría de la gente ignoraba el latín puesto que se comunicaba en lengua vernácula, y sólo una minoría letrada conocía la lengua de Roma.

Cuando aumentó el interés por conocer de modo más profundo los textos filosóficos orientales y grecolatinos, los reyes fomentaron la tarea de traducirlos al romance. Aparecieron entonces las traducciones castellanas de colecciones orientales: *Calila e Dimna, Sendebar,* etc. También se tradujeron libros de sentencias: *Bocados de oro, Poridat de poridades*...Curiosamente, en la literatura castellana medieval apenas se encuentra el vocablo *cuento,* sino *apólogo, fábula, enxiemplo.*

La cultura semita

En la tarea de traducir los textos al romance participaron sabios árabes y hebreos. Las versiones árabes desempeñaron un papel primordial en la transmisión de la cultura oriental a Occidente. Árabes y hebreos habían traducido a sus idiomas los textos griegos, latinos, hindúes, etc. Además, en muchos aspectos su cultura (n.os 1, 2, 3) sobresalía por encima de la europea. La convivencia de musulmanes, judíos y cristianos —pacífica en muchas ocasiones— permitió a estos últimos el conocimiento de la rica narrativa oriental. En el siglo XII, Pedro Alfonso, hebreo convertido al cristianismo, compuso en latín *Disciplina clericalis (La instrucción de letrados),* cuya repercusión fue considerable pues influyó en muchos autores posteriores.

El interés medieval por el saber se refleja en *Las Partidas* (obra jurídica del siglo XIII), en donde se indican cuáles eran los estudios en la Edad Media: estudio general (con maestros de Lógica, Geometría, Música, etc.) y estudio particular (un maestro impartía clase a pocos escolares). El estudio general debía estar aprobado por el papa o el rey; el estudio particular sólo necesitaba la autorización del obispado o del municipio. Los ciudadanos debían honrar y guardar a los maestros, a los escolares y a «todas sus cosas». Los maestros eran clérigos; es decir, hombres que habían recibido las órdenes sagradas. No obstante, en la Edad Media, el vocablo *clérigo* también definía a cualquier hombre letrado y de estudios escolásticos, aunque no tuviese orden alguna, en oposición al indocto o al que no sabía latín.

Los estudios medievales

En la India, los cuentos tenían un marcado carácter didáctico pues trataban de instruir a los reyes, pero, como éstos no podían contar siempre con suficientes elementos de juicio para tratar de los asuntos más espinosos, parecía lógico que se hallaran rodeados de una corte de sabios que pudiera aconsejarlos sensatamente en determinadas circunstancias de gobierno. No obstante, a medida que dichos textos fueron traducidos a otras lenguas (persa, siriaco, árabe), estas colecciones adquirieron rasgos de las nuevas culturas: se generalizó el afán educativo y se adaptaron los fines instructivos a los nuevos credos y religiones. El deseo de enseñar se nota reiteradamente pues de los cuentos extraemos consejos como los siguientes: no debemos apresurarnos cuando enjuiciemos a otra persona; seamos prudentes; procuremos conocer el corazón del prójimo; si nos vemos obligados a luchar contra quienes son más fuertes que nosotros, usemos de la astucia y no de la fuerza; etc.

Carácter didáctico de los cuentos

25

Los castigos   En los libros de máximas, encontramos consejos como este: «Quien castiga a su hijo cuando es pequeño, huelga con él cuando es grande». En la Edad Media, aún se mantenía el sentido latino del vocablo *castigare* (aconsejar, enmendar). Hoy en día, el término se emplea casi siempre con la acepción de *punir* (imponer una pena o castigo). En la mayoría de estos tratados sobresale un afán moralizador. Así, en *Castigos y doctrinas que un sabio daba a sus hijas* (texto conservado en un códice del siglo XV), un sabio aconseja a sus hijas sobre temas variados y les indica cómo deben comportarse (vestir honestamente, no abusar de afeites ni cosméticos, no frecuentar juegos o toros, no aficionarse a oír palabras sucias ni menos decirlas ellas, responder con aspereza a cualquier requerimiento masculino...). No educar bien a los hijos implicaba un riesgo considerable (n.º 10).

Importancia del saber   Los libros de sabiduría interesaban porque en la Edad Media el saber era considerado una de las mayores riquezas que podía poseer el hombre. En el capítulo XXI del *Libro de los cien capítulos*, leemos: «Más vale saber que haber [poseer] ca [pues] el saber guardarte ha y el haber haslo tú de guardar». Ahora bien, en la Edad Media también se estimaba que el saber servía para sostener la autoridad real porque la sabiduría podía enseñar al monarca a obrar bien, a velar por su seguridad, a conocer a los buenos asesores, a descubrir la traición, a cuidarse de los enemigos; en definitiva, a conservar su hacienda y trono. En el *Libro de los cien capítulos,* se compara al saber con una vela de encender: «El saber es tal como la candela que cuantos pasan cerca de ella enciendan si quieren y alúmbranse con ella, y ella no vale menos por ello». Estas máximas —como los apólogos— se repiten en unos libros y en otros. En *Flores de filosofía,* leemos: «Sabed que el saber es tal como la candela, que cuantos quieren tizones se alumbran de ella y ella no vale menos ni mengua por ende». De igual modo, se compara a los sabios con los peregrinos: «Los sabios son como los pelegrinos en el mundo porque son ellos pocos y los otros, muchos».

En la Edad Media, predominaba la teoría aristotélica de la ciudad autárquica; es decir, se creía que la ciudad podía autoabastecerse. La sociedad medieval se administraba conforme a estructuras inmóviles y cerradas; por tanto, se trataba de una economía que pretendía únicamente surtirse a sí misma. Importaba, sobre todo, almacenar la producción de cereales y otros alimentos básicos para que las poblaciones dispusieran de suficientes recursos de subsistencia. A ese concepto de economía cerrada y agraria le correspondía la idea de que la ciencia también debía estar almacenada. Se creía, por tanto, que, de la misma manera que se guardaba el grano, también era preciso atesorar el saber. No existía conciencia de la necesidad de aprender, investigar y descubrir más porque se admitía que la sabiduría o la ciencia eran sistemas completos y tenían un carácter estático al que no se le podía incorporar nada nuevo porque todo el saber estaba ya recopilado, recogido, *almacenado*. En la Edad Media, los árabes fueron un modelo fiel de esta consideración de la sabiduría y la ciencia porque se dedicaron a copiar y coleccionar las obras más destacadas de la cultura de la Antigüedad.

Concepto aristotélico del saber

Disciplina clericalis, de Pedro Alfonso, no sólo influyó en escritores posteriores, sino también en los ejemplos doctrinales *(ejemplarios)* que utilizaban los predicadores en sus sermones porque, cuando la Iglesia se dio cuenta de que las ejemplificaciones, bien antiguas, bien populares, cap-

Los ejemplarios

taban más el interés del auditorio que los comentarios —verso a verso— de los Evangelios, permitió el uso de las mismas en los sermones y, de este modo, se generalizó su empleo a partir del concilio de Letrán (1215). Pronto aparecieron repertorios de ejemplarios, cuya función consistía en ofrecer a los predicadores buen número de anécdotas o relatos breves que servían para apoyar sus exposiciones doctrinales o ilustrar sus sermones.

El exemplum   En realidad, la Iglesia asimiló la tradición griega y adoptó la técnica del *exemplum* clásico. El *exemplum (ejemplo)* cumplía una función importante dentro de la retórica; servía para persuadir de modo inductivo y para emocionar y convencer. En la tradición latina, el *exemplum* alcanzó una función moralizadora y adquirió también una dimensión más literaria. Otra forma del *exemplum* consistió en expresar determinados conceptos (astucia, castidad, triunfo) a través de héroes de ficción o históricos (Ulises, Lucrecia, Alejandro Magno). Los Padres de la Iglesia (doctos eclesiásticos que defendieron e ilustraron el dogma católico en los primeros tiempos del cristianismo) utilizaron el *exemplum* para sus fines doctrinales, para enseñar las vidas de santos y los milagros de éstos, etc. Ciertamente, dichos relatos breves eran amenos y captaban la atención de las gentes a las que se intentaba catequizar. En el siglo XIII, aparecieron colecciones de *exempla* (ejemplos) que ofrecían al predicador un amplio repertorio de historias entre las que podían elegir aquéllas que mejor se acomodaran a su homilía o sermón (n.ºs 22-36). Con todo, el modelo pagano sobrevivió (n.ºs 38, 39, 40).

Las fábulas   Las fábulas de Esopo fueron difundidas profusamente durante la Edad Media y obtuvieron el aplauso general (n.ºs 41, 42). Una de las razones del éxito estribó, probablemente, en que la fábula expone una ficción alegórica que, bien representando a seres humanos, bien personificando a seres no racionales, ofrece una enseñanza provechosa. Los animales se convierten en personajes cuya conducta estimula al receptor a reflexionar sobre el hombre y su mundo; al final, una moraleja suele resumir la intención moralizadora del texto.

Siempre se ha dicho que las colecciones de cuentos medievales poseían un destacado carácter misógino; es decir, estos cuentos se caracterizarían por narrar historias que revelan odio a las mujeres, pero habría que admitir con reservas esta afirmación porque, si bien es cierto que se resalta la lujuria femenina y que los marcos de algunas historias son antifeministas (n.ºˢ 2, 8, 13), en la mayoría de los casos se pone de relieve, sobre todo, la astucia femenina y la simpleza masculina (n.ºˢ 7, 21). Una y otra vez vemos que la habilidad de la mujer le permite engañar impunemente al marido necio y librarse de las acusaciones.

La misoginia

El amor es un tema eterno y universal. Aunque se suele considerar la Edad Media como una época tenebrosa, no debemos olvidar que la fiesta y la alegría de vivir estaban presentes asimismo en la vida popular. Tradiciones como las fiestas de locos y el carnaval así lo atestiguan. La cultura popular también estaba animada por un intenso paganismo. La Iglesia no permitía el mínimo ataque a la ortodoxia, pero no solía mostrarse excesivamente rigurosa en cuestiones de sexo. Así, aunque el celibato había sido impuesto a la jerarquía clerical en el siglo IV y durante la Edad Media fue regulado en varias ocasiones, hasta 1542 no alcanzó a todos los miembros del clero. La literatura está llena de vitalismo y gozo (n.ºˢ

La alegría de vivir

18, 20, 21). Además, de Italia llegaban también los cantos a la vida que difundía Boccaccio (n.ᵒˢ 43, 44). En el Siglo de Oro, sucedió algo parecido: no hace falta rebuscar demasiado para comprobar que los adulterios y violaciones aparecen con frecuencia en el teatro (*Fuenteovejuna*, *El alcalde de Zalamea*, etc.). Como la vida misma.

Ars amandi

Veamos un ejemplo del interés que despertaban las técnicas amatorias en la Edad Media. Uno de los libros de la literatura sapiencial que obtuvo mayor éxito en el siglo XV fue la *Historia de la doncella Teodor*, que es una traducción de un texto árabe. En dicha obra, se cuenta el modo en que una joven esclava alcanza la libertad a causa de su sabiduría. Para ser libre, Teodor se enfrenta a las preguntas de tres sabios y resuelve con tino los diferentes problemas, los cuales abarcan cuestiones de Lógica, Medicina, Astronomía, etc. Particular interés en esta loa de la mujer sabia tienen las páginas dedicadas al arte de amar. La doncella afirma que el hombre debe ser sutil e ingenioso cuando durmiere con la mujer. Uno de los sabios exige mayor precisión y Teodor responde:

> Señor maestro, sabed que, si la mujer fuese tardía en su voluntad, debe el hombre que durmiere con ella ser sabio, como dicho tengo, y conocer su complexión, y débese detardar con ella, burlándose con ella, y haciéndole de las tetas y apretándoselas, y a veces ponerle la mano en el papagayo, y otras veces tenerla encima de sí y a veces debajo. Y haga por tal manera que las voluntades de los dos vengan a un tiempo y si, por ventura, la mujer viniere a cumplir su voluntad más aína [=pronto] que el hombre, debe él con discreción entenderla y jugar un rato con ella porque la haga cumplir otra vez, y vengan juntas las voluntades de ambos, como de suso [=arriba] dije. Y haciéndolo de esta manera, le amará mucho la mujer.

No todo era misoginia, como se puede ver, en la literatura medieval, pero la cita es interesante, además, porque muestra una teoría del arte de amar: para que exista armonía en la pareja, el hombre debe tratar a la mujer con desvelo, cortesía y ternura.

Siglo de Oro

El gusto por la Antigüedad trajo consigo el renacer del latín clásico y la reaparición de odas, epigramas, temas mitológicos (n.º 45), etc. Los textos sagrados fueron traducidos con mayor fidelidad, pero esa tarea chocó con la incomprensión de las autoridades religiosas, las cuales exigieron acatamiento a la versión latina de la *Biblia* (llamada *Vulgata*). En la Edad Media, predominaba la creencia de que el mundo era un valle de lágrimas. Aunque no siempre (según indicamos más arriba), la literatura medieval despreciaba el mundo y sus halagos (n.º 9). En el Renacimiento, en cambio, se juzgó que la vida es hermosa y el hombre debía disfrutarla y gozar del presente (n.º 46).

El renacer de los clásicos

El vocablo *Humanismo* ha sido asociado tradicionalmente con el Renacimiento y designa un sistema de pedagogía clásica que se caracterizaba por la impartición y aprendizaje de una serie de disciplinas de claro contenido intelectual: Retórica, Historia, Poesía, Gramática y Filosofía. Los maestros de los *Estudios de Humanidades (Studia humanitatis)* eran llamados *humanistas*. Éstos eran conscientes de la importancia de su labor, que abarcó aspectos tan interesantes como el estudio de las lenguas clásicas y la recuperación de textos griegos y latinos. Fray Antonio de Guevara señaló cuáles eran los beneficios del

El humanismo

estudio y de la lectura: «No podemos negar a los que leen en buenos libros sino que gozan de grandes privilegios; es a saber: que aprenden a bien hablar, pasan el tiempo sin sentir, saben cosas sabrosas que contar, tienen osadía de reprender, todos huelgan de con ellos se aconsejar». Los humanistas concedieron gran importancia a los cuentos, y en refraneros, diálogos y en escritos similares incluyeron cuentos, chistes, patrañas y consejas (n.ºs 68-70).

El erasmismo   Uno de los humanistas más célebres, el escritor flamenco Erasmo de Rotterdam (1469-1536), influyó poderosamente en nuestra cultura pues sus ideas —que propugnaban la renovación espiritual— calaron hondo en sus seguidores españoles, que fueron llamados *erasmistas*. Éstos se oponían a las ceremonias externas del culto católico —seguimiento de ritos, cultivo de supersticiones, veneración de reliquias— y defendían la práctica de una devoción sincera (n.º 68), pura e íntima que se parecía al cristianismo primitivo y no al proceder de la jerarquía católica, la cual estaba interesada en el poder temporal porque éste le proporcionaba riqueza, pompa y vida regalada. Uno de los erasmistas españoles más ilustres, Alfonso de Valdés (1490-1532), puso en evidencia esta contradicción en su obra *Diálogo de las cosas ocurridas en Roma*. Después de señalar que, aunque Cristo alabó la pobreza, sus sacerdotes adoraban el dinero, afirma:

> Al bautismo, dineros; a la confirmación, dineros; al matrimonio, dineros; a las sacras órdenes, dineros; para confesar, dineros; para comulgar, dineros. No os darán la Extrema Unción sino por dineros, no tañerán las campanas sino por dineros, no os enterrarán en la iglesia sino por dineros, no oiréis misa en tiempo de entredicho sino por dineros; de manera que parece estar el paraíso cerrado a los que no tienen dineros [...] el

rico come carne en cuaresma, y el pobre no aunque le cueste el pescado los ojos de la cara; el rico alcanza ocho carretadas de indulgencias, y el pobre no, porque no tiene con qué pagarlas.

Valdés protesta contra las indulgencias que, como es sabido, servían a la Iglesia para, a cambio de dinero, perdonar las penas debidas por los pecados. Este artificio para enriquecerse atentaba contra las bases de la doctrina cristiana pues, como el mismo Valdés dirá, Jesucristo no había querido que su Iglesia fuese más parcial con los ricos que con los pobres. Para rechazar un comercio tan escandaloso que se aprovechaba de la credulidad del pueblo cristiano, Martín Lutero redactó las noventa y cinco tesis que fijó en la puerta de la iglesia de Wittenberg.

En el siglo XVI, los cuentos se difundieron extensamente ya de forma escrita, ya de forma oral. La divulgación del cuento oral fue impulsada por la propia vida cotidiana puesto que los campesinos necesitaban entretener de algún modo los breves momentos de reposo de que disfrutaban. Era habitual leer textos literarios en voz alta para un público determinado. En el *Quijote,* maese Nicolás y Sancho ruegan al cura con el fin de que éste lea la novela de *El curioso impertinente;* además, Dorotea afirma que le gustaría oír el cuento para entretenerse. Algunos escritores se sirvieron de los cuentos tradicionales; otros versificaron dichos relatos. Lope de Rueda se basó en cuentos para componer sus *pasos;* en el XVII, Lope de Vega (n.ºs 90-94), Calderón de la Barca (n.ºs 100-102) y otros famosos dramaturgos incluyeron asimismo cuentos en sus comedias. En las novelas también se insertaron cuentos tradicionales. En el *Quijote,* cuando Sancho hace su ronda por Barataria, encuentra a un gracioso, el cual trata de burlarse del goberna-

Influencia del cuento

dor. Al amenazar Sancho con encerrarlo mandándolo a dormir a la cárcel, el joven asegura que nadie será capaz de obligarlo a tal cosa y se justifica de este modo: «si yo no quiero dormir y estarme toda la noche sin pegar pestaña, ¿será vuestra merced bastante con todo su poder para hacerme dormir si yo no quiero?». Una variante de este cuento aún se conserva en la tradición popular del Occidente asturiano.

Las colecciones de cuentos

La literatura ejemplar de la Edad Media adoptó en el Renacimiento otra fórmula diferente. El predicador medieval empleaba los ejemplos para que el sermón fuera más eficaz, pero el auditorio gustaba más de los casos curiosos que de reprimendas y, paulatinamente, el objetivo didáctico de los ejemplarios fue perdiendo la batalla a favor de la finalidad recreativa. Surgieron, de este modo, las colecciones de cuentos, proverbios, *facecias* («cuentos graciosos», «donaires»), que alcanzaron tal difusión en el Renacimiento que, en los medios diplomáticos, se consideraba inepto al embajador que no conocía alguna novela, relato o chascarrillo. Según Timoneda, una de las funciones que cumplían las colecciones de cuentos era la de ofrecer al lector curioso un repertorio variado de dichos o agudezas para que, cuando conversara con amigos o parientes, supiera encajar algún cuento gracioso a propósito y no fuera considerado hombre necio por el resto de contertulios. A buen seguro, los graciosos encontrarían en tales colecciones una fuente inagotable para sus chanzas (n.os 58, 62, 64, 74). Los repertorios de cuentos se enriquecieron con aportaciones personales, sucesos diarios e historias tomadas de los libros.

Temática de los cuentos

Hay gran variedad en la temática de los cuentos. Muchos de éstos reflejan las riñas, desavenencias e infidelidades que suelen existir en los matrimonios (n.os 61, 63, 64). Los maridos aparecen como si fueran necios; las mujeres, listas. Algunos textos describen las dificultades en que se encuentran los maridos para gobernar a sus mujeres (n.º 60). El propósito de muchas de estas narraciones es festivo; ponen en evidencia algún defecto de la mujer (charlatanería, terquedad) con el fin de lograr solaz y risa. Suelen estos relatos describir algunos de los rasgos de la personalidad femenina que desconciertan al sexo masculino. Otros temas son la inmoralidad del clero (n.º 72, 87, 111), la educación (n.º 81), la locura (n.º 84, 85), la higiene femenina (n.º 108), el afán de saber (n.º 110), etc.

La crisis del *Barroco* se mostró particularmente en la literatura y en las artes, las cuales reflejaron el ambiente de inestabilidad e inquietud en que se vivía. Las tribulaciones que se padecieron en aquella época influyeron en las diversas posturas que adoptaron los autores: protesta, evasión, angustia, conformismo. Cuando los escritores se dieron cuenta del contraste que existía entre las ilusiones imperiales y la cruda realidad, experimentaron un amargo desengaño (n.º 107). *El desengaño barroco*

En el siglo XVII, el cuento fue desplazado por la novela corta. La imprenta potenció los textos escritos, pero frenó el desarrollo de la cultura oral. Además, el público culto y adinerado podía comprar los textos para leerlos. Las mujeres desempeñaron un papel destacado en esta afición por la novela porque aquéllas que sabían leer ocupaban su tiempo de ocio con la lectura. Como las salidas de casa no estaban bien vistas, aprovechaban el tiempo para leer. Juan de Zabaleta señala que la doncella toma libros de comedias para entretenerse; la casada, como también quería divertirse, escoge «un libro de narraciones amatorias —a esto llaman novelas—, éntrase en un balcón [...] y abre el libro». Decayó, pues, el *Decadencia del cuento*

Esta edición

gusto por el cuento y aumentó el interés por la novela.

Para terminar, diremos que los textos de la siguiente selección han sido extraídos de ediciones de reconocida solvencia o de impresos y manuscritos. Hemos regularizado la ortografía, la acentuación y la puntuación, según las normas actuales. No obstante, hemos mantenido expresiones textuales de la época, como las conjunciones *(ca)*, adverbios *(do)*, formas verbales *(estuviésedes),* etc. Hemos escogido relatos cuya consulta no suele hallarse al alcance del lector medio, aunque también hemos editado cuentos cuya merecida fama los hace acreedores a figurar en cualquier antología.

BIBLIOGRAFÍA

AA. VV., *Lengua Castellana y Literatura 1º. de Bachillerato,* ed. de Julio Rodríguez Puértolas, Madrid, Akal, 1998.
Libro de texto muy útil para los alumnos y para los profesores. La parte de Literatura se completa con precisos y abundantes textos. Las pautas para el comentario de los mismos facilitan la comprensión.

BURKE, P., *El Renacimiento,* Barcelona, Crítica, 1999.
Ensayo breve y claro que estudia el Renacimiento en Italia y en otros países. Considera el Renacimiento como si fuera un movimiento cultural y no como un periodo histórico.

CHEVALIER, M., *Folklore y literatura: el cuento oral en el Siglo de Oro,* Barcelona, Crítica, 1978.
Recoge y clasifica cuentos tradicionales, los cuales eran conocidos por los españoles de la época, fueran éstos cultos o no. Incluye una relación de comedias de Lope y de Calderón en donde se insertan cuentos populares.

GÓMEZ REDONDO, F., *Historia de la prosa medieval castellana*, 2 vols., Madrid, Cátedra, 1998-1999. Libro imprescindible para conocer con detenimiento los orígenes de la prosa medieval castellana: la corte de Alfonso X el Sabio, la corte de Sancho IV, la época de don Juan Manuel, los Trastamaras. Obra densa que despliega erudición y sabiduría.

CUENTOS HEBREOS Y MUSULMANES

Tanto la cultura hebrea como la musulmana ofrecen en la Edad Media una variada gama de relatos. Además, existen numerosos parecidos entre las recopilaciones cristianas medievales y las judías. También hay muchos puntos de contacto entre el *Libro de buen amor* y ciertas obras árabes y hebreas que están escritas en prosa rimada *(macamas):* forma autobiográfica, exposición de intenciones ambiguas, didactismo, etc. El primer cuento seleccionado ha sido extraído de una de las obras más hermosas que se han compuesto sobre el amor —*El collar de la paloma,* de Ibn Hazm de Córdoba (994-1063)—; el segundo, del *Libro hermoso de salvación,* cuyo autor fue el escritor hebreo R. Nissim (siglo XI); y el tercero, del *Libro de los entretenimientos,* cuyo autor fue el escritor musulmán Yosef ben Meir ben Zabarra (siglo XII).

1

El poeta Yusuf ibn Harun, más conocido por Al-Ramadi[1], pasaba junto a la Puerta de los Drogueros de Córdoba, que era el sitio de reunión de las mujeres, cuando vio a una muchacha que, según dijo, «se apoderó de las entretelas de mi corazón y cuyo amor se filtró por todos los miembros de mi cuerpo». Dejó entonces el camino de la Mezquita y se puso a seguirla: ella tiró hacia el Puente y lo cruzó camino del lugar que llaman el Arrabal. Al pasar entre los jardines de los Banu Marwan[2], trazados sobre sus tumbas, en el cementerio del Arrabal, al otro lado del río, vio la muchacha que él se apartaba de las gentes, sin otro intento que seguirla, y entonces se dirigió a él y le preguntó:

—¿Qué quieres, que vienes tras de mí?

Él le ponderó el gran tormento que por ella sentía.

—Déjate de esas cosas —le dijo— y no me busques la perdición. No puedes lograr tu intento ni hay modo de conseguir lo que quieres.

[1] **Al-Ramadi o Abu Ceniza:** *poeta destacado de la lírica arábigo-andaluza, murió en 1022.*

[2] **Banu Marwan:** *Familia Omeya que reinaba entonces.*

—Me contento con mirarte —dijo él.
—Eso sí puedes hacerlo —atajó ella.
—¡Oh señora mía! —volvió él a preguntarle— ¿Eres libre o esclava?
—Esclava.
—¿Cómo te llamas?
—Jalwa.
—¿Quién es tu amo?
—¡Por Dios! Antes sabrías lo que hay en el séptimo cielo que eso que me preguntas. ¡Déjate de imposibles!
—¡Oh señora mía! ¿Dónde volveré a verte?
—Donde hoy me has visto y a la misma hora. Todos los viernes. Y ahora —añadió— ¿te vas tú primero o me voy yo?
—Vete tú primero, con la guarda de Dios.

Partió ella camino del Puente y él no pudo seguirla porque a cada paso se volvía para ver si iba tras ella o no. Cuando hubo traspuesto la puerta del Puente, corrió en pos de ella, pero ya no pudo encontrar su rastro.

Dijo Yusuf ibn Harun:

—¡Por Dios! Desde aquel instante hasta ahora no me separo de la Puerta de los Drogueros ni del Arrabal, sin que haya vuelto a tener noticias suyas y sin saber si es que se la sorbió el cielo o si se la tragó la tierra, pero por ella mi corazón está más ardiente que un ascua.

2

Historia de una mujer infiel

Cuando dijo Salomón —sobre él sea la paz—: *Mas una mujer entre todas ellas no he encontrado*, vio que los sabios del Sanedrín[3] se sorprendieron de ello y les dijo:

—¡No os sorprendáis! Yo os daré una prueba de esto y os lo demostraré.

[3] **Sanedrín:** *consejo supremo de los judíos, donde se trataban asuntos de gobierno y de religión. Salomón (971-931? a. C.) sucedió en el trono de Israel a su padre, David, y consolidó el reino, aunque éste se dividió a su muerte.*

Ordenó a sus criados que le trajeran un hombre que tuviera una mujer muy bella que destacara por su belleza. Le dijeron:

—Hemos encontrado en casa de Fulano una mujer muy hermosa.

Les dijo el rey:

—Traed al marido.

Lo obedecieron y lo trajeron ante él. Le dijo el rey:

—He oído hablar de tus buenas acciones y eso me ha animado a acercarte a mí. Quiero que te cases con mi hija y yo te apreciaré, te estimaré y aumentaré tu rango.

Le dijo:

—Señor, soy el más pequeño de tus siervos en poder y el de menos influencia.

Le dijo el rey:

—También esto se añade a la gracia de tus cualidades. Pero vete, mata a tu mujer esta noche y tráeme su cabeza por la mañana y yo te daré lo que te he prometido. Estarás junto a mí en el escalón más alto y en el puesto más honorable.

A continuación, se marchó y volvió junto a su esposa pensando cómo iba a poder matarla siendo tan bella y llena de gracia, tanto más cuanto que era la madre de sus hijos (pues tenía dos hijos de ella). Su mujer le dijo:

—Señor, te veo esta noche sumido en pensamientos y apenado.

Le respondió:

—Es porque estoy abatido.

Ella le puso la mesa, pero él no cenó nada. Cuando ella cenó y se fue a dormir, empezó el hombre a pensar para sí diciendo: «¿Cómo voy a matar a mi mujer, cuando tengo hijos de ella? ¿Acaso hay algo más deshonroso e infame que eso?». Y apartó sus pensamientos de esto. Luego empezó a pensar en la promesa del rey y fijó su atención en el rango más alto y en la posición más honorable a la que iba a acceder. Entonces, le pareció leve la orden. Cogió su espada, la desenvainó y se acercó a ella para cortarle el cuello; apartó el cobertor de encima de ella y la vio dormida, con el hijo pequeño que mamaba de sus pechos, acostado sobre su regazo, y con el otro, que tenía la cabeza apoyada en sus hombros. Volvió a reflexionar diciéndose: «¡Ay de mí! ¡Cómo voy a matar a mi mujer y a mis hijos y voy a echar a perder este mundo y el mundo futuro! Además, es posible que el rey no mantenga ninguna de las promesas que me hizo». Enfundó su espada y dijo: «Conténgate Yahveh, oh Satán». De nuevo, se puso a pensar y recordar las promesas del rey; volvió a levantarse, desenfundó la espada y se acercó a ella. La encontró con el pelo suelto, pues la había despeinado su hijo pequeño, y exclamó: «¡Por Dios, no lo haré! ¡El favor divino no está ni con la hija del rey ni con sus bienes!». Enfundó su espada y se durmió hasta que amaneció. Y he aquí que los emisarios del rey estaban a la puerta. Lo condujeron ante el rey, quien le dijo:

—¿Cómo no has cumplido mi orden?

Le respondió:

—Señor, me ocurrió esto, y esto, y no pude hacerlo. No seas duro con tu siervo por esto pues es muy difícil para mí.

El rey le ordenó salir. Cuando pasaron unos días, envió el rey a buscar a su mujer; la condujeron ante él y le dijo:

—He oído hablar de tu grandeza, tu hermosura y tu gracia, por eso, ando en deseos de tomarte por esposa. Te pondré en una posición más elevada que el resto de mis mujeres y serás la señora de ellas, pero no puedo realizar eso porque eres una mujer casada. Por eso, ve, mata a tu marido esta noche y tráeme su cabeza por la mañana.

El rey sabía que ella lo mataría y no se apiadaría de él como él se había apiadado de ella. Luego le dijo:

—Te daré una espada buena para que lo mates con ella.

Le dio una espada de estaño (es decir, de plomo) que, aparentemente, afilaron para ella, pero no de verdad. Cogió la espada, se marchó a su casa sin pensarlo y la escondió. Cuando llegó el marido por la noche, salió a su encuentro con engaños; le besó en los ojos y en la cabeza y le dijo:

—Señor, ¿por qué te has retrasado tanto?

Respondió el marido:

—¡El trabajo me ha retrasado!

Se sentó alegre y confiado, y comieron los dos. Le dijo ella:

—Señor, deseo que bebamos juntos esta noche; se alegrará nuestro corazón y seremos felices.

Él respondió:

—Cumpliré tu petición y lo que deseas.

Bebieron juntos y se alegraron. Ella le dio de beber en exceso hasta que el hombre cayó ebrio sobre su cama y se durmió profundamente. Entonces, cogió ella la espada y lo golpeó con ella, confiada y apoyada en lo que le había dicho el rey. El marido se despertó por la violencia del golpe y la encontró de pie sosteniendo la espada desenvainada en sus manos. Cuando ella vio que él estaba despierto y que el golpe no le había hecho mella, cayó a tierra desmayada. La levantó y le dijo:

—¿Qué te ha empujado a hacer esto?

Ella le contó entonces todo el asunto y lo que le había ocurrido con el rey. Cuando se levantaron por la mañana, fueron a su encuentro los emisarios del rey, que los condujeron ante el rey, y los sabios del Sanedrín se convencieron. Los miró el rey riéndose y les dijo:

—Explicadme lo que os ha ocurrido.

Contó el hombre lo que le había ocurrido al principio y contó la mujer todo lo que pasó. Dijo el rey:

—Yo ya sabía que ella no tendría piedad de ti como tú la tuviste de ella, y por eso le di la espada de estaño.

Entonces, fue evidente para los sabios y comprendieron la verdad de la frase: *Mas una mujer entre todas ellas no he encontrado;* es decir, no he encontrado una mujer perfecta como debe ser.

3
El falso heredero

Había un comerciante, de los mejores, más famosos y más ricos, que tenía solamente un hijo. Cuando creció, el muchacho le dijo a su padre:

—Déjame partir pues quiero ir a tierras lejanas para comerciar y ver países y regiones, eruditos y sabios, de cuyas enseñanzas y conocimientos quiero aprender, y tomar de su inteligencia y sabiduría.

Escuchó el padre su voz porque era su único hijo y tenía plata y oro. Le compró un barco y le entregó una gran fortuna. En paz le dejó partir de su vera, acompañado de sus amigos y conocidos. Se quedó el hombre en su casa con su criado, hijo de su sirvienta, al que cuidaba como a la niña de sus ojos, y lo colocó en el lugar de su hijo porque era el siervo que obtenía éxito en todas sus empresas y era diligente en todas sus necesidades. Al cabo de los días, le sobrevino al dueño de la casa un dolor en el corazón de modo que expiró y murió de repente sin lograr declarar ni ordenar nada. El criado tomó todo lo que tenía y se adueñó de todo el fruto de su trabajo. En la ciudad, nadie sabía si era su criado o su hijo porque, cuando estaba vivo, le había dado poder sobre toda su hacienda y fortuna. Unos diez años después de la muerte de aquel hombre, volvió el joven, su hijo, con el barco lleno de mercancías y productos de lo más selecto. Sucedió que, cuando pasaba cerca de su ciudad, pareció que el barco iba a quebrarse. Lanzaron al mar todos los objetos y mercancías que habían adquirido y remaron para llegar a tierra, mas no pudieron. Nadó el joven hacia tierra y su espíritu, sin nada, estaba marchito. Se encaminó hacia la casa de sus padres para cubrir su desnudez y, cuando lo encontró allí, el criado lo insultó y ultrajó diciendo:

—¿Qué tienes tú aquí y a quién tienes aquí?

Lo golpeó y lo echó de su casa y lo despojó de su heredad. El joven se dirigió a casa del juez e iba llorando mientras que caminaba y dijo al juez:

—Mi siervo me ha hecho esto y esto.

Y le contó todo lo que le había sucedido; cómo lo había golpeado y expulsado de su casa el criado al que su padre había educado y elevado. El juez mandó llamar al criado mientras que el joven seguía llorando intensamente. Compareció el criado y, cuando el juez observó su rostro, le pareció un hombre vil. Le preguntó:

—¿Es verdad que el hombre cuya propiedad y su hacienda tomaste era tu padre? Porque éste dice que tú eras criado de la casa y no tienes derecho a la herencia, a no ser por la ley de la fuerza, y que la has obtenido con la traición y la impostura.

Respondió el criado diciendo:

—Mi señor, verdaderamente él era mi padre y yo salí de sus lomos. Por eso, me dejó su propiedad y todos sus bienes y objetos preciosos. Mi corazón se lamenta por él porque desde mi infancia me crió como un padre.

El juez le dijo:

—Trae tus testigos para justificar tus palabras y todo lo que tienes en tu poder.

Dijo él:

—Por favor, mi señor, que presente sus testigos este impostor cuyos ojos astutamente lloran porque al demandante corresponde aportar las pruebas.

Ambos buscaron testigos, pero no los hallaron y volvieron ante el juez para decirle:

—Tú, nuestro señor, resolverás nuestro pleito; como no tenemos testigos, tú eres nuestra esperanza.

Dijo el juez:

—¿Hay alguien aquí que conozca su sepultura?

Respondió el criado:

—Yo lo sé pues yo mismo lo enterré como entierra el hijo a su padre.

Dijo el juez a sus sirvientes:

—Venid conmigo a ese horrible lugar y echadlo de su tumba como un brote despreciable y traedme sus huesos y los quemaré porque no hizo testamento en su casa, ni dijo para quién sería su herencia, y dejó detrás suyo riñas y pleitos, muchas disputas y reclamaciones.

Dijo el criado:

—Yo iré, según las palabras de mi señor y sus órdenes, y les mostraré su sepultura pues una sentencia acertada has pronunciado y como un ángel de Dios has hablado.

Mas, cuando oyó el hijo el asunto de la cremación, gritó con el alma indignada y furiosa y dijo:

—Mi señor, que coja el criado toda la herencia de mi padre, todo su honor y riqueza, pero que mi padre no sea arrojado de su tumba.

Entonces, el juez contestó:

—He aquí que yo te entrego la herencia de tu padre, toda su riqueza y fortuna pues en verdad éste es su criado y tú eres su hijo. En cuanto al siervo que se envalentonó sin avergonzarse, lo tomarás como esclavo para siempre.

Marchó el joven a la casa de sus padres y el criado fue azotado. Tomó de manos del criado riquezas, bienes y honores.

CALILA E DIMNA

Este libro tiene su origen en la India pues deriva del *Panchatantra* y del *Mahabarata*. El primero, cuyo título significa *Los cinco libros*, es un fabulario; el segundo es un extenso poema épico que tiene más de doscientos mil versos. Materiales persas y árabes, que fueron añadidos posteriormente, modificaron los primitivos rasgos hindúes. Al parecer, esta colección fue escrita en el siglo IV d.C. y se tradujo del árabe al castellano hacia 1251. Por regla general, en *Calila* cada capítulo forma un relato independiente, pero dentro de éste suelen incluirse otras historias. Así, en el capítulo III, aparecen dos lobos, que se llaman Calila y Dimna (de ahí, el nombre de la colección), el buey Senceba y un león. Calila aconseja a Dimna que no se entrometa en los asuntos del león porque éste es el rey. Para advertirle de que no debe meterse en lo que no le importa y no debe ser curioso, ejemplifica con el cuento de *El mono y la cuña*. Terminado el relato, continúa el diálogo entre los dos lobos y la acción se ve interrumpida por la inclusión de otras historias. Este modelo narrativo de encadenar sucesivos cuentos se encuentra también en el *Libro de las mil y una noches*.

4
Cuento del simio y la cuña

Dijo Calila:

—Dicen que un simio vio a unos carpinteros serrar una viga, y aserrarla estando sobre ella. Cuando habían serrado dos palmos, metían una cuña y sacaban otra para serrar mejor. Y el simio violos y, en tanto que ellos fueron comer, subió el simio encima de la viga y asentóse encima y sacó la cuña; y, como le colgaban los compañones [1] en la serradura de la viga, al sacar la cuña apretó la viga y tomóle dentro los compañones y machucóselos, y cayó amortecido. Desí [2] vino el carpintero a él y lo que le hizo fue peor que lo que le acaeció [3].

[1] **Compañones:** testículos.

[2] **Desí:** después.

[3] **Acaeció:** sucedió, porque, como estaba serrando, se los cortó.

5
Los ratones que comían hierro

Cuentan que en una tierra había un mercader que no era muy rico. Quísose poner en camino y dejó los cien quintales de hierro que tenía en encomienda a un hombre que conocía. Después de un tiempo, volvió y pidió al hombre los cien quintales de hierro que había dejado bajo su custodia, mas aquel hombre había vendido ya el hierro y gastado los maravedíes que le habían dado por ello. Dijo:

—Lo puse en un rincón de la casa y me lo comieron los ratones.

Dijo el mercader:

—He oído decir muchas veces que no hay cosa que más roan los ratones que el hierro y no me preocupo pues Dios te hizo la merced de librarte y así escapaste y no te comieron.

Al otro le gustó lo que oía y él se fue a su posada. Cogió a un hijo que tenía el hombre a quien había confiado el hierro, se lo quitó sin que lo viera nadie y lo escondió muy bien pues era pequeño. El hombre andaba buscando a su hijo y preguntó por él al mercader. El mercader le dijo:

—Vi un azor que descendió y se llevó a un niño en sus garras; creo que sería tu hijo.

El hombre dio muy grandes voces diciendo:

—¿Viste nunca que los azores cacen a los niños?

Dijo el mercader:

—No es cosa de gran maravilla que, en la tierra en que los ratones comen cien quintales de hierro, los azores cacen a los niños.

Entonces, dijo el hombre:

—Yo comí tu hierro y tóxico mortal comí con ello.

Dijo el mercader:

—Yo comí a tu hijo.

Y dijo el hombre:

—Dame a mi hijo y te daré tu hierro.

Diole su hijo y el otro le dio su hierro.

6
El religioso que vertió la miel sobre su cabeza

Cuentan que un religioso recibía todos los días limosna en casa de un hombre rico; le daban pan, manteca, miel y otras cosas. Él comía el pan y lo demás lo almacenaba; ponía la miel y la manteca en una jarra hasta que la llenó. Tenía la jarra a la cabecera de su cama. Llegó una época en que encarecieron la miel y la manteca, y el religioso se dijo un día estando sentado sobre la cama: «Venderé lo que hay en esta jarra por tantos maravedíes y con ellos compraré diez cabras. Quedarán preñadas y parirán al cabo de cinco meses». Echó cuentas y halló que en cinco años tendría cuatrocientas cabras. Entonces, se dijo: «Las venderé todas y, con el dinero, compraré cien vacas, una por cada cuatro cabras. Compraré simiente y sembraré con los bueyes. Me aprovecharé de los becerros y de la leche y la manteca de las vacas. Con las mieses obtendré grandes riquezas y labraré casas nobles [4]. Compraré siervos y siervas y, hecho esto, me casaré con una mujer muy rica y hermosa de linaje noble. La dejaré embarazada y nacerá un hijo varón bien constituido; lo criaré como al hijo de un rey y le castigaré con esta vara si no es bueno y obediente». Diciendo esto, alzó la vara que tenía en la mano y pegó en el cántaro que estaba colgado encima de él. Se rompió y se le cayeron la miel y la manteca sobre la cabeza.

[4] **Labraré casas nobles:** *llevaré grandes fincas en arrendamiento.*

SENDEBAR

Los expertos no se ponen de acuerdo a la hora de fijar su origen y se ignora si éste es indio, persa o hebreo. Otro problema radica en las diferentes versiones que se conservan, hasta tal punto que los estudiosos se han visto obligados a dividirlas en dos ramas: oriental y occidental. A la primera pertenece el *Libro de los engaños y asayamientos* [ensañamientos] *de las mujeres* o *Libro de los engaños;* a la segunda, el *Libro de los siete sabios,* traducción de una versión latina que se titulaba *Historia septem sapientibus*. La traducción castellana del *Libro de los engaños* fue efectuada hacia 1253 y fue encargada por el infante don Fadrique, hijo del rey Fernando III y de doña Beatriz. La historia narrada es la siguiente: una mujer embustera acusa al príncipe de intento de violación y el rey ordena matar a su hijo, pero los consejeros del monarca le advierten de que no debe fiarse de la palabra de aquella señora puesto que las mujeres suelen ser sagaces y acostumbran a mentir con facilidad. Los sabios cuentan diversas historias para probar la astucia femenina y, de este modo, el relato principal se interrumpe a causa de la inclusión de esas historias que cuentan los personajes. Al final, se descubre la verdad, el príncipe es perdonado y la mujer es ejecutada.

7
Cuento del hombre, la mujer, el papagayo y la criada

—Señor: oí decir que un hombre era celoso de su mujer. Compró un papagayo, lo metió en una jaula y lo puso en su casa mandándole que le contase todo cuanto viese hacer a su mujer y que no le encubriese nada. Después marchó a sus quehaceres e inmediatamente entró el amigo de ella. El papagayo vio cuanto ellos hicieron. Cuando el hombre bueno vino de su trabajo, se sentó —sin que lo supiera su mujer—, mandó traer al papagayo y le preguntó lo que había visto y le contó todo lo que viera hacer a la mujer con su amigo. El hombre se ensañó contra ella y no volvió a hablarle ni a tener contacto con ella. La mujer creyó que la había descubierto la criada, la llamó y le dijo:
—Tú contaste a mi marido todo cuanto hice. La moza juró que no había dicho nada:
—Sino, sabed que fue el papagayo.

La mujer desconcertando al papagayo.

Cuando anocheció, la mujer cogió la jaula, la bajó en tierra y comenzó a echarle agua con una regadera como si fuera lluvia; tomó un espejo en una mano y lo puso sobre la jaula; con la otra mano tomó una candela y hacía guiños de forma que parecían relámpagos; la mujer, además, comenzó a mover un molino casero y el papagayo pensó que eran truenos. Ella estuvo haciendo este juego durante toda la noche hasta que amaneció. Cuando por la mañana vino el marido, inmediatamente le preguntó al papagayo:

—¿Viste esta noche alguna cosa?

—No pude ver ninguna cosa con la lluvia, truenos y relámpagos que hubo esta noche.

—Si todo cuanto me has dicho de mi mujer es tan verdad como esto, no hay ser más mentiroso que tú.

Y mandó matarlo. Envió a buscar a su mujer, perdonóla e hicieron las paces.

8
La viuda de Éfeso

Había un caballero que tenía una mujer muy hermosa, la cual mucho amaba; tanto que no podía estar ausente de ella. Y acaeció una vez que jugaban ambos a los dados y el caballero acaso tenía el cuchillo en la mano y ella acaso hirióse en el cuchillo y sacóse sangre y, como la vio el caballero, tanto se dolió y espantó de su mujer que, loco hecho, cayó en tierra medio muerto y, tornado apenas un poco, dijo:

—Llamad al sacerdote que me venga a confesar que yo muero por la sangre de mi mujer.

De cuya muerte hicieron gran llanto y, después de sepultado, la mujer cayó sobre la sepultura llorando tanto que ninguno la pudo dende[1] quitar e hizo voto de nunca partirse dende, mas esperar ende por amor de su marido, como la tortolica su fin. Y dijéronle sus parientes:

—Señora, ¿qué aprovecha al ánima de vuestro marido que vos estéis aquí? Mas tornaos a vuestra casa y haced grandes limosnas: esto será mejor que estar aquí.

Respondió ella:

—No me aconsejéis os ruego que de aquí no me iré ni de mi marido partiré siendo muerto él por mí.

Viendo esto, los parientes hicieron una casilla cabe la sepultura y pusiéronle las cosas necesarias e fuéronse porque[2] la soledad fuese causa que volviese a su casa a estar entre gentes. Y, estando esto así, había una ley en el reino que, cuando ahorcaban alguno, el alguacil le guardaba toda la noche con gente armada y, si acontecía que hurtasen el cuerpo del ahorcado, el alguacil perdía su hacienda, y la vida estuviese[3] en manos del rey.

[1] **Dende:** *de allí.*

[2] **Porque:** *aquí tiene sentido de finalidad; es decir, «para que».*

[3] **Estuviese:** *estaba.*

Acaeció aquel día que fue aquel caballero sepultado que el alguacil estaba a caballo cabe la horca guardando un cuerpo, y estaba la horca fuera de la ciudad y había cerca un cementerio y hacía gran frío; tanto que al alguacil parecía que, si no se escalentase[4], moriría de frío. Y, mirando acá y acullá, vio fuego en el cementerio y fue allá. Y, como llegó, tocó a la puerta de la casilla. Dijo la mujer del caballero viuda[5] entre sí:

—¿Qué cosa es que a esta hora esté al lugar do está una mujer tan desamparada como yo?[6]

Y dijo él:

—Yo soy el alguacil, que he tanto frío que, si no me abres para escalentar, me moriré.

Dijo ella:

—He miedo que, si abro, dirás algunas palabras frías que me entristecerán mucho.

Respondió el alguacil:

—Yo vos prometo de no decir cosa que os enoje.

Entonces dijo ella:

—Entrad.

Y, como estuviese al fuego asentado y ya caliente, díjole:

—Señora, con licencia quiero os decir una palabra.

Dijo ella:

—Di.

Entonces, él díjole:

—Señora, vos sois hermosa y de linaje rica y moza. ¿No sería mejor que estuviésedes[7] en vuestra casa y diésedes[8] limosna que estar aquí y consumiros con gemidos y suspiros?

Respondió ella:

—Caballero, si yo tal supiera, no te dejara entrar ca[9] yo te digo como a otros muchos he dicho: bien sabes que mi marido me amó tanto que, por una poca de sangre de mi dedo, murió.

[4] **Escalentase:** calentase.

[5] **La mujer del caballero viuda:** Es decir, la mujer que era viuda del caballero.

[6] **Al lugar de está:** La viuda se pregunta por qué motivo a horas tan intempestivas llaman a su casa, en donde vive una mujer tan desamparada como ella.

[7] **Estuviésedes:** estuvieseis.

[8] **Diésedes:** dieseis.

[9] **Ca:** pues, porque.

54

Oído esto, el alguacil despidióse de ella y tornó a la horca y, como llegó, no halló al ahorcado, que se le habían llevado. Y, como vio esto, tornóse tan triste que era cosa de maravilla y dijo:

—¡Guay de mí! ¿Qué haré? Ahora todo lo mío es perdido: la vida y la hacienda.

Y así iba triste, y no sabía qué se hacer. En fin, pensó tornar a aquella devota señora por ver si algún remedio haber pudiese y, como llegó, tocó a la puerta. Y ella preguntóle la causa por que tocaba. Respondió él:

—Señora, yo soy el alguacil que antes vine y quiero os decir algunos secretos míos; por tanto, os ruego por un solo Dios que me abráis.

Entonces, ella abrió y él entró y díjole:

—Señora, yo demando vuestro consejo ca vos sabéis que hay ley del rey que, cuando algún ahorcado hurtan, el alguacil cae en pena de la hacienda y de la vida; y ahora, mientras estuve aquí al fuego, me han hurtado el cuerpo del ladrón que estaba ahorcado. Por ende [10], os pido por merced que me queráis consejar.

[10] **Por ende:** *por tanto.*

Dijo ella:

—Yo he por cierto muy gran compasión de ti porque, según la ley, tú has perdido todo lo tuyo y la vida tuya está en lo que el rey querrá hacer de ella; empero, toma mi consejo y serás fuera de todo peligro.

Respondió el alguacil:

—Por eso he venido a vos en esperanza de ser por vos consolado.

Y dijo ella:

—Plácete de me tomar por mujer.

[11] **Pluguiese:** *placiese.*

Respondió el alguacil:

—Pluguiese [11] a Dios que vos lo quisiésedes [12], mas temo que tanto no vos abajaréis.

[12] **Quisiésedes:** *quisieseis.*

Y ella dijo:

—Antes, por cierto, me place.

Y él dijo entonces:

—Yo, señora, vos tomo por mujer para todos los tiempos de mi vida.

Y dijo ella entonces:

—Bien sabéis cómo ayer mi señor fue sepultado, el cual murió por mi amor. Sacadle de tierra y ponedle en lugar de aquel ladrón que han hurtado de la horca.

Dijo el caballero:

—Por cierto, señora, sano consejo me habéis dado.

Y así abrieron la sepultura y sacáronle. Y dijo el alguacil:

—Señora, mucho temo que el ladrón cuando fue preso le quebramos dos dientes de los altos y he miedo que, si le miran y no le hallan así, que yo quedaré muy confuso.

Respondió ella:

—Toma, pues, una piedra y quiébrale dos dientes.

Dijo él:

—Señora, perdonadme. Que este vuestro marido era mucho amigo mío y paréceme fuerte cosa que yo en su cuerpo muerto tal hiciese.

Dijo ella:

—Yo lo haré por tu amor.

Y tomó un canto y derribóle dos dientes. Hecho esto, dijo ella:

—Tómale y ponle en la horca.

Respondió él:

—Aún temo de le ahorcar porque el otro ladrón fue en la frente herido y tenía cortadas las orejas y, si le catasen y se las hallasen, yo quedaría muy confuso.

Dijo ella:

—Saca tu cuchillo y hiérele en la frente y córtale las orejas.

Respondió él:

—Señora, guárdeme Dios que tal cosa haga al que en vida tanto amé.

Dijo entonces ella:

—Dame el cuchillo y yo lo haré por amor tuyo.

Y tomó el cuchillo e hirióle en la frente una gran herida y cortóle las orejas y, hecho esto, dijo ella:

—Aosadas[13], ahora seguramente le puedes ahorcar.

[13] **Aosadas:** *ciertamente.*

Dijo el alguacil:

—Señora, sábete que aún he miedo de ahorcarle porque el ladrón no tenía compañones y, si le catan y se los hallan, quedaré en gran peligro.

Dijo ella:

—Nunca vi hombre tan medroso; empero, con todo, por mayor seguridad toma el cuchillo y córtaselos.

Respondió él:

—Señora, perdonadme, que no lo haría en manera del mundo.

Dijo ella:

—Pues yo lo haré por amor tuyo.

Y así tomó el cuchillo y cortóle los compañones.

Dijo ella entonces:

—Ve, que ya puedes seguramente ahorcar este bellaco ensuciado. Y fueron ellos y ahorcáronle y fue librado el alguacil. Entonces, dijo la señora al caballero:

—Amor mío, ya eres librado de todo cuidado por mi consejo; tú debes ahora desposarte conmigo en la faz de la iglesia.

Respondió el alguacil:

—Yo he hecho voto que en mi vida no tomaré otra mujer, el cual cumpliré, mas yo deseo que no me des mucho tiempo empacho[14] ca no has vergüenza tú, mala mujer. ¿Quién se casará contigo cuando a un honrado caballero que fue tu

[14] **Empacho:** *turbación, estorbo, indigestión.*

marido y, por una poquita de sangre que salió de tu dedo, murió? Has en tanta confusión traído que le has quebrado los dientes, y le has herido en la frente, y le has cortado las orejas y los compañones. ¿Cuál, diablo, te tomará por mujer? Porque dende adelante no hagas esto a hombre del mundo, toma el galardón.

Esto diciendo, arrancó su espada y cortóle en un golpe la cabeza.

BARLAAM Y JOSAFAT

Leyenda que se basa en una historia real que ocurrió en la India en el siglo VI a. C. Trata de la vida de un príncipe indio, Siddharta Gautama (Buda), quien abandonó la vida mundana y creó una nueva doctrina religiosa: el budismo. Buda significa «el sabio», «el iluminado». Cuando la historia fue traducida al árabe, se insertaron nuevos personajes y episodios; el cristianismo también introdujo materiales propios de su doctrina, según veremos a continuación. Los manuscritos castellanos en que se conserva el texto pertenecen al siglo XV y parece ser que son traducciones de un libro en latín cuya datación se desconoce. El argumento es el siguiente: los astrólogos predicen a un rey que su hijo Josafat no gobernará en la tierra, sino que se convertirá al cristianismo. El rey encierra a su hijo en un palacio para que el vaticinio no se cumpla y encarga a varios sabios la educación de Josafat, pero prohíbe que le hablen de la muerte y de Jesucristo. Cierto día, Josafat descubre la vejez y la enfermedad y comienza a reflexionar sobre la muerte. Un hombre virtuoso, Barlaam, se introduce en el palacio para instruir al príncipe en el cristianismo. El rey marcha a visitar a su hijo, muestra su desconsuelo porque éste ha abandonado la ley de sus mayores y lo obliga a participar en debates teológicos, pero Josafat huye de palacio y se hace ermitaño.

9

Del hombre que iba huyendo por miedo del unicornio y se subió encima del árbol

Dijo Barlaam:

—Un hombre iba por un camino muy trabajoso y paró mientes [1] en pos de sí y vio venir una gran bestia que llaman unicornio [2] que lo seguía por lo tomar [3], y el hombre comenzó de huir por que lo no matase [4], y falló [5] un árbol y subióse encima de él por huir del unicornio. Y llegó el unicornio y estábalo aguardando ca entendía que no podría mucho en el árbol estar. Y el hombre puso los pies en una peña y teníase [6], y paró mientes. Vio que tenía los pies afirmados sobre cuatro cabezas de cuatro culebras; y vio dos mures [7], uno blanco y otro negro, que no quedaban [8] de roer la raíz del árbol que estaba plantado encima de la orilla de un pozo. Y paró mientes ayuso [9] y vio un gran dragón que estaba en el fondo del pozo con la garganta abierta, esperando cuándo caería. Y, estando en esta cuita, pensaba que, si los mures hubiesen acabado de roer las

[1] **Paró mientes:** prestó atención. También significa mirar, fijarse, darse cuenta.

[2] **Unicornio:** animal fabuloso de la antigüedad que tenía figura de caballo y un cuerno en medio de la frente.

[3] **Por lo tomar:** por tomarlo.

[4] **Por que lo no matase:** para que no lo matase.

[5] **Falló:** encontró.

[6] **Teníase:** sujetábase.

⁷ **Mures:** *ratones.*

⁸ **Quedaban:** *paraban.*

⁹ **Ayuso:** *abajo.*

¹⁰ **Estaban pañares de miel:** *había panales de miel.*

raíces del árbol, que él y el árbol caerían ambos en la boca del dragón y, si cualquiera de las culebras se ensañase y se tornase a la cueva, no habría en qué afirmar los pies y caería en la boca del dragón. Y, estando en este pensamiento, paró mientes y vio entre las ramas del árbol una colmena; estaban pañares de miel ¹⁰ y comió de ellos; y, con aquel poco de dulzor, olvidó todos los males y los peligros en que estaba. Y acabaron los mures de roer las raíces del árbol y cayeron ambos en la boca del dragón (el árbol y el hombre).

Para mientes, infante*, cómo es esto: el unicornio que iba en pos del hombre es el diablo que siempre lo sigue; el árbol en que subió el hombre es la vida de este mundo; los mures que le cortaban las raíces es la noche** y el día que comen la vida del hombre; las cuatro culebras sobre quien tenía afirmados los pies sobre sus cabezas son los cuatro humores*** que mantienen los cuerpos de los hombres, que, cuando cualquiera de ellos se revuelve, no puede ser que el hombre no yaga enfermo; y el dragón que yacía en el fondón del pozo es la muerte que no podemos huir; la colmena en que estaba la miel es un poco de deleite en que los hombres viven en este mundo (de comer y beber en este mundo)****. Pues ves, infante, cuánta es la mezquindad de los amadores del mundo y con qué poca cosa engaña a los sus amigos.

---

* El interlocutor de Barlaam es el príncipe Josafat, el cual es instruido en el cristianismo por aquél.

** Observa la falta de concordancia pues debería decir *los mures que le cortaban las raíces* son *la noche*.

*** *Humores:* se creía que la naturaleza de los seres humanos estaba constituida por cuatro elementos o *humores* (melancolía, cólera, flema y sangre); la salud y larga vida de los hombres se asentaba en la armonía y proporción entre los humores.

**** Es decir, que los hombres sobrevivimos con la comida y la bebida.

LOS CASTIGOS DE SANCHO IV

Este libro es uno de los tratados más importantes que se compusieron para servir de «espejo de príncipes»; es decir, un manual que indicaba a los gobernantes el modo en que debían conducirse. En la mayoría de estos tratados sobresale un afán moralizador. En este caso, un padre, el rey don Sancho, amonesta a su hijo, el futuro rey don Fernando IV, para que se comporte de modo recto y prudente.

10

El hijo de Lucrecia

El cual era criado en vicios de gula, y con viles mujeres y con malas compañías, por las cuales cosas cometió crimen, por el cual fue sentenciado a muerte. Y, antes que muriese, demandó al padre que le besase y, besando el hijo al padre, el hijo dio tan grande bocado al padre que la nariz le partió por medio. Y dijo así:

—Si tú me hubieras castigado cuando era hora, no fuera yo venido a tan fea muerte como es aquesta. Porque, pues me has hecho heredero de la horca, yo te haré heredero de aquesta llaga porque mejor se te miembre [1] de mí. Y ruego a Dios que él demande la mi ánima y el mi cuerpo de ti ca tú me has muerto y perdido en cuerpo y en ánima [2].

Y así hablando, lo llevaron a enforcar [3].

[1] **Miembre:** recuerde.

[2] **Que él demande... ánima:** Es decir, que tú pagues por mí ya que has sido tú quien me ha perdido.

[3] **Enforcar:** ahorcar.

11

El hombre y el león

Acaeció un día, por saña que hubo aquel hombre contra el león, diole con su espada en la cabeza y, en dándole, dijo esta palabra:

—Mala bestia eres y muy emponzoñada y mal te huele el aliento de la boca.

Y el león partióse de él y fuese su vía y anduvo por los montes hasta que fue guarido[4] de la espadada[5]. Y un día acaeció que se halló con aquel hombre y el león hubiérale a matar sino que[6] le dijo:

—Déjote ahora porque me criaste.

Y el hombre le respondió:

—Amigo, no hagamos así, tornémonos a vivir de so uno[7] como de primero hicimos.

Y el león le respondió:

—Ya no es tiempo de nunca tornar a esa vida. Para mientes a la espadada que me diste en la cabeza. Yo sano soy de ella, mas no soy sano de la herida que me diste con tu palabra cuando me denostaste[8]. Y ten por cierto que, cada que aquella palabra se me miembrase[10], no te podría ver ni amar derechamente así como en ante[11] hacía. Por ende, vete a buena ventura y no hayas más que adobar[12] conmigo ni yo contigo.

Por ende, mi hijo, para mientes y comide[13] bien y piensa mucho sobre la palabra que dijeres antes que vengas a decirla pues, desde que la dijeres, no se puede tornar.

---

[4] **Guarido:** *curado.*

[5] **Espadada:** *golpe dado con la espada.*

[6] **Sino que:** *pero.*

[7] **De so uno:** *juntamente.*

[8] **Denostaste:** *injuriaste.*

[9] **Cada que:** *cada vez que.*

[10] **Miembrase:** *acordase.*

[11] **En ante:** *antes.*

[12] **Adobar:** *ajustar, pactar. Es decir, no quiere más tratos con el hombre.*

[13] **Comide:** *medita.*

DON JUAN MANUEL: *EL CONDE LUCANOR*

Don Juan Manuel (1282-1348) es uno de los narradores más importantes de la literatura medieval. Su padre, el infante don Manuel, era hijo del rey don Fernando III. Nuestro autor formaba parte, por tanto, de la rancia aristocracia castellana y su obra, como no podía ser menos, trasluce las inquietudes y puntos de vista del estamento privilegiado. Don Juan Manuel intervino activamente en la política de su tiempo y conoció tanto los triunfos como los sinsabores de la misma. Así mismo, don Juan Manuel manifestó siempre gran interés por el saber y, fruto de su extensa cultura, son los variados libros que nos legó. A su obra más conocida, *El conde Lucanor*, pertenecen los cuentos siguientes.

12

De lo que conteció a un deán de Santiago con don Illán, el gran maestre de Toledo

Otro día hablaba el conde Lucanor con Patronio y le contaba su hacienda[1] en esta guisa:

—Patronio, un hombre vino a me rogar que le ayudase en un hecho que había mester[2] mi ayuda y prometióme que haría por mí todas las cosas que fuesen mi pro y mi honra. Y yo comencé a ayudarle cuanto pude en aquel hecho. Y, antes que el pleito fuese acabado, teniendo él que ya el su pleito era librado[3], acaeció una cosa en que cumplía que él la hiciese por mí, y le rogué que la hiciese y él púsome excusa. Y después acaeció otra cosa que pudiera hacer por mí y púsome excusa como a la otra; y esto me hizo en todo lo que le rogué que él hiciese por mí. Y aquel hecho porque[4] él me rogó, no es aún librado ni se librará si yo no quisiere. Y por la fiuza[5] que yo he en vos y en el vuestro entendimiento, ruégoos que me aconsejéis lo que haga en esto.

[1] **Hacienda:** suceso, asunto, negocio.

[2] **Mester:** necesidad, falta.

[3] **Librado:** arreglado.

[4] **Porque:** aquí tiene valor final: para que. También más abajo: y le contó la razón porque allí viniera.

[5] **Fiuza:** confianza.

—Señor conde —dijo Patronio—, para que vos hagáis en esto lo que vos debéis, mucho querría que supieseis lo que conteció a un deán de Santiago con don Illán, el gran maestro que moraba en Toledo*.

Y el conde le preguntó cómo fuera aquello.

—Señor conde —dijo Patronio—, en Santiago había un deán que había muy gran talante de saber el arte de la nigromancia [6] y oyó decir que don Illán de Toledo sabía ende [7] más que ninguno que fuese en aquella sazón; y por ende vínose para Toledo para aprender de aquella ciencia. Y el día que llegó a Toledo aderezó luego a casa de don Illán y hallólo que estaba leyendo en una cámara muy apartada; y luego que llegó a él, recibiólo muy bien y díjole que no quería que le dijese ninguna cosa de por qué venía hasta que hubiese comido. Y pensó muy bien de él e hízole dar muy buenas posadas y todo lo que hubo mester y diole a entender que le placía mucho con su venida.

Y, después que hubieron comido, apartóse con él y le contó la razón porque allí viniera, y rogóle muy afincadamente que le mostrase aquella ciencia que él había muy gran talante de aprender. Y don Illán le dijo que él era deán y hombre de gran guisa y que podía llegar a gran estado —y los hombres que gran estado tienen, de que todo lo suyo han librado a su voluntad, olvidan mucho aína [8] lo que otro ha hecho por ellos**— y él que se recelaba de que él hubiese

[6] **Nigromancia:** *magia negra.*

[7] **Ende:** *en esto.*

[8] **Aína:** *rápidamente.*

* El deán ocupa la cabeza del cabildo después del prelado, que puede ser un abad, un obispo, un arzobispo, etc. En la Edad Media, Toledo era centro famoso en artes mágicas, las cuales dominaba don Illán.

** *El conde Lucanor* refleja muchos aspectos de la vida de don Juan Manuel. Probablemente, aquí aluda el escritor a algunos amigos ingratos.

aprendido de él aquello que él quería saber, que no le haría tanto bien como él le prometía. Y el deán le prometió y le aseguró que, de cualquier bien que él hubiese, que nunca haría sino lo que él mandase.

Y en estas hablas estuvieron desde que hubieron yantado hasta que fue hora de cena. Desde que su pleito fue bien asosegado entre ellos, dijo don Illán al deán que aquella ciencia no se podía aprender sino en lugar mucho apartado y que luego esa noche le quería mostrar dónde habían de estar hasta que hubiese aprendido aquello que él quería saber. Y tomóle por la mano y llevóle a una cámara y, en apartándose de la otra gente, llamó a una manceba de su casa y díjole que tuviese perdices para que cenasen esa noche, mas que no las pusiesen a asar hasta que él se lo mandase.

Y desde que esto hubo dicho, llamó al deán y entraron entrambos por una escalera de piedra muy bien labrada y fueron descendiendo por ella muy gran pieza [9] en guisa que parecía que estaban tan bajos que pasaba el río de Tajo por cima de ellos. Y, desde que fueron en cabo de la escalera, hallaron una posada muy buena y una cámara mucho apuesta que allí había, donde estaban los libros y el estudio en que habían de leer. Desde que se asentaron, estaban parando mientes en cuáles libros habían de comenzar y, estando ellos en esto, entraron dos hombres por la puerta y diéronle una carta que le enviaba el arzobispo, su tío, en que le hacía saber que estaba muy mal doliente y que le enviaba rogar que si le quería ver vivo, que se fuese luego para él. Al deán pesó mucho con estas nuevas; lo uno, por la dolencia de su tío, y lo otro porque receló que había de dejar su estudio que había comenzado, pero puso en su corazón de no dejar

[9] **Muy gran pieza:** *durante gran espacio de tiempo.*

aquel estudio tan aína e hizo sus cartas de respuesta y enviólas al arzobispo su tío.

Y dende a tres o cuatro días, llegaron otros hombres a pie que traían otras cartas al deán en que le hacían saber que el arzobispo era finado y que estaban todos los de la iglesia en su elección y que fiaban por la merced de Dios que elegirían a él y, por esta razón, que no se quejase [10] de ir a la iglesia ca mejor era para él en que le eligiesen siendo en otra parte que no estando en la iglesia.

Y dende a cabo de siete o de ocho días, vinieron dos escuderos muy bien vestidos y muy bien aparejados y, cuando llegaron a él, besáronle la mano y mostráronle las cartas en cómo le habían elegido por arzobispo. Cuando don Illán esto oyó, fue al electo y díjole cómo agradecía mucho a Dios porque estas buenas nuevas le llegaran a su casa y, pues Dios tanto bien le hiciera, que le pedía por merced que el deanazgo que fincaba [11] vacante que lo diese a un su hijo. Y el electo díjole que le rogaba que le quisiese consentir que aquel deanazgo que lo hubiese un su hermano; mas que él le haría bien en guisa que él fuese pagado y que le rogaba que fuese con él para Santiago y que le llevase aquel su hijo. Don Illán dijo que lo haría.

Fuéronse para Santiago. Cuando allí llegaron, fueron muy bien recibidos y mucho honradamente y, desde que moraron allí un tiempo, un día llegaron al arzobispo mandaderos del Papa con sus cartas en cómo le daba el obispado de Tolosa y que le daba gracia que pudiese dar el arzobispado a quien quisiese. Cuando don Illán oyó esto, retrayéndole mucho afincadamente [12] lo que con él había pasado, pidióle merced que le diese a su hijo y el arzobispo le rogó que consintiese que lo hubiese un su tío, hermano de su

---

[10] **Quejase:** *apurase.*

[11] **Fincaba:** *quedaba.*

[12] **Retrayéndole mucho afincadamente:** *Reprochándole con ahínco.*

padre. Y don Illán dijo que bien entendía que le hacía gran tuerto [13], pero que esto que lo consentía en tal que fuese seguro que se lo enmendaría adelante, y el arzobispo le prometió en toda guisa que lo haría así y le rogó que fuesen con él a Tolosa y que llevase su hijo.

Y, desde que llegaron a Tolosa, fueron muy bien recibidos de condes y de cuantos hombres buenos había en la tierra y, desde que hubieron allí morado hasta dos años, llegaron los mandaderos del Papa con sus cartas en cómo le hacía el Papa cardenal y que le hacía gracia que diese el obispado de Tolosa a quien quisiese. Entonces, fue a él don Illán y díjole que, pues tantas veces le había fallecido de lo que con él pusiera [14], que, ya que no había lugar de poner excusa ninguna, que no diese algunas de aquellas dignidades a su hijo [15]. Y el cardenal rogóle que le consintiese que hubiese aquel obispado un su tío, hermano de su madre, que era hombre bueno anciano; mas que, pues él cardenal era, que se fuese con él para la Corte, que asaz había en qué le hacer bien. Y don Illán quejóse ende mucho, pero consintió en lo que el cardenal quiso y fuese con él para la Corte.

Y, desde que allí llegaron, fueron bien recibidos de los cardenales y de cuantos en la Corte eran y moraron allí muy gran tiempo. Y don Illán afincando cada día al cardenal que le hiciese alguna gracia a su hijo y él poníale sus excusas. Y, estando así en la Corte, finó el Papa y todos los cardenales eligieron aquel cardenal por Papa. Entonces, fue a él don Illán y díjole que ya no podía poner excusa de no cumplir lo que le había prometido. El Papa le dijo que no lo afincase tanto, que siempre habría lugar en que le hiciese merced según fuese razón y don Illán se comenzó a quejar mucho retrayéndole cuan-

[13] **Tuerto:** *ofensa.*

[14] **Le había fallecido de lo que con él pudiera:** *Le había faltado en cuanto habían acordado.*

[15] **Y que no había lugar ... hijo:** *ya no había excusa alguna para no dar alguna dignidad a su hijo.*

tas cosas le prometiera y que nunca le había cumplido ninguna y diciéndole que aquello recelaba en la primera vegada que con él hablara. y, pues aquel estado era llegado y no le cumplía lo que le prometiera, que ya no le fincaba lugar en que atendiese de él bien ninguno. De este aquejamiento se quejó mucho el Papa y comenzóle a maltraer diciéndole que, si más le afincase, que le haría echar en una cárcel, que era hereje y encantador, que bien sabía que no había otra vida ni otro oficio en Toledo, donde él moraba, sino vivir por aquella arte de nigromancia.

Desde que don Illán vio cuánto mal le galardonaba el Papa lo que por él había hecho, despidióse de él y solamente no le [16] quiso dar el Papa que comiese por el camino. Entonces, don Illán dijo al Papa que, pues no tenía de comer, que se habría de tornar a las perdices que mandara asar aquella noche, y llamó a la mujer y díjole que asase las perdices.

Cuando esto dijo don Illán, hallóse el Papa en Toledo, deán de Santiago, como lo era cuando allí vino, y tan grande fue la vergüenza que hubo que no supo qué decirle. Y don Illán díjole que fuese en buena ventura y que asaz había probado lo que tenía en él y que tendría por muy mal empleado si comiese su parte de las perdices.

Y vos, señor conde Lucanor, pues veis que tanto hacéis por aquel hombre que os demanda ayuda y no os da ende mejores gracias, tengo que no habéis por qué trabajar ni aventuraros mucho por llevarlo a lugar que os dé tal galardón como el deán dio a don Illán.

El conde tuvo esto por buen consejo e hízolo así y hallóse ende bien. Y, porque entendió don Juan que era éste muy buen ejemplo, hízo-

[16] **Solamente no le:** *ni siquiera le.*

lo poner en este libro e hizo estos versos que dicen así:

Al que mucho ayudares y no te lo conociere [17], menos ayuda habrás desde que en gran honra subiere.

[17] **Conociere:** *reconociere, agradeciere.*

13

De lo que conteció a un mancebo que casó con una mujer muy fuerte y muy brava.

Otra vez hablaba el conde Lucanor con Patronio y díjole:

—Patronio, un criado mío me dijo que le traían casamiento con una mujer muy rica, y aunque es más honrada que él, y que es el casamiento muy bueno para él sino por un embargo que allí hay, y el embargo es este: díjome que le dijeran que aquella mujer que era la más fuerte y más brava cosa del mundo. Y ahora ruégoos que me aconsejéis si le mandaré que case con aquella mujer, pues sabe de cuál manera es, o si le mandaré que no lo haga.

—Señor conde —dijo Patronio—, si él fuere tal como fue un hijo de un hombre bueno que era moro, aconsejadle que case con ella, mas si no fuera tal, no se lo aconsejéis.

El conde le rogó que le dijese cómo fuera aquello. Patronio le dijo que en una villa había un hombre bueno que había un hijo, el mejor mancebo que podía ser, mas no era tan rico que pudiese cumplir tantos hechos y tan grandes como su corazón le daba a entender que debía cumplir y por esto era él en gran cuidado ca había la buena voluntad y no había el poder. En aquella villa misma, había otro hombre muy más honrado y más rico que su padre y había una hija no más y era muy contraria de aquel mancebo ca, cuanto aquel mancebo había de buenas maneras, tanto las había aquella hija del hombre bueno malas y revesadas; y, por ende, hombre del mundo no quería casar con aquel diablo.

Aquel buen mancebo vino un día a su padre y díjole que bien sabía que él no era tan rico que pudiese darle con que él pudiese vivir a su honra y que, pues le convenía hacer vida menguada y lazdrada [18] o irse de aquella tierra que, si él por bien tuviese, que le parecía mejor seso de catar algún casamiento con que pudiese haber alguna pasada [19]. Y el padre le dijo que le placía ende mucho si pudiese hallar para él casamiento que le cumpliese. Entonces, le dijo el hijo que, si él quisiese, que podría guisar que aquel hombre bueno que había aquella hija que se la diese para él. Cuando el padre esto oyó, fue muy maravillado y díjole que cómo cuidaba en tal cosa, que no había hombre que la conociese que, por pobre que fuese, quisiese casar con ella. El hijo le dijo que le pedía por merced que le guisase aquel casamiento y, tanto lo afincó que, comoquiera que el padre lo tuvo por extraño, que se lo otorgó. Y él fuese luego para aquel hombre bueno, y ambos eran muy amigos, y díjole todo lo que pasara con su hijo y rogóle que, pues su hijo se atrevía a casar con su hija, que le pluguiese que se la diese para él. Cuando el hombre bueno esto oyó aquel su amigo, díjole:

—Por Dios, amigo, si yo tal cosa hiciese seríavos muy falso amigo ca vos habéis muy buen hijo y tendría que hacía muy gran maldad si yo consintiese su mal ni su muerte; y soy cierto que, si con mi hija casase, que o sería muerto o le valdría más la muerte que la vida. Y no entendáis que os digo esto por no cumplir vuestro talante, ca si la quisiereis, a mí mucho me place de darla

[18] **Menguada y lazdrada:** *pobre, miserable.*

[19] **Pasada:** *salida.*

a vuestro hijo o a quienquiera que me la saque de casa.

El su amigo le dijo que le agradecía mucho cuanto le decía y que, pues su hijo quería aquel casamiento, que le rogaba que le pluguiese. El casamiento se hizo y llevaron la novia a casa de su marido. Y los moros han por costumbre que adoban de cena a los novios y pónenles la mesa y déjanlos en su casa hasta otro día. E hiciéronlo aquellos así, pero estaban los padres y las madres y parientes del novio y de la novia con gran recelo, cuidando que otro día hallarían el novio muerto o muy maltrecho. Luego que ellos fincaron solos en casa, asentáronse a la mesa y, ante que ella hubiese a decir cosa, cató el novio en derredor de la mesa y vio un perro y díjole ya cuanto[20] bravamente:

—¡Perro, danos agua a las manos!

El perro no lo hizo, y él encomenzóse a ensañar y díjole más bravamente que les diese agua a las manos. Y el perro no lo hizo. Y, desde que vio que no lo hacía, levantóse muy sañudo de la mesa y metió mano a la espada y enderezó al perro. Cuando el perro lo vio venir contra sí, comenzó a huir, y él en pos de él, saltando ambos por la ropa y por la mesa y por el fuego y, tanto anduvo en pos de él, hasta que lo alcanzó y cortóle la cabeza y las piernas y los brazos, e hízolo todo pedazos y ensangrentó toda la casa y toda la mesa y la ropa. Y así, muy sañudo y todo ensangrentado, tornóse a sentar a la mesa y cató en derredor y vio un gato y díjole que le diese agua a manos y, porque no lo hizo, díjole:

—¡Cómo, don falso traidor! ¿Y no viste lo que yo hice al perro porque no quiso hacer lo que le mandé yo? Prometo a Dios que, si poco ni más conmigo porfías, que eso mismo haré a ti que al perro.

[20] **Ya cuanto:** *muy.*

El gato no lo hizo ca tampoco es su costumbre de dar agua a manos, como el perro. Y, porque no lo hizo, levantóse y tomóle por las piernas y dio con él a la pared e hizo de él más de cien pedazos y mostrándole muy mayor saña que contra el perro. Y así, bravo y sañudo y haciendo muy malos continentes, tornóse a la mesa y cató a todas partes. La mujer, que le vio esto hacer, tuvo que estaba loco o fuera de seso y no decía nada. Y, desde que hubo catado a cada parte y vio un su caballo que estaba en casa*, y él no había más de aquel, y díjole muy bravamente que les diese agua a las manos; el caballo no lo hizo. Desde que vio que no lo hizo, díjole:

—¡Cómo, don caballo! ¿Cuidáis que, porque no he otro caballo, que por eso os dejaré si no hicieres lo que yo os mandare? De esa os guardad que si, por vuestra mala ventura, no hiciereis lo que yo os mandare, yo juro a Dios que tan mala muerte os dé como a los otros; y no hay cosa viva en el mundo que no haga lo que yo mandare que eso mismo no le haga.

El caballo estuvo quedo y, desde que vio que no hacía su mandado, fue a él y cortóle la cabeza con la mayor saña que podía mostrar y despedazólo todo. Cuando la mujer vio que mataba el caballo no habiendo otro y que decía que esto haría a quienquiera que su mandado no cumpliese, tuvo que esto ya no se hacía por juego y hubo tan gran miedo que no sabía si era muerta o viva. Y él así, bravo y sañudo y ensangrentado, tornóse a la mesa jurando que, si mil caballos y hombres y mujeres hubiese en casa que le saliesen de su mandado, que todos serían muer-

---

* En la Edad Media, era frecuente que algunos animales, como los caballos, durmieran en la casa.

tos. Y asentóse y cató a cada parte teniendo la espada sangrienta en el regazo y, desde que cató a una parte y a otra y no vio cosa viva, volvió los ojos contra su mujer muy bravamente y díjole con gran saña teniendo la espada en la mano:

—Levantaos y dadme agua a las manos.

La mujer, que no esperaba otra cosa sino que la despedazaría toda, levantóse muy aprisa y diole agua a las manos. Y díjole él:

—¡Ah! ¡Cómo agradezco a Dios porque hicisteis lo que os mandé ca de otra guisa, por el pesar que estos locos me hicieron, eso hubiera hecho a vos que a ellos!

Después mandóle que le diese de comer y ella hízolo. Y, cada que él decía alguna cosa, tan bravamente se lo decía y en tal son que ella ya cuidaba que la cabeza era ida del polvo. Así pasó el hecho entre ellos aquella noche, que nunca ella habló, mas hacía lo que le mandaban. Desde que hubieron dormido una pieza, díjole él:

—Con esta saña que hube esta noche, no pude bien dormir. Catad que no me despierte cras [21] ninguno; tenedme bien adobado de comer.

Cuando fue gran mañana, los padres y las madres y parientes llegaron a la puerta y, porque no hablaba ninguno, cuidaron que el novio estaba muerto o herido y, desde que vieron por entre las puertas a la novia y no al novio, cuidáronlo más. Cuando ella los vio a la puerta, llegó muy paso [22] y, con gran miedo, comenzóles a decir:

—¡Locos, traidores! ¿Qué hacéis? ¿Cómo osáis llegar a la puerta ni hablar? ¡Callad, si no todos, tan bien vos como yo, todos somos muertos!

Cuando todos esto oyeron, fueron maravillados y, desde que supieron cómo pasaron en uno, preciaron mucho el mancebo porque así supiera hacer lo que le cumplía y castigar tan bien su

[21] **Cras:** *mañana.*

[22] **Muy paso:** *muy despacio.*

casa. Y de aquel día adelante fue aquella su mujer muy bien mandada y hubieron muy buena vida. Y dende a pocos días, su suegro quiso hacer así como hiciera su yerno y por aquella manera mató un gallo, y díjole su mujer:

—A la fe, don fulano, tarde os acordastes ca ya no os valdría nada si mataseis cien caballos, que antes lo hubierais a comenzar ca ya bien nos conocemos.

Y vos, señor conde, si aquel vuestro criado quiere casar con tal mujer, si fuere él tal como aquel mancebo, aconsejadle que case seguramente ca él sabrá cómo pasa en su casa; mas, si no fuere tal que entienda lo que debe hacer y lo que le cumple, dejadle pase su ventura. Y aun consejo a vos que con todos los hombres que hubiereis a hacer[23] que siempre les deis a entender en cuál manera han de pasar con vos.

El conde hubo este por buen consejo e hízolo así y hallóse de ello bien. Y, porque don Juan lo tuvo por buen ejemplo, hízolo escribir en este libro e hizo estos versos que dicen así:

Si al comienzo no muestras quién eres,
nunca podrás después cuando quisieres.

[23] **Hubiereis a hacer:** *tuviereis que tratar.*

LIBRO DEL CABALLERO ZIFAR [1]

La composición de esta obra fue impulsada por la reina doña María de Molina con el fin de guiar a su hijo Fernando IV en las tareas de gobierno. El *Libro* refleja y difunde el ideario, el pensamiento cortesano y los intereses de la reina, que, en definitiva, pretendía amparar a su hijo Fernando IV; por tanto, son habituales los consejos al monarca y las advertencias a los caballeros. En determinadas partes del *Libro del caballero Zifar*, se emplea un modelo de estructura narrativa que fue tradicional en la literatura oriental, y aun clásica, y muy popular en la Edad Media: se encadenan los relatos de tal modo que uno de ellos es interrumpido por una historia que cuenta un personaje del relato, y así sucesivamente.

14
Del consejo que dio un cardenal a un Padre Santo de Roma

Este Papa era hombre bueno, y buen cristiano, y pagábase [2] del bien y despagábase [3] del mal; y, porque vio que los cardenales alongaban [4] los pleitos de los que venían a la corte y llevaban de ellos cuanto tenían [5], díjoles el Papa que quisiesen librar los pleitos aína, y que no quisiesen tomar nada de los que viniesen a la corte y que les daría cada año cosa cierta de la su cámara que partiesen [6]. Y los cardenales respondieron que lo harían de buena mente [7], salvo aqueste [8] hombre bueno, que no respondió ninguna cosa. Y el Papa le dijo que le dijese lo que le semejaba [9] o que le consejase. Y él respondióle y dijo así:

—Padre Santo, conséjote que no quieras perder tu haber ca, cuanto más dieres, tanto perderás; ca el uso que habemos luengamente acostumbrado, no lo podemos perder en poco

[1] **Zifar:** *significa en árabe* viajero; *por tanto,* Libro del caballero andante.

[2] **Pagábase:** *se prendaba, era aficionado.*

[3] **Despagábase:** *rechazaba.*

[4] **Alongaban:** *alargaban, retardaban, prolongaban.*

[5] **Lloraban de ellos cuanto tenían:** *Se quedaban con el dinero de los pleiteantes.*

75

⁶ **Les daría... partiesen:** *Anualmente, les daría dinero de su tesoro para que lo repartiesen entre ellos.*

⁷ **De buena mente:** *con agrado.*

⁸ **Aqueste:** *este.*

⁹ **Lo que le denegaba:** *Lo que le parecía.*

¹⁰ **Nos:** *nosotros.*

¹¹ **Maguer:** *aunque.*

¹² **Por dar... tuyo:** *Aunque nos regales de lo tuyo.*

¹³ **Avivado:** *excitado, animado, encendido.*

¹⁴ **Diciéndole todos... dado:** *La gente censura al caballero por maltratar al caballo, el cual había dado muy buen ejemplo.*

tiempo, y decirte he por qué. Sepas que nos ¹⁰ habemos la manera del gallo, que, por mucho trigo que le pongan delante en que se harta, no deja de escarbar maguer ¹² sea harto, según lo hubo acostumbrado. Y tú, señor, creas que por dar que nos tú hagas de lo tuyo ¹², no dejaremos de tomar lo que nos dieren y aún de escarbar y trabajar por cuantas partes pudiéremos que nos den.

15

Jorán era un caballero mancebo, y muy bullicioso, y muy avivado ¹³ en los deleites de este mundo, y de muy suelta vida y no preciaba nada las cosas de este mundo ni las de Dios. Así que —cuatro días ha hoy— estando en Altaclara con su caballo en la rúa, pasaba un clérigo con el cuerpo de Dios —que llevaba en las manos, e iban a comulgar a un doliente— y, oyendo la campanilla y viendo la compaña que iban con él por honrar el cuerpo de Dios y diciéndole todos que se tirase a una parte, no quiso; y el caballo, queriendo se apartar de allí, él dábale sofrenadas. Y, cuando el caballo vio que venía cerca el clérigo con el cuerpo de Dios, hincó los hinojos en tierra. Y Jorán hiriólo con el freno y levantólo. Y esto hizo el caballo muchas veces hasta que fue pasado el clérigo con el cuerpo de Dios. Y Jorán empezó de hacer mal al caballo; diciéndole todos que no lo hiciese ca muy buen ejemplo había dado ¹⁴ a todos los del mundo para que hiciesen reverencia al cuerpo de Dios. Y él, haciendo mal al caballo. Lanzó las coces y sacudiólo en tierra en manera que luego fue muerto sin confesión y sin comunión. Y luego se fue el caballo aquella iglesia, do era el clérigo que iba a comulgar al doliente, y no lo podían mover a ninguna parte no haciendo él mal ninguno. Y, porque entendieron que era miraglo[15] de Dios, mandáronlo allí dejar, y allí está que se no mueve[16].

[15] **Miraglo:** *milagro.*

[16] **Allí está que no se mueve:** *Allí permanece aún sin moverse.*

FRANCESC EIXIMENIS

Nació en Gerona hacia 1340 y murió quizás en el año 1409. Religioso franciscano. Una de sus obras más importantes se titula *Terç del Crestià:* en ella expone diferentes aspectos de la doctrina cristiana. Para probar sus argumentos, acostumbra a servirse de cuentos y fábulas que transmiten su mensaje de modo más atractivo y eficaz. Eiximenis también aprovecha sus obras para ofrecer sus puntos de vista sobre la sociedad de su tiempo. Así, aunque en algunos cuentos no deje en buena posición a los mercaderes, en otros relatos defiende la actividad mercantil y las formas de economía de tipo precapitalista. Afirma que sin el comercio las comunidades decaen y los príncipes se vuelven tiranos. Sin embargo, los campesinos no disfrutan de la misma consideración, porque Eiximenis los identifica con bestias.

16

Claudus Prosaicus, interrogado sobre cómo debía uno hablar con tales hombres* y tratarlos cuando son maliciosos, respondió que «así como yo hablaré ahora con el asno». Dijo que su asno comía las berzas en su huerto, y él se fue delante del asno, y se arrodilló ante él, y se quitó la capucha de la cabeza y, con las manos juntas, dijo así al asno:

—Señor asno, si os place por vuestra cortesía, no comáis las berzas pues si éstas me faltan, no tendré nada que comer.

Y el asno no sólo no hizo muestras de haberlo visto, sino que continuó con su comer. Y Claudus suplicó otra vez al asno que dejara las berzas alegándole otras buenas razones, y el asno no se movió, sino que disparó por detrás con estruendo. Claudus insistió una tercera vez haciendo como antes y entonces el asno giró las

---

* Se refiere a los payeses o campesinos.

patas queriendo desbaratarlo a coces y a golpes. Entonces, Claudus tomó un bastón muy grande y lo golpeó por las espaldas, por la cabeza, por el cuello, por el vientre y por las ancas; y entonces el asno hizo aquello que le había sido rogado; es decir, dejó las berzas.

17
Ejemplo del ladrón y del judío

Un ladrón, sabiendo que un rico judío pasaba por cierto camino, lo aguardó para robarle los dineros que llevaba; y, cuando le hubo robado todo cuanto portaba, quiso matarlo para que no lo descubriera. El judío le rogó que no lo hiciese pues, si lo hacía, finalmente sería descubierto. Dijo el ladrón:

—¿Y quién me descubrirá si nadie me ha visto?
Dijo el judío:
—Aquellas perdices que vuelan por allí, por el aire.

Y, ciertamente, volaban unas perdices por allí delante de ellos. El ladrón lo tomó a engaño y mató al judío.

Al cabo del tiempo, dicho ladrón, en casa de un gran señor, llevaba al fuego un gran asador de perdices y, acordándose de lo que el judío le había dicho al morir, se rió fuertemente. Y, como el cocinero lo vio reír así, le preguntó por qué se reía de aquel modo y el ladrón le reveló todo el caso que había sucedido entre él y el judío. Y el cocinero, pensando que aquel era ladrón y homicida, tuvo gran cuidado de disimularlo y dijo al señor todo cuanto el ladrón le había dicho. Y el señor lo hizo prender y dar tormento y el ladrón aquel, habiendo confesado la verdad, fue colgado.

Ved de qué modo la justicia de Dios castigó este pecado en el cristiano aunque el muerto fuese infiel: para que podamos ver cómo Dios aborrece este pecado, y su malicia clama a Dios siempre contra aquel que lo hace*.

---

* Esto es: la propia maldad del pecado clama a Dios contra el pecador.

ANSELM TURMEDA:
LA DISPUTA DE UN ASNO

Anselm Turmeda nació en Mallorca hacia 1352. Ingresó en la Orden de san Francisco, pero renegó posteriormente y se convirtió a la religión mahometana. Una de sus obras más conocidas es *La disputa d'un asne,* texto inspirado, probablemente, en una obra árabe. La *Disputa* fue uno de los libros que con mayor rigor persiguió la Iglesia católica. Comienza la obra cuando Anselm acude a un huerto en donde los árboles frutales ofrecen sombra abundante. Anselm se duerme en este lugar placentero y sueña que el huerto se puebla de diversos animales, los cuales eligen al asno para que éste dispute con el fraile sobre diversas cuestiones. Para amenizar tales reflexiones, el autor incluye varios cuentos.

18

Hay en Cataluña una ciudad llamada Tarragona, que antiguamente se llamaba Secundina porque su grandeza era considerada como segunda después de Roma, y aún hoy se conoce ser esto verdad por los grandes, antiguos y suntuosos edificios que existen en todo el perímetro de la ciudad. En sus afueras, había un convento de predicadores en el que había un religioso llamado fray Juan Juliot. Este fraile era bello y gallardo en su persona, muy bien hecho y proporcionado de todos sus miembros, y de gran elocuencia, por lo cual todo el pueblo de Tarragona lo quería bien y lo tenía en gran estima y reputación de tal manera que los principales de la ciudad se confesaban con él, así como sus mujeres y sus hijos. En dicha ciudad, había un hombre de bien, llamado Juan Destellers, que tenía por mujer una buena dama llamada doña Tecla. Dicho Juan era muy espiritual y devoto, y así mismo su mujer. Y era ésta una de las más bellas damas de la ciudad de tal modo que por su belleza semejábase a un ángel de alta jerarquía.

Llegada la Cuaresma, vio doña Tecla que todas sus vecinas iban diariamente a confesar y dijo a su marido:

—Señor, han pasado ya diez días de la Cuaresma y aún no me he confesado; así que, si os place, quiero hacerlo.

El marido sintió un gran placer al ver la buena intención de su esposa y le dijo:

—Señora, me agrada mucho el que vayáis a confesar, pero, como sois joven e inocente y nunca os confesasteis, no sabéis la manera de hacerlo; por lo que quiero que vayáis a confesaros con fray Juan Juliot, de la Orden de hermanos predicadores [1], porque es mi confesor, hombre de bien y muy sabio en el predicar, y confesando hace maravillas; sabe muy bien preguntar por los pecados y examinarlos bien. Como no lo conocéis, preguntad por él y os lo enseñarán, y le diréis que yo os he enviado a él para que os confiese.

En cuanto doña Tecla hubo escuchado las palabras de su marido, tomó su manto y se fue derecha al convento de los frailes predicadores. Dicha dama, que sobrepujaba a todas en belleza, era muy amodorrada y tosca de entendimiento, y de buena fe creía que todo cuanto los hombres le decían era verdad. En cuanto llegó al convento, preguntó por fray Juan Juliot y, al punto, se lo mostraron. Entonces, doña Tecla, besándole las manos, le dijo:

—Señor fray Juliot, mi marido me envía a vos para que me enseñéis cómo he de confesarme.

Al ver fray Juliot la belleza de la dama y conocer en su conversación que era torpe de entendimiento, se puso muy alegre y se dijo interiormente: «Cierto que yo os enseñaré de tal modo

[1] **Santo Domingo de Guzmán (1170-1221):** *fundó en 1216 la Orden de los Dominicos* (Ordo Fratrum Predicatorum). *Para evangelizar, estos frailes empleaban la predicación ambulante. En 1231, el Papa les confió la dirección del Santo Oficio de la Inquisición.*

a confesaros que, en adelante, no habrá quien os enseñe». Y en seguida la hizo pasar a un rincón y sitial de la iglesia en donde tenía costumbre de confesar. Dicho rincón y sitial era muy secreto y oscuro de tal modo que desde él no se veía a los que estaban fuera y los de fuera no veían a los que estaban en el sitial por la gran oscuridad. En primer lugar, le preguntó fray Juliot si había amado a alguno y ella contestó:

—Monseñor, no dudo de que por mi gran belleza muchos se hayan enamorado de mí, pero yo no me he enamorado de ninguno; no lo he hecho nunca porque mi marido dice que la mujer que ama a otro hombre, además de su marido, por la noche vienen las brujas, la cogen, la meten en un saco y la tiran al mar. Por esta razón, yo nunca he estado enamorada, ni he querido bien, ni he tenido amor más que a mi marido por miedo a entrar en el saco.

Cuando vio fray Juliot que la joven era tan ligera, tuvo un singular placer y se dijo interiormente: «Sin falta, en el día de hoy yo os meteré en tal saco que ya no tendréis miedo al saco de las brujas». Y luego le preguntó:

—Hija mía, ¿cuánto tiempo hace que estáis con vuestro marido?

—Monseñor, ahora hace seis meses —contestó ella.

—¿Cuántas veces vuestro marido ha tenido acceso con vos?

—En verdad, monseñor, no sabría decíroslo —contestó ella—. Tantas veces me lo ha hecho, de noche y de día, que he perdido la cuenta.

Cuando fray Juliot conoció por esta respuesta que la dama era un poco escasa de sal, se dijo interiormente: «De seguro no saldréis de aquí sin que os haga entrar en razón». Y luego, mostrándose muy turbado, le dijo:

—¿Qué cristiana sois vos que no lleváis la cuenta de las veces que vuestro marido os lo ha hecho, sabiendo que debéis pagar el diezmo al confesor que os confiese? ¿Cómo podré tomar de vos el diezmo sin saber cuántas veces os lo hizo vuestro marido?* Ciertamente, merecéis gran pena y penitencia.

Cuando doña Tecla hubo escuchado las palabras de fray Juliot, repuso llorando:

—Monseñor, os ruego, por el amor de Dios, que me perdonéis porque yo, triste de mí, he caído ignorantemente en este gran pecado y os prometo que, desde ahora en adelante, pondré más atención y contaré todas las veces que mi marido me lo haga y las marcaré en mis rosarios para que no se me olvide. Por cada vez que me lo haga, haré un nudo. Y, como mi marido sabe que yo no sé una palabra de estas cosas, me ha enviado a vos para que me enseñéis.

Cuando fray Juliot oyó estas palabras de la dama, tuvo un gran gozo porque conoció que era de simple voluntad. Y, para consolarla, le dijo:

—Hija mía, Dios y yo os perdonaremos. No lloréis ni sufráis más porque yo daré buen orden para todo y haré ahora la cuenta. Si es poco más o menos, no importa. Hija mía, según decís, hoy hace seis meses que os casasteis. Por el amor de vos y de vuestro marido, sólo contaré treinta días por cada mes, aunque algunos tengan treinta y

---

* Fíjate en que, para lograr su objetivo, fray Juliot menciona un derecho medieval del que disfrutaba la Iglesia católica y que doña Tecla, como todos los fieles, conocía bien. Los feligreses estaban obligados a pagar a la Iglesia la décima parte de los frutos que cosechaban (diezmo). Como la mujer es simple, cree fácilmente que ese derecho también se debía aplicar a su cuerpo.

uno. Según decís, os lo ha hecho tantas veces de noche y de día que habéis perdido la cuenta. Por el amor de vos, sólo contaré una vez por cada día y cada noche, que serán seis veces treinta; en resumen, ciento ochenta veces. El diezmo, hija mía, es uno de cada diez; por tanto, me pertenecían dieciocho veces, y más de otras dieciocho os perdono por el amor de vuestro marido, que os ha dirigido a mí. Entonces, doña Tecla, besándole los pies, le dijo:

—Monseñor, cien mil veces os agradezco vuestra cortesía; por la cual, sin ningún conocimiento precedente, me hacéis tanta gracia. Por tanto, señor, podéis tomar de vuestro diezmo toda la parte que os plazca.

Al oír esto el fraile, la tendió en el suelo y tomó el diezmo de veinte veces. Y, cuando hubo tomado dicho diezmo, dijo a la dama:

—Hija mía, estoy pagado de veinte veces, pero ahora no quiero pagarme de más porque vos no podríais resistir por lo débil que estáis a causa del ayuno. No obstante, si Dios quiere, os iré a visitar a vuestra casa y tomaré cada día el resto del diezmo.

—Monseñor —dijo la dama—, aunque decís que no puedo pagar bien vuestro diezmo, a deciros verdad, no quisiera dejaros a deber nada si fuese posible. Así, os ruego que lo más pronto posible toméis de mí lo que resta.

Cuando fray Juliot le hubo preguntado en dónde vivía, la absolvió de todos sus pecados y le dijo lo siguiente:

—Ya lo veis, hija mía. Por esta confesión quedáis absuelta de todos vuestros pecados y tan pura y limpia como el día que nacisteis del vientre de vuestra madre, pero con la condición de que guardéis secreto de todo lo que entre vos y yo ha pasado en confesión. Y os hago saber que a quien revela o descubre el juramento de la santa confesión, se le corta la lengua y después de su muerte va con cien mil diablos y no ve la faz de Dios.

A lo que contestó doña Tecla:

—¡No quiera Dios que yo diga nada, monseñor, de la santa confesión! Pero, monseñor, yo os suplico que vengáis a mi casa a tomar el resto del diezmo.

Dicho esto, le besó las manos y, tomando la venia de fray Juliot, se volvió a su casa. Cuando llegó, encontró a su marido, que la esperaba para comer, y le dijo: —Señora, de bien os sirva la confesión. ¿Qué os parece de fray Juliot y de su manera de confesar?

—Ciertamente —dijo ella—, que es un hombre perfecto, muy buen confesor y hombre que sabe preguntar y examinar muy bien los pecados. No querría confesarme nunca con otro que no fuera él porque me ha complacido mucho.

—Por eso os he enviado a él, dijo el marido, porque sé que es hombre prudente y discreto para examinar los pecados.

Dicho esto, comieron con gran solaz y regocijo. A los pocos días, fray Juliot vino a visitar a doña Tecla y tomó parte del diezmo y, así, repitió las visitas hasta quedar bien pronto pagado por completo.

19

En el campo de Tarragona, hay un pueblo de la montaña llamado Falset; es buen pueblo y grande, está poblado de buenas gentes y pertenece al conde de Prades. A este pueblo, en la fiesta de Navidad, fueron a predicar dos frailes, mínimo[2] uno y de la Orden de Predicadores el otro; uno, el mismo día de Navidad y otro, el siguiente. Cuando acabaron las fiestas, quisieron los frailes volverse a Tarragona, de donde habían venido, y, cuando fueron a tomar la venia del señor conde, éste les dijo:

—Señores religiosos, a nos y a todo el pueblo ha complacido vuestra científica y agradable manera de predicar; podéis, por tanto, pedirnos lo que queráis y os lo concederemos, pero queremos que el fraile predicador pida el primer don y después pedirá el mínimo.

Cuando el fraile predicador lo hubo oído, dijo para sí: «He hecho mal viaje porque, si pido el primero, el mínimo pedirá más que yo y, si él llega a tener más que yo, la muerte sería para mí mejor que la vida, pero yo sabré más que él». Y, dirigiéndose al conde, le dijo:

—Señor conde, yo os pediré un don, pero a condición de que lo que pida me lo deis en el instante.

El conde se lo prometió, y entonces dijo:

—Pues os pido que me deis el doble de lo que pida el fraile mínimo.

El conde se lo otorgó y, cuando el fraile mínimo hubo oído la petición del fraile predicador, creyó morir de envidia y dijo para sí: «Mal viaje va a tener este fraile traidor si le dan el doble de lo que yo pida porque, si pido cien florines, él tendrá doscientos, y más querría morir contento que vivir descontento». Y, en seguida, pidió el don diciendo:

—Señor conde, yo os pido que ahora mismo tengáis la bondad de hacerme dar doscientos buenos palos, sin que falte uno, porque esa es la mayor gracia y recompensa que puede darme en este mundo vuestra señoría.

Entonces, el conde dijo a dos escuderos que estaban a su lado:

[2] **Mínimo:** *religioso que pertenecía a la Orden de los Franciscanos o Minoritas (Ordo Fratrum Minorum), fundada por san Francisco de Asís (1182-1226). La Orden fue confirmada por Honorio III en 1223. También fueron llamados mínimos los religiosos que pertenecían a la Sagrada Orden de los Mínimos, fundada en 1435 por san Francisco de Paula.*

—Traed dos buenos bastones de níspero y hacedle este placer puesto que lo pide con tanta devoción.

Luego que los escuderos hubieron traído los palos, cogieron al fraile mínimo por la caperuza y empezaron a sacudirle. Y, cuando le habían dado cien palos, el fraile predicador comenzó a gritar:

—¡Basta, basta, señor, que el hermano sólo ha pedido cien palos!*

Y, cuando el mínimo oyó las palabras del predicador, dijo replicando, llorando y gritando:

—No, señor, no escuchéis al hermano, y que me den los doscientos palos porque doscientos son los que he pedido —y, volviéndose al predicador, le dijo— ¿Qué os parece, padre predicador, del don que he solicitado? Creo que no os agradará mucho. Vuestra codicia os ha hecho pedir el doble de lo que a mí me dieran y me complazco en pasar mal la Navidad con tal de que vos lo paséis mal hasta los Inocentes y, acaso, hasta Año Nuevo.

Tan pronto como el fraile mínimo hubo recibido dicha gracia, los dos escuderos cogieron al fraile predicador por el dobladillo de la capa y le dieron cuatrocientos palos y lo dejaron de tal guisa que fue preciso cargarlo sobre un asno para llevarlo a Tarragona.

---

* El predicador pide que detengan el azotamiento en el instante en que ya le han dado cien palos al mínimo. Fíjate en que la compasión no le induce a obrar de ese modo, sino el egoísmo porque sabe que él habrá de soportar doble castigo.

JUAN RUIZ: *LIBRO DE BUEN AMOR*

Juan Ruiz, arcipreste de Hita, compuso esta obra a mediados del siglo XIV. Los críticos se han inclinado por nombrarla así, ya que carecía de título. El texto abarca casi siete mil versos, escritos casi todos en cuaderna vía, que es la estrofa característica del mester de clerecía. Juan Ruiz se sirve tanto del léxico culto como del popular para componer un libro que combina elementos muy diversos: aventuras amorosas, fábulas, cuentos, serranillas, etc. El tema amoroso confiere unidad a los diferentes episodios que configuran el libro. El autor ofrece abundantes consejos a los enamorados para que consigan sus fines, conserven sus conquistas y actúen de modo sensato y diestro en los asuntos amorosos.

20

Ejemplo del garzón que quería casar con tres mujeres

Era un garzón loco: mancebo bien valiente,
no quería casarse con una solamente,
sino con tres mujeres: tal era su talente.
Porfiaron en cabo con él toda la gente,
    su padre y su madre y su hermano mayor: 5
afincáronle mucho que ya por su amor
con dos que se casase, primero la menor
y, dende a un mes cumplido, casase con la mayor.
    Hizo su casamiento con esta condición;
pasado el primer mes le dijeron tal razón: 10
que al otro su hermano con una y con más non
quisiese que le casasen a ley y a bendición;
    respondió el casado que esto no hiciesen,
que él tenía mujer en que ambos hubiesen
casamiento abondo[1] y que esto le dijesen, 15
de casarlo con otra no se entremetiesen.
    Este hombre bueno, padre de este necio,
tenía un molino, de gran muela de precio;

[1] **Abondo:** *suficiente.*

antes que fuese casado, el garzón tan recio
la muela, andando mucho, teníala con el pie
                                         quedo.   20
  Esta fuerza grande y esta valentía,
antes que fuese casado ligera la hacía;
el un mes ya pasado que casado había,
quiso probar como antes y vino allí un día:
  probó tener la muela como había usado: 25
levantóle las piernas, echólo por mal cabo;
levantóse el necio, maldíjole con mal hado,
dice: «¡Ay, molino recio, aún te vea casado!».
  A la mujer primera él tanto la amó
que a la otra doncella nunca más la tomó;   30
no probó más tener la muela, no lo asmó [2].
Así tu* devaneo el garzón loco domó.
  Eres padre del fuego, pariente de la llama;
más arde y más se quema cualquiera que más ama;
Amor, quien te más sigue, quémasle cuerpo y
                                         alma,   35
destrúyeslo del todo, como el fuego a la rama;
  los que no te probaron en buen día nacieron,
holgaron sin cuidado, nunca entristecieron;
desde que a ti hallaron todo su bien perdieron:
fueles como a las ranas cuando el rey
                                       pidieron.   40

21

*Ejemplo de lo que conteció a don Pitas Payas,
pintor de Bretaña*

Del que olvidó la dueña te diré la hazaña:
si vieres que es burla, dime otra tan maña [3].
Era don Pitas Payas un pintor de Bretaña,
casó con mujer moza, pagábase de compaña [4].

---

* Se refiere a Amor, a quien el arcipreste reprende.

[2] **No lo asmó:** *no lo intentó.*

[3] **Si vieres... maña:** *Es decir, si vieres que es cuento de burlas, dime tú otro mejor.*

[4] **Casó... compaña:** *La compañía de su joven esposa lo satisfacía plenamente.*

Ante del mes cumplido, dijo él:
«Nostra dona [5], 5
yo volo ir a Frandes, portaré muita dona». [6]
Diz la mujer: «Mi señor, andad en hora bona;
no olvidéis casa vostra ni la mía persona».
Díjole don Pitas Payas: «Dona de hermosura:
yo volo fer en vos una bona figura [7] 10
porque seas guardada de toda otra locura».
Ella dice: «Mi señor, hazed vostra mesura» [8].
Le pintó bajo el ombligo un pequeño cordero.
Fuese don Pitas Payas ser novo mercadero [9]
Tardó allá dos años, fue mucho tardinero: 15
Hacíasele a la dona un mes año entero.
Como era la moza nuevamente casada
—había con su marido hecha poca morada—,
tomó un entendedor [10] y pobló la posada:
deshízose el cordero, que de él no queda
                                          nada. 20
Cuando ella oyó que venía el pintor,
muy de prisa envió por el entendedor;
díjole que le pintase como pudiese mejor
en aquel lugar mismo un cordero menor;
pintóle con la gran prisa un eguado [11]
                                          carnero, 25
cumplido de cabeça, con todo su apero [12].
Luego en ese día vino el mensajero
que ya don Pitas Payas de ésta venía, certero.
Cuando fue el pintor de Frandes ya venido,
fue de la su mujer con desdén recebido; 30
desde que en el palacio con ella en uno estido [13],
la señal que le hiciera no la echó en olvido;
dijo don Pitas Payas: «Madona, si os plaz
mostradme la figura y hayamos bon solaz».
Dice la mujer: «Mon señer, vos mesmo
                                          la catad: 35
fey ahí ardidamente todo lo que vollaz». [14]

[5] **Dona:** *señora.*

[6] **Yo solo... dona:** *Pitas Payas quiere ir a Flandes para traer muchos regalos y dones.*

[7] **Yo solo... figurava:** *Es decir, yo quiero pintar en tu cuerpo una buena figura.*

[8] **Mesura:** *deseo.*

[9] **Ser novo mercadero:** *a hacerse mercader. Flandes era un importante foco mercantil.*

[10] **Entendedor:** *amante.*

[11] **Eguado:** *adulto. Quizás con el sentido de cabrito.*

[12] **Cumplido... apero:** *Le pintó un carnero adulto, cuya cabeza estaba adornada con una gran cornamenta.*

[13] **Estido:** *estuvo. Es decir, una vez que en la alcoba (o sala) estuvo.*

Cató don Pitas Payas el sobredicho lugar
y vio un gran carnero con armas de prestar: [15]
«¿Cómo es esto, madona? o ¿cómo puede estar
que yo pinté cordero y trobo este
manjar?». [16]   40
Como en este hecho es siempre la mujer
sutil y mal sabida, dice: «¿Cómo, mon señer?
¿En dos años petit corder no se fer carner?
¡Vos vinieseis temprano y trobaríais corder!». [17]

---

[14] **Dijo don Pitas Payas... vollaz:** *Pitas Payas ruega a su señora («madona») que le muestre la figura del cordero y que tenga buen solaz con él. La mujer no sólo permite que mire dicha figura, sino que también lo anima a que haga intrépidamente todo cuanto quiera.*

[15] **Con armas de prestar:** *con soberbia cornamenta.*

[16] **Trobo este manjar:** *Encuentro este manjar. Es posible que un error de copia haya permitido el empleo del vocablo* manjar *por* mardán *o* mardal *(carnero padre cuya cornamenta está muy desarrollada).*

[17] **¿Cómo, ... corder:** *«¿Cómo, señor mío? ¿En dos años, pequeño cordero no se hace carnero? ¡Si hubierais venido antes, habríais hallado cordero!».*

LIBRO DE LOS GATOS

A partir del siglo XIV se difunden recopilaciones de ejemplos. El *Libro de los gatos* es una versión en romance de una obra latina que se conserva en un manuscrito de la segunda mitad del siglo XIV o de la primera mitad del XV. El título parece algo enigmático puesto que el libro no trata de estos felinos. Los expertos discuten el sentido de *gatos*. ¿Alude esta palabra a los religiosos hipócritas? ¿Se refiere más bien al variado contenido del texto? ¿Se trata, quizás, de un error del copista? ¿*Gatos* por *cuentos*? Hasta el momento, ninguna teoría resulta convincente.

22
Ejemplo del milano con las perdices

El milano una vegada[1] miraba sus alas y sus pies y sus uñas y, desque se hubo mirado, dijo entre sí: «Yo tan bien armado soy como el halcón y como el águila, y tales alas y tales uñas y tales pies he. ¿Por qué no tomaré las perdices ansí como ellos?». Y fue buscar un lugar do había muchas perdices y tomó de ellas y puso dos so las alas, dos so los pies, y la quinta en el pico hasta que las no pudo tener; y húbolas a dejar todas. Y por esto dice en el proverbio: «Quien todo lo quiere, todo lo pierde». Y por aquellos dice que nunca quiso trabajar en tomar perdices.

[1] **Vegada:** *vez*

23
Ejemplo del ratón que cayó en la cuba

El mur una vegada cayó en una cuba de vino; el gato pasaba por ý[2], y oyó el mur do hacía

[2] **ý:** *allí.*

gran ruido en el vino y no podía salir, y dijo el gato:

—¿Por qué gritas tanto?

Respondió el mur:

—Porque no puedo salir.

Y dijo el gato:

—¿Qué me darás si te saco?

Dijo el mur:

—Darte he cuanto tú me demandares.

Y dijo el gato:

—Si te yo saco[3], quiero que des esto: que vengas a mí cuantas vegadas te llamare.

Y dijo el mur:

—Esto vos prometo que haré.

Y dijo el gato:

—Quiero que me lo jures.

Y el mur prometióselo. El gato sacó el mur del vino y dejólo ir para su forado[4]. Y un día el gato había gran hambre y fue al forado del mur y díjole que viniese, y dijo el mur:

—No lo haré si Dios quisiere.

Y dijo el gato:

—¿No lo juraste tú a mí que saldrías cuanto te llamase?

Y respondió el mur:

—Hermano, beodo era cuando lo dije.

[3] **Si te yo saco:** *Si yo te saco.*

[4] **Forado:** *agujero.*

24

Ejemplo de los dos compañeros

Una vegada, acaeció que dos compañeros que hallaron una gran compaña de simios, dijo el uno al otro:

—Yo apostaré que gane yo ahora más por decir mentira que tú por decir verdad.

Y dijo el otro:

—Dígote que no harás ca más ganaré yo por decir verdad que tú por decir mentira y, si esto no crees, apostemos.

Dijo el otro:

—Pláceme.

Y, desque hubieron hecho su apuesta, fue el mentiroso y llegóse a los simios y díjole un simio que estaba ý por mayoral de los otros:

—Di, amigo, ¿qué te parece de nosotros?

Respondió el mentiroso:

—Paréceme, señor, que sois un rey muy poderoso, y estos otros simios que son las más hermosas cosas del mundo, y los hombres vos precian mucho.

En manera que los lisonjeó tanto cuanto pudo en guisa que, por las lisonjas que les dijo, diéronle muy bien a comer y honráronle mucho, y diéronle mucha plata y mucho oro y muchas otras riquezas. Y después llegó el verdadero, y preguntáronle los simios que qué le parecía de aquella compaña, y respondió el verdadero y dijo que nunca viera tan sucia compaña ni tan feos y que

—Atales como vos precian son locos [5].

Entonces, fuéronse para él y sacáronle los ojos y, desque le hubieron sacado los ojos, fuéronse y dejáronle desamparado.

Y entonces Buena Verdad oyó voces de osos y de lobos y de otras bestias que andaban por el monte. Atento lo mejor que pudo ý subióse en un árbol por miedo que le comerían las bestias [6]. Y él que estaba encima de aquel árbol [7]. Hevos [8] las bestias que se ayuntaron todas a cabildo so el árbol y preguntábanse las unas a las otras de qué tierra eran o qué condiciones habían cada una de las bestias o con qué arte sabían cada una escapar de mano de los hombres, y dijo la raposa:

—Yo so [9] cerca de aquí do hay un rey, que aquel rey es el más necio hombre que yo nunca

[5] **A tale... locos:** *Ésos que os precian son locos.*

[6] **Y subióse... bestias:** *subióse allí en un árbol por miedo a las bestias.*

[7] **El que estaba encima de aquel árbol:** *se refiere a Buena Verdad.*

[8] **Hevos:** *he las. Es decir, he ahí a las bestias (señala a los animales).*

[9] **So:** *estoy.*

vi y tiene una hija muda en casa; poderla ía ligeramente sanar [10] si quisiese, sino que no sabe [11].

Y dijeron los otros:

—¿Cómo sería eso?

Y dijo ella:

—Yo vos lo diré: el domingo, cuando van ofrecer las buenas mujeres y dejan el pan sobre las huesas [12], y voy yo y rebato una torta *; si el primero bocado que yo tome me lo sacasen de la boca antes que yo lo tragase y se lo diesen a comer, luego hablaría. Y otra necedad mayor vos diré; que aquel rey que está ciego y tiene una lancha [13] de piedra en cabo de su casa: si aquélla fuese alzada, saldría una fuente de allí y cuantos ciegos se untasen los ojos con aquel agua, luego guarecerían.

Y, desque fue amanecido, fuéronse las bestias de allí. Y, ellas que se iban, pasaban unos arruqueros [14] por allí y Buena Verdad, que estaba encima de aquel árbol, que había miedo de lo que las bestias dijeron, dio voces a los arruqueros que iban, y dijeron los arruqueros:

—¡Santa María! Voces de hombres son aquellas que oímos. Vamos allá.

Y, desque llegaron, hallaron a Buena Verdad do estaba encima del árbol y preguntáronle quién era. Dijo.

—Buena Verdad.

Ellos dijéronle:

—Amigo, ¿qui te paró tal? [15]

Y él díjoles:

—Un mío compañero; mas pídovos de merced que digades do ides [16].

---

[10] **Poderle ía...sanar:** *podría sanarla. Este tipo de secuencia equivale al condicional.*

[11] **Sino que:** *pero.*

[12] **Huesas:** *fosas, sepulturas.*

[13] **Lancha:** *losa.*

[14] **Arruqueros:** *arrieros.*

[15] **¿Qui te paró tal?:** *¿Quién te puso de ese modo?*

[16] **Mas pídovos...ides:** *Os pido por favor que digáis adónde vais.*

* La zorra afirma que ella arrebatará una torta de pan a los fieles, los cuales acostumbraban a llevar a la iglesia —que estaba al lado de los cementerios— ofrendas (pan, vino, etc.) por sufragio a los difuntos.

Ellos dijeron:

—Imos [17] a tal reino con estas mercadurías.

Y díjoles:

—Ruégovos que me queráis llevar allá por amor de Dios y que me pongades [18] a la puerta del rey.

Y los arruqueros dijeron que les placía e hiciéronlo así. Y, desque se vio ý, dijo al portero:

—Amigo, ruégote que digas al rey que está aquí un hombre que le guarecerá de la ceguedad que él ha y aun que le mostrará con qué su hija hable.

Y el portero entró y díjole al rey:

—Señor, allí está un hombre que dice que vos sanará de los ojos si vos quisiéredes que entre delante vos.

Y dijo entonces el rey:

—Amigo, dile que entre y veremos lo que dice.

El portero fue y trájolo ante el rey y, desque fue ante el rey, dijo:

—Señor, la vuestra merced, que mandéis alzar una lancha que está en cabo de vuestro palacio y saldrá una fuente que cualquier ciego que se lavare los ojos en aquella agua, luego será guarido. Y señor, porque lo creades, lavarme he yo primero que no vos [19].

El rey, desque oyó aquello, mandó luego a sus hombres que alzasen la lancha y, así como fue alzada, salió luego la fuente, y vino la Verdad y lavó luego sus ojos y naciéronle luego los ojos así como de antes los solía haber. El rey lavó luego sus ojos y cobró su vista, y después todos los hombres de la tierra, que cualquier ciego que venía a se lavar los ojos con ella, luego eran guaridos. Entonces dijo Buena Verdad al rey:

—Señor, sea la vuestra merced que aún otra cosa te quiero mostrar: que quieras el domingo parar tus hombres alrededor de las huesas y

[17] **Imos:** *vamos.*

[18] **Pongades:** *pongáis.*

[19] **Porque lo creades...vos:** *Para que lo creáis, me lavaré yo primero antes que vos. (Para que el rey no desconfíe suponiendo que pudiera tratarse de una trampa).*

paren mientes cuando viniere la raposa a tomar del pan [20] que llevan las buenas mujeres a ofrecer. El primero bocado que metiere en la boca, échenla mano tus hombres a la raposa a la garganta y sáquenselo, y no se lo dejen comer, y denlo a comer a tu hija, y luego hablará.

El rey mandólo hacer así como él mandara y los hombres, desque hubieron tomado el bocado a la raposa de la garganta, tanto hubieron prisa de llevar el pan a la infanta con que hablase que no tuvieron a la raposa y dejáronla ir. Y la hora [21] que la infanta comió pan, luego habló. El rey, desque vio esto, mandó hacer mucha merced a Buena Verdad; lo uno porque había guarido a él de los ojos, y lo otro porque había guarecido a su hija. Y los de la corte le hacían mucha honra e iban con él hasta la posada y le daban muchos dones por aquel bien que les había hecho. Y, yendo un día por la calle muy bien vestido y en buen caballo y muchas compañas con él, encontró a Mala Verdad y conociólo luego y maravillóse mucho*; le veía sano de los ojos y tan bien andante, y fue a su posada y díjole:

—¡Dios te salve, amigo!

Y díjole Buena Verdad:

—¡Amigo, bien seas venido!

Y dijo Mala Verdad:

—Amigo, quererte ía rogar que me dijeses con qué guareciste del mal de los ojos ca tengo un hijo ciego y queríalo sanar si pudiese. Ruégote que me muestres cómo desprendiese.

Y todo esto decía Mala Verdad por cuita de saber cómo llegara a aquella honra y a aquel estado. Entonces Buena Verdad, que no sabe de ál [22] sino de verdad, díjole:

[20] **Del pan:** *un poco de pan. Este uso partitivo aún se conserva en el astur-leonés.*

[21] **La hora:** *al momento.*

[21] **Ál:** *otra cosa.*

---

* Observa que el sujeto de estas oraciones es Mala Verdad.

—¿Viste, amigo, cuando tú me sacaste los ojos en el monte y viste ese árbol grande que ý estaba? Con cuita subí en él y juntáronse ý todas las animalias del mundo a hacer cabildo.

Y contóle todo el hecho como le acaeciera. Y Mala Verdad, desque supo aquello, plogóle mucho y fuese cuanto pudo para allá y subióse encima de aquel árbol. Y él estando ý, hevos las bestias do se juntaron a cabildo so aquel árbol. Y dijo[23]:

—¿Estamos aquí todos?

Y dijeron todos:

—Comadre, sí.

Y dijo:

—Compadres, cuanto dije en otra noche, así fue dicho al rey; y echáronme sus hombres mano a la garganta que a pocas no me ahogaron.

Y dijo el uno:

—Pues yo no dije.

Y dijo el otro:

—Yo no lo dije.

Y juraron todos que lo no dijeran. Y dijo la raposa:

—Pues no lo dijistes, quiera Dios que no nos aceche aquí alguno.

Alzó los ojos arriba y vio a Mala Verdad y dijo:

—¿Allá estáis vos? Yo vos haré que mala pro vos haga el bocado que me sacastes de la boca.

Y dijo al oso:

—Compadre, vos que sois más ligero, subid allá.

El oso subió y derribólo a tierra. Entonces, despedazáronle las bestias y comieron todo.

Ejemplo. Deben parar mientes aquellos que quieren hacer o decir traiciones o falsedades que no se hallen mal un año, hallarse han a dos y, si no, hallarse han a los diez[24]. Y, si por ventura lo hacen por consejo o por mandato de alguno,

[23] **Y dijo:** *Se sobrentiende* la raposa.

[24] **Aquellos que...diez:** *pronto o tarde, los delitos y faltas son descubiertos.*

99

[25] **Los tienen después por partes:** *Es decir, están en sus manos.*

aquellos que se lo aconsejan o se lo mandan, aquellos los tienen después por partes [25]; y, aunque en su vida no se hallen mal, hallarse han después en la muerte do les da Dios tan mal galardón por ello como dieron las animalias a Mala Verdad.

LIBRO DE LOS EJEMPLOS POR A.B.C.

El archidiácono Clemente Sánchez de Vercial, quien nació en Sepúlveda hacia 1370, ordenó este repertorio de 547 ejemplos, los cuales siguen un orden alfabético. Clemente Sánchez recogió los ejemplos, los ordenó y, finalmente, los tradujo al castellano. El autor muestra gran familiaridad con los clásicos (por ejemplo, con Valerio Máximo). Este dato señala que ya en la Edad Media *renacía* el interés por la Antigüedad clásica. Es posible que Clemente Sánchez persiguiera con esta recopilación varios objetivos: servir de entretenimiento a sus lectores, brindar un material de apoyo a los predicadores y ofrecer un instrumento pedagógico y moralizador.

25

Donans omnia mortem cum clara percuciatur in frontem.

Quien da todo lo suyo ante de su muerte merece que le den con un mazo en la frente.

Un hombre que había nombre Johan Gananza, muy rico, y no tenía más de dos hijas, y casólas con dos caballeros nobles de la ciudad donde era natural. Y desque las llevaron a sus casas, el padre de ellas tanto amaba a los yernos que, poco a poco, les dio todo el oro, y la plata y los otros bienes. Y mientras duró el dinero y el dar, los yernos éranle muy corteses, y muy agradecidos, y le hacían muchas honras. Y vino a tiempo que, dados todos los bienes a las hijas y a los yernos, Johan Gananza quedó pobre y los que primeramente le eran agradecidos después no curaban de él y, así, fueron desagradecidos. El buen hombre era sabio y discreto y, queriendo acorrer a su pobreza, fue a un mercader, su amigo antiguo, y rogóle que le prestase diez mil libras hasta tres días; y dióselas y llevólas a su casa. Y un día de gran fiesta convidó a los yernos y a las hijas. Y toda aquella moneda que tenía púsola en arca nueva con tres cerraduras y, cerrada su puerta, sacóla toda y púsola en tapetes en su cámara porque las hijas por algunas aberturas de las puertas lo pudiesen ver. Esto hecho, tornó toda su moneda al mercader. Otro día, los yernos y las hijas preguntaron al padre cuánta moneda era aquella que tenía en su cámara en el arca de tres cerraduras. Él fingió con engaño que eran veinte cinco mil libras que tenía en guarda para hacer su testamento y dejarlas a las hijas y sus yernos si bien se portasen con él y con las hijas. Y ellos, de que esto oyeron, fueron muy alegres y desde allí hiciéronle muchas honras en vestir y en comer y en todas las otras cosas se trabajaron de lo servir en toda su vida. Y, viniendo el tiempo de la muerte, llamó a las hijas y a los yernos y díjoles:

—Yo no entiendo hacer testamento salvo lo que dejé en el arca cerrada con tres llaves para vos, y cien libras para los frailes predicadores y otras cien libras para los menores. Y desque yo fuere enterrado, demandaredes las llaves del arca a los dichos frailes que la tienen en guarda.

Y estando allí en la cama, demandó a los yernos que le diesen cierta cuantía de dineros, lo cual ellos hicieron luego de buena voluntad, esperando lo que habían de heredar del testamento que esperaban en breve. Y dende hubo de morir e hiciéronle muy solemnes obsequias[1] y honras y, acabados los siete días, demandaron las llaves a los frailes, y diéronselas y abrieron el arca donde creían que estaba el dinero en guarda y no hallaron ende cosa alguna salvo una maza muy grande y, en el astil y mango de

[1] **Obsequias:** *exequias, honras fúnebres.*

ella, estaba escrito: «Yo Johan Gananza hago este testamento: que cualquiera que menosprecia a sí por dar lo suyo a otro, como hizo Johan Gananza, que en la frente le den con esta maza».

ESPÉCULO DE LOS LEGOS

Este manual de predicación es una versión en lengua vulgar de una obra latina anterior, el *Speculum laicorum*. Resume la moral cristiana siguiendo un orden alfabético. Los diferentes capítulos van precedidos por una exposición teológica, a la que acompañan abundantes citas. A continuación, vienen los ejemplos. Las fuentes son variadas: vidas de santos, la *Biblia,* los Santos Padres, etc. Como la predicación era uno de los instrumentos más eficaces que tenía la Iglesia para regir y guiar a los feligreses, estos libros eran muy útiles porque ofrecían al predicador abundantes casos para lanzar sus diatribas y sermones. Encontramos consejos a los monjes, avisos a los pecadores, reprensiones a los mercaderes, condenas al diablo, críticas a los viciosos, etc.

Reproducción de un folio del *Espéculo de los legos* (siglo XV).

26

Una viuda pobre puso con un abogado de darle en salario una carreta nueva * y la parte contraria, viendo esto, diole un buey. Y, viniendo el día del término, alegó por parte de la viuda y a la fin concluyó derechamente contra ella **. Y viendo esto, la viuda díjole:
—Señor, mal va a la carreta.
Y díjole él:
—Así conviene de necesidad ca la tira el buey.

27

Como un día el can robase un queso y huyese por medio de una puente, vio en el agua la sombra de aquel queso y, cuidando que era aquél otro queso, abrió la boca para tomar la sombra y cayósele el queso que traía en el agua y perdió el uno y el otro; conviene saber: el que tenía y el que codiciaba.

28

Como un caballero que era muy devoto a la santa Virgen gloriosa fuese a un torneo y hallase en el camino una iglesia, entró en ella y halló que comenzaban una misa y estuvo a ella hasta que fue acabada y, como dijesen una en pos de otra, olvidóse del torneo a do iba y detúvose a oír todas las misas. Y, desque las misas fueron acabadas, cabalgó en su caballo, e íbase para el torneo y encontró a muchos caballeros que lo loaban que se había

---

* Fíjate en que la viuda debía esforzarse mucho pues pagaba el salario del abogado con una carreta nueva.
** Porque la parte contraria había sobornado al abogado.

habido en el torneo como buen caballero. Y aun algunos de ellos afirmaban que fueran de él presos. Y el caballero, oyendo esto y maravillándose de la largueza de la gracia del Señor, y de la misericordia de la Virgen gloriosa y del provecho de oír las misas, dejó el siglo [1] y entró en religión.

[1] **El siglo:** *trato de los hombres en cuanto se refiere a la vida civil, en oposición a la vida religiosa.*

29

Léese en la vida de san Bernardo [2] que, como él llegase a visitar un monasterio de su Orden y le fuese dicho que había en él muchas moscas y que ensuciaban todas las cosas, excomulgólas, y luego murieron todas y no quedó una sola.

[2] **San Bernardo:** *monje cisterciense. Fundó el monasterio de Claraval. Llevó una vida muy austera. Murió en 1153.*

30

Como un aldeano dolase [3] en el monte un madero el día de la fiesta de aqueste santo* y le dijese un su vecino que cesase de trabajar por la solemnidad del día santo, respondió el aldeano y dijo:

—Así es santo ese que tú dices como es piedra este madero que yo hiendo.

Y luego se tornó el madero en piedra y está aún hasta ahora en la iglesia de aquel santo en memoria de aqueste milagro.

[3] **Dolase:** *quitase las partes más bastas al madero.*

31

Como un diácono de santa vida amase espiritualmente a una moza que servía a una emparedada [4], y la moza muriese y el diácono la

[4] **Emparedada:** *persona que se recluía para hacer penitencia.*

---

* Se refiere a san Avito, monje que nació en Orleans a fines del siglo v.

desease ayudar con obras de penitencia y de piedad, rogó al Señor que todos los perdones que él había ganado en las romerías y todas las limosnas que él había hecho aprovechasen a la dicha moza para su libramiento. Y después de poco, apareció la moza muerta a su señora la emparedada y rogóle que hiciese por ella muchas gracias al diácono porque la había librado del purgatorio con los perdones que le había dado.

32

Fue un varón que había nombre Pedro de Ribera de Ebro; y enfermó, y murió, y fue llevado al infierno y vio allí muchas ánimas de hombres poderosos y especiales que él conociera y, como lo quisiesen poner con ellos en los tormentos, vino una voz que le dijo:

—Ve y para mientes de aquí adelante en qué manera te conviene vivir para que escapes de estos males.

Y, como tornase al cuerpo, tanto hizo de penitencia y tantos se dio de tormentos que más confesaba la obra que la lengua el temor que había del infierno.

33

Como la hermana de san Peón[5] lo desease ver porque ya había cincuenta años que moraba en el yermo y no lo había visto, vino san Peón a casa de la hermana por ahínco del obispo y salióle a recibir la hermana a la puerta de su casa y, viéndola, él cerró los ojos y dijo:

—Yo soy Peón. Hártate de me ver.

[5] **San Peón:** *fue martirizado en compañía de san Justino (siglo II).*

Y, desque hubo hecho oración, tornóse al yermo.

34

Dícese que el león, y el lobo y la raposa fueron a cazar y tomaron una vaca, y una oveja y un ansar; y, desque vinieron a lo partir, dijo el león al lobo que partiese él, y comenzó el lobo a partir y dijo:

—Tú, león, tomarás la vaca porque eres nuestro rey y señor, y yo tomaré la oveja porque soy menor que tú y mayor que la raposa, y la raposa tomará el ansar.

Y, oyendo esto el león, tendió la mano, y dio con ella al lobo en la cabeza, y llevóle con las uñas todo el pellejo de ella y quedóse toda la cabeza sangrienta. Y dijo a la raposa que partiese ella. Y comenzó la raposa a partir y dijo:

—Tú, porque eres rey y señor, tomarás la vaca; y mi señora la leona, tu mujer, tomará la oveja; y mis señores tus hijos, los leoncillos, tomarán el ansar.

Y, oyendo esto, el león dijo a la raposa:

—Raposa, ¿quién te vezó[6] a partir tan sabiamente?

Y respondió la raposa y dijo:

—Señor león, este mi compañero con su cabeza bermeja me enseñó a partir con tan gran sabiduría y discreción.

35

Un usurero fue enterrado en la iglesia de un castillo y levantóse del sepulcro de noche y fue al dormitorio de los monjes y descubriólos. Y atormentábalos malamente. Y, como lo conjurase un

[6] **Vezó:** *acostumbró, enseñó*.

santo varón y le mandase en el nombre del Señor que dejase sosegar a los monjes, respondió:

—Así como atormenté con mis usuras a los hombres de día y de noche, así nunca habré yo sosiego y holgura ni dejaré a vosotros sosegar hasta que saquedes mi cuerpo de la iglesia y lo pongades fuera de ella. Y los monjes, oyendo esto, hiciéronlo así.

36

En las partes de allén mar, murió un usurero, y fue gran contienda entre el obispo de la ciudad y los ciudadanos a do sería enterrado ca los ciudadanos querían que fuese enterrado en la iglesia y el obispo decía que no se haría en alguna manera porque era contra el establecimiento de los cánones del Derecho*. Y sobrevino a esta quistión [7] un viejo sabio y, queriéndole dar fin, dijo:

—Aqueste finado tenía un buen asno. Pongamos el cuerpo encima de él y sea enterrado a doquier que lo llevare el asno.

Y plogó a todos de aquesto, e hicieron traer el asno, y pusieron el cuerpo encima de él, y el asno comenzó luego a correr, y llevólo corriendo y riendo a la horca de la ciudad a do enterraban los ladrones y derribólo allí para que lo enterrasen allí.

[7] **Quistión:** *cuestión.*

---

* En 1139, *El Concilio Lateranense II* condenó la «insaciable rapacidad de los usureros» y a éstos los separó «de todo consuelo de la Iglesia». En 1179, un decreto conciliar negó a los usureros el derecho a recibir sepultura eclesiástica.

ARCIPRESTE DE TALAVERA: *CORBACHO*

Alfonso Martínez de Toledo, arcipreste de Talavera, compuso el *Corbacho* (1438). El hecho de pertenecer a una familia distinguida le permitió acceder a puestos de prestigio, viajar por Italia y realizar otras actividades (cronista, escritor). El *Corbacho* se inscribe dentro de la tradición misógina de la literatura medieval. El autor se recrea en describir los vicios femeninos, aunque la obra también trata de otros asuntos: la naturaleza humana, la astrología, etc. Martínez de Toledo sabe reflejar tanto el habla popular como el lenguaje escolástico y demuestra su capacidad para crear diálogos y monólogos tan sabrosos que parecen extraídos de la realidad cotidiana.

37

Un hombre muy sabio era en las partes de levante, en el reino de Escocia, en una ciudad por nombre Salustria. Éste tenía una hermosa mujer y de gran linaje; y, ensoberbecida de su hermosura (como, mal pecado, algunas hacen hoy día), cometió contra el marido adulterio, siendo de muchos amada y aún deseada, tanto que, el fuego hecho, hubo de salir humo. El buen hombre sintió su mal y, sabiamente usando (mejor que algunos que dan luego de la cabeza a la pared), dejó pasar un día, y diez, y veinte, y pensó cómo daría remedio al dicho mal. Y pensó: «Si la mato, perdido soy; que tiene dos cosas por sí: la justicia y sus parientes, que procederán contra mí. La justicia, porque ninguno debe tomarla por sí sin conocimiento de derecho y legítimos testigos, dignos de fe y buenas probanzas, con instrumentos y otras escrituras auténticas (y esto delante aquel que es por la justicia del rey presidente o gobernador, corregidor, o regidor) y ninguno por sí debe tomar venganza ni punir a otro ninguno. Y según esto, pues, yo de mí sin probanzas no lo puedo hacer. Ítem más[1]: los parientes dirán que se lo levanté por la matar y me querer con otra de nuevo ayuntar; haberlos he por enemigos».

Pues, visto todo lo susodicho y los males y daños que de ello se pudieran recrecer, no la quiso matar de su mano por no ser destruido; no quiso matarla por vía de justicia, que fuera difamado. Fue sabio y usó de arte según el mundo, aunque según Dios escogió lo peor. Por ende, pensó de acabar de ella por otra vía, que él sin culpa fuese al mundo; aunque a Dios no, según dije, por cuanto el que da causa al daño y por su razón se hace, tenido es al daño[2]. Mas quisiera él que pareciera ella ser de su propia muerte causa. Y, por tanto, tomó ponzoñas confeccionadas y mezclólas con el mejor y más odorífero vino que pudo haber por cuanto a ella no le amargaba buen vino, y púsolo en una ampolla de vidrio y dijo. «Si yo esta ampolla pongo donde ella la vea, aunque yo le mande *Cata que no gustes de esto*, ella, como es mujer, lo que yo le vedare aquello más hará y no dejará de beber de ello por la vida, y así morirá».

Dicho y hecho: el buen hombre sabio tomó la ampolla y púsola en una ventana donde ella la viese. Y luego dijo ella: «¿Qué ponés ahí, marido?». Respondió él: «Mujer, aquesta ampolla, pero mándote y ruego que no gustes de lo que dentro tiene; que, si lo gustares, luego morirás, así como nuestro Señor dijo a Eva». Y esto le dijo en presencia de todos los de su casa porque[3] fuesen testigos». Y luego hizo que se iba. Y, aún no fue a la puerta, que ella luego tomó la ampolla y dijo: «¡Aosadas, quemada me vean si no veo qué es esto!». Y olió la ampolla, y vio que era

[1] **Ítem:** Del latín *Ítem*, del mismo modo, también. Sirve para distinguir artículos o capítulos en una escritura.

[2] **El que da causa...daño:** *quien agravia a otro es responsable del daño causado.*

[3] **Porque:** *tiene valor final: para que.*

vino muy fino y dijo: «¡Tomad allá, qué marido y qué solaz! ¿De esto dijo que no gustase yo? ¡Pascua mala me dé Dios si con esta mancilla quedo! ¡No plega a Dios que él solo lo beba; que las buenas cosas no son todas para boca de rey!».

Dio con ella a la boca y bebió un poco y luego cayó muerta. Desde que el marido sintió las voces, dijo: «¡Dentro yace la matrona!». Luego entró corriendo el marido mesándose las barbas, diciendo a altas voces: «¡Ha, mezquino de mí!». Pero bajo decía: «¡Qué tan tarde lo comencé!». En altas voces, decía: «¡Cautivo! ¿Qué será de mí?». En su corazón, decía: «¡Si no muere esta traidora!». Iba a ella y tiraba de ella, pensando que se levantaría, pero allí acabó sus días.

VALERIO MÁXIMO: *LOS NUEVE LIBROS DE LOS EJEMPLOS Y VIRTUDES MORALES*

En el siglo I de nuestra era, el historiador Valerio Máximo reunió en nueve libros —*Los nueve libros de los ejemplos y virtudes morales*— una serie de historias y casos que trataban de asuntos diversos: la felicidad, la ingratitud, la elocuencia, etc. Tales historias fueron aprovechadas en la Edad Media para crear modelos de conducta, que servían para indicar a los gobernantes el modo en que debían conducirse: prudente y rectamente. Eran también ejemplos de fidelidad, amistad, etc. En el siglo XV, el libro fue traducido al castellano.

38

Alejandro, rey de Macedonia [1], quebrantadas ya las excelentes fuerzas de Darío en una famosa batalla, muy caluroso y cansado del ánimo, se bañó en Cilicia [2] en el río Cidno, que, claro con el licor de las aguas [3], pasa por Tarso. Después, habiéndosele pasmado de repente los nervios con el frío de las aguas y entorpecídosele [4] los miembros con el frío le llevaron a un lugar que estaba muy cerca de sus Reales [5] con muy gran desmayo de todo el ejército. Estaba enfermo en Tarso y, por su poca salud, estaba dudosa la esperanza de la victoria que se acercaba. Y, así, llamados los médicos, miraban con muy atento consejo los remedios de su salud; los cuales *, como hubiesen enderezado su parecer a una bebida y Felipo, su médico, se la hubiese dado a Alejandro templada por sus manos (pero era su amigo y compañero),

[1] **Alejandro:** Antes de este episodio, Alejandro Magno libró varias batallas (asedios de Mileto y Halicarnaso, toma de Sagaleso), pero la más renombrada fue la del río Gránico (334 a. C.), en donde Alejandro asestó un duro golpe a las tropas del rey persa Darío III.

[2] **Cilicia:** región del Asia Menor en donde se encuentra la ciudad de Tarso. En la actualidad, pertenece a Turquía.

---

* Fíjate en que el antecedente de *los cuales* es *los médicos*.

[3] **Claro con el licor de las aguas:** *Quiere decir que este río es famoso por sus aguas cristalinas.*

[4] **Entorpecídosele:** *habiéndosele entorpecido.*

[5] **Real:** *campamento principal en donde habitualmente se encuentra la tienda del rey. Se usa también en plural: Reales.*

[6] **Sobrevienen:** *sobrevinieron, llegaron.*

[7] **Parmenión:** *General de Alejandro.*

sobrevienen [6] cartas que enviaba Parmenión [7], amonestándole que se guardase el rey de las traiciones de Felipo, bien como de hombre a quien Darío había sobornado. Las cuales, como hubiese leído, bebió el medicamento sin tardanza alguna, y entonces las entregó a Felipo para que las leyese. Por el cual juicio tan constante que tuvo de su amigo, recibió de los dioses inmortales el galardón que merecía, los cuales no quisieron que el remedio de su salud se estorbase con el falso indicio de Parmenión *.

39

El pretor entregó a un triunviro una mujer de noble sangre que había condenado a muerte en su tribunal para que la matase en la cárcel; adonde recibida, el carcelero, movido de misericordia, no la mató luego **. También permitió que una hija suya entrase donde ella estaba, pero mirándola con gran cuidado porque no le llevase alguna comida, pensando que había de suceder muriese de hambre. Pero, como ya pasasen muchos días, considerando el carcelero qué fuese la causa por que se sustentaba tanto tiempo, mirando la hija con más curiosidad, vio que sustentaba la madre socorriéndola con su leche dándole el pecho. Habiendo el carcelero declarado al triunviro esta novedad tan admirable de lo que

---

* Es decir, los dioses inmortales lo recompensaron con la salud porque no permitieron que una falsa noticia impidiera su restablecimiento.

** El *pretor* y el *triunviro* eran jueces romanos; este último entregó la condenada al carcelero para que éste la ejecutase en la cárcel, pero el carcelero, piadoso, no la mató inmediatamente, sino que permitió a una hija de la condenada entrar en la celda.

había visto (el triunviro, al pretor; el pretor, a la Congregación de los jueces), alcanzó que no ejecutasen la sentencia contra la mujer. ¿Dónde no penetra la gran piedad, o qué no piensa*, la cual halló en la cárcel nueva manera de guardar la madre? Porque, ¿qué cosa hay tan nunca usada, qué cosa tan nunca oída que la madre haya sido sustentada con los pechos de la hija? Pensaría alguno que se haga esto contra la naturaleza de las cosas si la primera ley de la naturaleza no fuera amar los padres.

40

También dijera que la industria de Arquímedes [8] le fue muy provechosa si la misma lo uno no le hubiera dado la vida; lo otro, si no se la hubiera quitado** porque, después que tomaron a Siracusa, había sentido Marcelo que le habían impedido mucho su victoria, y mucho tiempo con los artificios de Arquímedes [9]; con todo, alegre con la muy gran prudencia de este hombre, mandó que nadie le matase, poniendo tanta gloria en guardar a Arquímedes como en ganar a Siracusa. Pero éste, en cuanto señala las figuras, puesto el entendimiento y los ojos en tierra [10], no pudo, con el gran deseo de saber lo que procuraba, decir su nombre a un soldado que había entrado en su casa a saquearla y preguntábale —desenvainada la espada sobre su cabeza— quién era. Pero, cortando el polvo con las manos, le dijo:

[8] **Arquímedes de Siracusa:** *famoso matemático y físico griego de la Antigüedad (287?-212 a. C.). Cuando comprobó su teoría sobre los cuerpos flotantes, exclamó ¡Eureka! (¡Lo encontré!). Ideó artefactos para defender a su patria del ataque de los romanos, los cuales, guiados por el cónsul Claudio Marcelo, tomaron y saquearon la ciudad tras veinte años de asedio.*

[9] **Con los artificios de Arquímedes:** *La causa de la dificultad habían sido los artificios de Arquímedes.*

[10] **Éste... en tierra:** *Arquímedes trazaba figuras en el suelo mientras que estaba con los ojos y la mente fijos en la tierra.*

---

* El sujeto de esta oración es *la gran piedad;* el sentido, por tanto, es: ¿Qué no inventa o piensa la piedad filial?

** Quiere decir que la industria de Arquímedes le hubiera resultado fructuosa de no haber sido porque, al mismo tiempo que le dio la vida, se la quitó.

—Ruégote que no destruyas ni deshagas este círculo.

Y, matándole luego, como a quien menospreciaba lo que le mandaba el vencedor [11], deshizo con su sangre las señales de su arte. Con lo cual, sucedió que poco antes le diesen la vida por el mismo estudio y, poco después, se la quitasen.

[11] **El vencedor:** *El soldado,* el vencedor, *mata a Arquímedes porque piensa que éste desprecia su orden.*

YSOPETE

Las fábulas de Esopo gozaron de aprecio general durante la Edad Media. Aunque existen testimonios anteriores en romance, la traducción al castellano data de 1482, año en que se imprimió en Zaragoza el *Ysopete ystoriado*. Las fábulas hunden sus raíces en el mundo clásico (Fedro, Esopo) y en el mundo oriental. Esopo no fue su introductor en Grecia por cuanto se conocen fábulas que fueron divulgadas por autores anteriores a este escritor enigmático, de cuya existencia real incluso se ha dudado.

41

Fábula de la raposa, el gallo y los perros

Una raposa que tenía hambre se llegó [1] a unas gallinas que andaban con un gallo. Vista la raposa, subieron el gallo y las gallinas a un árbol alto donde ella no podía subir; la cual, viendo cómo estaban suso [2] en el árbol, comenzó hablar muy blandamente saludando al gallo y díjole:

—¿Qué haces en alto así estando? ¿Por ventura has oído las nuevas recientes y saludables para todos nosotros? *

El gallo respondió:

—Yo soy ignorante de eso que hablas.

Dijo la raposa:

—Ellas son tales que habrás placer en oír y yo vengo aquí para las contar y comunicar contigo

[1] **Se llegó:** *se acercó.*

[2] **Suso:** *encima, arriba.*

---

* Observa la sagacidad de la zorra, la cual se sorprende de ver al gallo en lo alto del árbol y pretende engañarlo poniéndole al corriente de que noticias recientes afirman que se ha instaurado la paz entre todos los animales. Fíjate también en la cautela del gallo.

tan gran gozo. Es celebrado concilio general en el cual es confirmada la paz perdurable entre todos los animales en tal manera que, de hoy en adelante, sin miedo y recelo ninguno viviremos unos con otros en paz, sin injuria que se haga de los unos a los otros. Por ende, abájate seguramente y celebremos este día festival[3].

Conocida la falsía de la raposa, dijo el gallo:

—Por cierto, buenas y graciosas nuevas a mí mucho agradables traes.

Y dende, alzando el gallo su cuello y extendiéndose, hacía que miraba el camino lejos; al cual la raposa preguntó:

—¿Qué es lo que miras?

El gallo responde:

—Veo venir dos perros corriendo, las bocas abiertas, y creo que vienen a nos denunciar esa paz[4].

Entonces dijo la raposa con miedo que hubo:

—Quedaos con paz ca no conviene a mí estar aquí, mas acogerme a seguro[5].

A la cual dice el gallo:

—¿Dónde vas así huyendo pues la paz es confirmada?

Responde la raposa:

—Porque dudo si estos perros saben de esta confirmación*.

42

Del asno y la perrilla

Que ninguno no debe dejar[6] su oficio propio por se entremeter en otros mejores: de lo cual se cuenta tal fábula. Un asno continuamente veía cómo su señor halagaba y preciaba a una perri-

---

[3] **Éste día festival:** *Es decir, esta fiesta.*

[4] **A nos denunciar esa paz:** *a anunciarnos esa paz.*

[5] **Acogerme a seguro:** *sino refugiarme en lugar protegido y seguro.*

[6] **Ninguno no debe dejar:** *Entiéndase* que ninguno debe dejar. *Al comienzo del último párrafo, hay otra construcción parecida.*

* Nota que el final se expone de modo gracioso para que atraiga más y su enseñanza resulte más eficaz.

lla y se acompañaba de ella; lo cual viendo el asno, dijo entre sí: «Si a este animal tan pequeño y tan inmundo mi señor en tanto grado ama y estima —y no menos toda la su compañía precia a ésta— cuánto más me amará si yo le hago algún servicio ca yo soy mejor que ella y para más cosas y oficios mejor soy que la perrilla, y así podré mejor vivir y alcanzar mayor honra»*.
Y, pensando el asno en esto, vio que el señor venía y entraba en casa, y salió del establo, y corrió para él rebuznando y echando corvetas y coces. Y, saltando sobre él, puso las manos y patas sobre los hombros del señor y, con la lengua, a manera de la perrilla, comenzó de lamer y, allende, fatigándole con su gran peso, le ensució las ropas de lodo y polvo. El señor, espantado de aquellos juegos y halagos del asno, llamó y demandó socorro y ayuda; y su familia, oyendo las voces y clamor, vinieron y dieron palos y azotes al asno y, quebrantándole las costillas y miembros, lo tornaron al establo y lo pusieron ende bien atado.

Esta fábula significa que ninguno no se debe entremeter [7] en las cosas para que no es perteneciente ca lo que la Naturaleza no le da ni dispone no puede alguno hacer ligeramente; y así el necio, pensando que complace, hace desplacer y deservicio**.

[7] **Que ninguno no se debe entremeter:** *léase* que ninguno debe entremeterse.

---

* Observa que estas reflexiones son propias de una persona que aspira a medrar.
** En la moraleja, se remacha la idea principal: el hombre debe conformarse con su estado y no debe aspirar a salir de él; si lo hiciere, se comportará como el asno de la fábula y fracasará.

GIOVANNI BOCCACCIO: *DECAMERÓN*

Boccaccio y Petrarca son algunos de los iniciadores más destacados de la corriente humanística que se desarrolló en Italia a fines de la Edad Media. A mediados del siglo XIV, Giovanni Boccacio (1313-1375) escribe el *Decamerón*, que es una de las obras más importantes de la prosa medieval. Situando la acción de su obra en el año 1348 (en el cual la población europea fue diezmada por una espantosa peste negra), Boccaccio describe las diversiones a que se entregan diez jóvenes, ricos y cultos, que se recluyen durante diez días en una casa de campo para huir de la peste. Cada uno de ellos cuenta un relato cada día; en total, cien cuentos. El título —*Decamerón*— responde a los diez días en que permanecen enclaustrados dichos jóvenes: *deca* (diez), *hemera* (día). En los cuentos encontramos historias que reflejan aspectos de la vida coetánea en sus múltiples facetas: la inmoralidad del clero, la credulidad popular, las argucias femeninas para burlar a los hombres, etc., pero en todos sobresale el humor y la comicidad, puesto que Boccaccio trataba de divertir y de conseguir la sonrisa del lector cómplice y perspicaz. La obra se tradujo al castellano en 1496. Es posible que los pasajes escabrosos y las alusiones a la vida depravada del clero influyeran en la decisión del Papa Paulo IV, quien en 1556 incluyó el *Decamerón* en el *Índice* de libros prohibidos. Pasaron tres siglos hasta que la obra se reimprimió en español.

43

Maseto de Lampolechio, hortelano de un monasterio de monjas, y cómo allí vivió alegre

En estas nuestras partes, hubo y hay hoy día un monasterio de monjas muy devoto y santo, el nombre del cual yo aquí callaré por no amenguar en alguna parte algo de su fama, en el cual no ha mucho tiempo, siendo a la sazón no más de ocho monjas y la abadesa, y todas mujeres mozas, acaeció que un buen hombrecillo que era hortelano de una su huerta muy hermosa, no siendo contento del poco salario que allí le daban, hecha que hubo su cuenta con el mayordomo de las monjas, se tornó al lugar de Lampolechio, de donde él era; adonde entre los otros que alegremente lo recogieron fue un mancebo labrador fuerte y robusto, de hermosa persona y de muy buen gesto, maguer fuese hombre de villa, el cual había nombre Maseto, y preguntóle que adónde había estado tanto tiempo. El buen hombre, que Nuto era llamado, se lo dijo, y Maseto le preguntó de qué servía en el monasterio, y Nuto le respondió:

—Yo labraba y cuidaba una muy hermosa huerta que las monjas tenían, e iba alguna vez al bosque por leña, y traía agua y hacía otros semejantes servicios, mas ellas me daban tan poco salario que a mala pena me bastaba para zapatos y, allende de esto, ellas son todas mozas y paréceme que tienen el diablo en el cuerpo, que jamás se contentaban de cosa alguna que hombre hiciese; antes, cuando yo labraba alguna vez en la huerta, la una me decía «pon aquí esto», y la otra, «pon aquí aquello», y la otra me tomaba la azada de la mano y decía «esto no está bien», de manera que yo recibía tanto enojo que dejaba la labor y salíame de la huerta. Así que, por lo uno y por lo otro, yo no quise ende estar más y así me torné acá, como vos veis, pero, antes que me partiese, me rogó mucho su mayordomo que, si a manos me viniese algún buen hombre para que sirviese de lo que yo servía, que se lo enviase, y yo así se lo prometí, mas tanto Dios lo haga sano de las renes [1] cuanto yo le buscaré ni enviaré alguno.

Y, oyendo Maseto las palabras de Nuto, vínole en voluntad grandísimo deseo de ir a estar con estas monjas, comprendiendo por las palabras de Nuto que le podría acaecer y venir a efecto aquello que él en su corazón pensaba, mas avisóse que de ello a Nuto no haría sabidor, y díjole:

—Bien hiciste a venir, que en verdad te digo mejor sería el hombre estar con los diablos que con mujeres, que ellas no saben de siete veces las seis aquello que ellas mismas querrían [2].

[1] **Renes:** *riñones. Quiere decir que no cumplirá el deseo del mayordomo de ningún modo.*

[2] **Ellos no saben... querrían:** *Es decir, de siete veces, en seis ocasiones las mujeres no saben lo que quieren.*

Pero, después de acabado su razonamiento, comenzó Maseto a pensar qué manera tendría para poder estar con ellas y, conociendo que él sabía muy bien hacer todos aquellos servicios que Nuto le había dicho, no dudaba por falta de aquello ser rehusado, salvo por hombre mancebo y de buen parecer y así, pensando, decía entre sí: «El lugar es muy lejos de aquí y no hay allá persona alguna que me conozca; pues para esto a mí conviene buscar algún remedio. Verdaderamente, yo me tengo por cierto que si yo finjo de ser mudo, que habré cabida con las monjas, y en otra manera sería imposible». Y así afirmándose, tomó una hacha al hombro y, sin decir a nadie dónde iba, en guisa de un pobre hombre, al monasterio se fue; al cual llegando, entró dentro y halló por ventura al mayordomo luego en entrando, al cual haciendo sus actos, como los mudos hacen, mostró de pedirle de comer por amor de Dios y que él, si menester fuese, le rajaría cuanta leña quisiese. Y el mayordomo le dio de comer de buena voluntad y, después que hubo comido, le puso delante ciertos tueros[3] que Nuto no había podido rajar, los cuales éste, que fuerte hombre era, en poco espacio rajó. El mayordomo, que necesidad tenía de ir al bosque, llevóle consigo, y allí le hizo cortar de la leña, y púsole el asno delante, e hízole señas a Maseto que la llevase a casa y él lo hizo así muy bien; por lo cual, el mayordomo, para hacer ciertas cosas que a la casa eran necesarias, allí por algunos días lo detuvo, de que acaeció que un día la abadesa lo vio y preguntó al mayordomo que quién era aquel hombre y el mayordomo le dijo:

—Señora, este es un pobre hombre mudo y sordo, el cual un día llegó aquí a pedir limosna, y yo se la hice, y hele mandado hacer muchas cosas que necesarias eran, y halas hecho bien. Si

[3] **Tueros:** *troncos.*

él supiese por ventura labrar la huerta y quisiese quedar aquí, yo creo que nosotros seríamos bien servidos porque él es hombre mancebo y fuerte y podríase hombre servir de él en cuanto quisiese y, allende de esto, no os era necesario pensar que él motejase[4] estas vuestras monjas.

Al cual la abadesa dijo:

—En mi conciencia, tú dices verdad en ello. Anda, ve y sabe de él si sabe labrar y haz cuanto pudieres porque quede en casa, y dale algún par de zapatos y algún capirote viejo y halágalo y dale bien de comer a su placer.

Y el mayordomo dijo que le placía de lo hacer. Maseto, a la sazón del razonamiento, no era muy lejos haciendo vista de limpiar el patín. Todas estas palabras bien oía y, entre sí, muy alegre decía: «vos me metéis allá dentro, yo os labraré tan bien la huerta cual nunca jamás fue labrada». Ahora, viendo el mayordomo que él sabía muy bien labrar, hízole señas preguntándole si le placía de estar en casa y él, así mismo, por señas, le respondió que le placía hacer cuanto él quisiese. Y, habiéndolo así en el servicio de casa recibido, lo impuso en labrar la huerta y, mostrado que le hubo aquello que había de hacer, se fue a dar recaudo en otras cosas al monasterio necesarias y lo dejó allí. El cual, labrando un día en pos de otro, las monjas comenzaron a darle enojo y a ponerlo en consejas[5], y, como muchas veces acaece que algunos otros hacen con los mudos, decían las más desvergonzadas palabras del mundo, no creyendo que de él serían entendidas; y la abadesa, que por ventura pensaba que él así de cola como de habla careciese, de aquellas vanas palabras poco o nada se le daba*. Empero, acaeció

[4] **Motejase:** *criticase.*

[5] **Ponerlo en consejas:** *burlarse de él.*

---

* *Le daba igual.* Fíjate en que la abadesa hubiera debido reprender a las monjas.

[6] **Reposándose:** *estaba reposando.*

[7] **A la hora:** *al momento.*

[8] **Mozagón ñoso crecido delante del seno:** *joven tonto al que le ha crecido más el cuerpo que el cerebro.*

que un día, a do Maseto había labrado y reposándose[6], dos mozas monjas que por la huerta andaban, se llegaron donde él estaba y, como él hiciese semblante de dormir, comenzaron a mirarle, por lo cual la una, que más atrevimiento tenía, dijo a la otra:

—Si yo creyese que tú me tuvieses buen secreto, yo te diría una cosa que yo muchas veces he pensado, la cual aun por ventura a ti también podría aprovechar.

La otra respondió y dijo:

—Di seguramente, que, por cierto, yo no lo diré jamás a persona.

A la hora[7] ella comenzó a decir:

—Yo no sé si tú has mirado cómo nosotras somos estrechamente tenidas y encerradas que jamás aquí entró hombre alguno ni acostumbra entrar, salvo el mayordomo, que es viejo, y este mudo, y yo he muchas veces oído decir a muchas mujeres que nos han venido a ver que todos los otros dulzores del mundo son una burlería en comparación de aquel que se recibe cuando la mujer usa con el hombre; por lo cual, yo me he muchas veces metido en el corazón, pues que otro no puedo de querer, con este mudo probar si es así. Éste es el mejor del mundo para ello porque él, aunque él quisiese, no podría ni sabría alguna cosa ni parte de ello decir. Tú ves que él es un tal mozagón ñoso crecido delante del seno[8]. Yo querría mucho oír aquello qué te parece.

A la hora dijo la otra:

—¡Ay, mezquina! ¿Qué es eso que me dices? ¿No sabes tú que nosotras hemos prometido nuestra virginidad a Dios?

—¡O! —dijo la otra— ¡Cuántas cosas se le prometen de cada día que no se le atienda ninguna! Si nosotras le hemos prometido, búsquese él a otras que se le atiendan.

A la cual la compañera dijo:

—Y si nos empreñásemos, ¿cómo andaría el negocio?

Entonces dijo la otra:

—Tú comienzas a pensar en el mal primero que te venga. Cuando eso acaeciere, entonces se pensaría lo que se debe hacer. No faltarán mil remedios, de guisa que nunca se sepa salvo si nosotras mismas lo dijéremos.

Ella, oyendo esto todo, habiendo ya muy mayor voluntad que no la otra de probar y saber qué bestia era el hombre, dijo:

—Ahora bien, ¿cómo se hace esto?

A la cual la otra respondió:

—Tú ves bien que está de cara arriba la nueva[9]. Yo me creo que las hermanas están todas durmiendo salvo nosotras. Paremos mientes por la huerta si parece alguno y, si no parece nadie, tomarlo hemos por la mano y llevarlo hemos a aquella chozuela donde él se recoge cuando llueve y allí la una se estará dentro con él y la otra hará la guardia. Él es así desmazalado[10] que él se pondrá y adobará en la forma y manera que nosotras quisiéremos.

Maseto, que a todo este razonamiento estaba bien atento y dispuesto a obedecer, ninguna cosa esperaba salvo ser de la una de ellas por la mano tirado. Éstas, buscado que hubieron toda la huerta, y viendo que de ninguna parte podrían ser vistas, allegándose a él aquella que movido había la habla, cara Maseto enderezó[11] y él, incontinente, se levantó en pie, y ella, con actos muy halagüeños, lo tomó por la mano y lo llevó a la chozuela adonde Maseto, sin se hacer mucho convidar, hizo todo cuanto ella quiso; la cual, como leal compañero, habido lo que quería, dio a la otra lugar; y Maseto, mostrándose simple, todavía cumplía sus voluntades de ellas porque,

[9] **De cara arriba la nueva:** *Es decir, pronto será la hora de la siesta, las tres de la tarde.*

[10] **Desmazalado:** *lelo, desdichado.*

[11] **Cara Maseto enderezó:** *se dirigió hacia Maseto.*

antes que de allí se partiese, de una vez arriba cada una de ellas quiso probar en qué manera el mudo sabía el arte de caballería, y después entre sí, muchas veces razonando la una con la otra, decían que verdaderamente bien era así dulce cosa y más que no habían oído*. Y, tomando a sus horas ciertas el tiempo con el mudo, se daban a envolver [12].

Acaeció un día que una de las hermanas desde una ventana vio el negocio cómo andaba y llamó a otras dos hermanas para que así mismo lo viesen, las cuales, siendo de ello maravilladas, pensaron de acusarlas a la abadesa, pero después, habiendo discretamente su acuerdo, mudaron de consejo y, concordáronse con ellas y por el semejante participalmente [13] vinieron en poder de Maseto, con las cuales, después el tiempo andando, las otras que del número de las ocho quedaban y la abadesa por consiguiente, vinieron a ser en este deleite partícipes compañeras, como aquí oiréis. Debéis saber que, andando la abadesa un día de verano que hacía gran calor deleitándose por la huerta, halló a Maseto, el cual, por la gran fatiga del mucho cabalgar, estaba a la sombra de un almendro, tendido durmiendo, y, como a la sazón corría mucho levante, habíale los paños de delante levantado de manera que estaba todo descubierto, la cual cosa la abadesa, mirando y viéndose sola, en el mismo apetito y voluntad cayó que las sus hermanas habían caído. Y, levantado que Maseto fue, a la su cámara consigo lo llevó, donde por algunos días con gran ceremonia lo tuvo; que no iba a labrar la huerta, probando y reprobando aquel dulzor del cual ella primero

[12] **Se daban a envolver:** *volvían a copular (con Maseto).*

[13] **Participalmente:** *a partes iguales (de modo semejante a como hacían las otras hermanas).*

---

* Decían que el amor era la cosa más dulce; más que todo cuanto habían oído contar. Nótese la metáfora erótica en la expresión *arte de caballería*.

solía reprender a las otras. A la fin, de la su cámara en su estancia lo envió y muy espesas veces lo tornaba a traer, y queriendo de él haber más que parte[14]. No pudiendo ya Maseto satisfacer y contentar a tan noble compañía, pensó que el su ser mudo le podía, si más allí estuviese, en grandísimo daño resultar; por lo cual, siendo una noche con la abadesa, rompiendo el lenguaje, comenzó a decir:

—Señora, yo he oído que un gallo basta para diez gallinas y diez hombres a mala pena con gran fatiga a una sola mujer pueden contentar; por lo cual a mí no conviene servir a nueve, lo cual yo por cosa del mundo no podría abastar. Antes me hallo por aquello que yo hasta aquí he hecho tan debilitado que ya no puedo hacer poco ni mucho; por ende, o vos me dejáis ir con Dios o en esta cosa proveed de remedio.

La abadesa, oyéndolo así hablar, al cual por mudo hasta entonces había tenido, toda maravillada, dijo:

—¿Qué es esto? Yo creía que tú eras mudo y ahora paréceme la contra.

—Señora —dijo Maseto—, yo verdaderamente no lo era de natura, salvo de una gran enfermedad que la palabra me quitó, la cual de esta noche acá me ha sido restituida, de lo cual yo doy muchas gracias a mi señor Dios.

La abadesa, creyendo que fuese así, le preguntó qué quería decir esto que él a nueve había de servir. Entonces, Maseto le dijo cómo iba el hecho, lo cual, la abadesa oyendo, vio que no había monja ninguna que más sabía que ella no hubiese sido, por lo cual, como discreta, no dejando a Maseto partir, dispuso de querer con sus monjas algún remedio hallar para este hecho porque, si Maseto de allí saliese, no fuese el monasterio vituperado. Y, siendo a la sazón

[14] **De la su Cámara... más que parte:** *Afirma que la abadesa devolvió a Maseto de su cámara a su estancia (la de Maseto), pero lo requería a menudo y pretendía tenerlo todo para sí.*

muerto su mayordomo, de igual consentimiento, siendo entre ellas ya descubierto todo lo por ellas pasado a placer, de Maseto ordenaron [15] y tuvieron tal manera que las gentes de allí cercanas creyeron que a intercesión de aquel santo cuyo nombre el monasterio era intitulado y por los sus merecimientos, a Maseto (el cual por luengo tiempo había estado mudo), le había sido restituida su habla, al cual por su mayordomo eligieron y, de tal manera a sus trabajos repartieron que él las pudo soportar, de las cuales bien que muchas empreñase, tan discretamente se regían que nunca ninguna cosa se supo hasta ser muerta la abadesa. Y, siendo ya Maseto cerca de viejo, pensó de tornarse rico a su casa, la cual cosa ligeramente sabida, le hizo su partida venir en efecto [16] de manera que Maseto, padre, viejo y rico, sin haber fatiga de mantener hijos y cosa de casa el tiempo venidero [17], habiendo muy bien sabido la su mocedad despender [18], que con un hacha al hombro era allí venido, rico y de buena ventura a su tierra de Lampolechio se tornó, afirmando que así trataba a Cristo: que le ponía los cuernos encima del sombrero*.

[15] **Todo lo por ellas pasado... habla:** *puesto que todo había sido descubierto, se pusieron de acuerdo con Maseto para que las gentes creyeran que, por la intercesión del santo, a Maseto le había sido restituida el habla...*

[16] **La cual cosa... efecto:** *Tan pronto como se supo el deseo de Maseto —de regresar a su casa—, se le concedió inmediatamente.*

[17] **Sin haber fatiga... casa:** *Es decir, sin tener que trabajar para mantener hijos ni sufragar los gastos de casa.*

[18] **Despender:** *aprovechar, gastar.*

[19] **Físico:** *médico.*

44

Cómo tres compañeros y un físico [19] burlaron a un pintor avariento

Digo que así fue que una su tía de Calandrino murió y dejóle en su testamento doscientas libras de moneda menuda, de las cuales Calandrino —que ya bien conocisteis, que hombre liviano y de

---

* En el texto original: que así trataba Cristo a quien le ponía los cuernos encima del sombrero (*che così trattava Cristo chi gli poneva le corna sopra 'l cappello*).

mal sentido era—** comenzó a hacer gran muestra y decir que quería comprar de aquéllas [20] una posesión. Y tentaba y llamaba a comprar cuantos censales [21] había en Florencia así como si tuviera diez mil florines de oro. Bruno y Bufamaco, que eran sus compañeros (como bien sabéis, asaz maliciosos y burladores eran), que habían sabido esto y por pieza de veces le habían dicho que él haría mejor seso en darse de buen tiempo con aquellos dineros y holgarse con sus amigos y no comprar tierras ni heredades, pero no pudieron tanto hacer que a ello lo trajesen por ninguna arte ni engaño, ni solamente que una vez los quisiese convidar, de lo cual ellos mucho se dolieron. Acaeció que vino un su compañero, así en el oficio como en la malicia, llamado Nelo, y con éste acordaron cómo aferrarían las uñas en los dineros de Calandrino. Y, habido la invención de ello, determinando lo que debían hacer, otro día de mañana, aguardando cuando Calandrino salió de la casa, Nelo se le hizo al encuentro y, saludándolo, le dijo:

—Buenos días, Calandrino.

Y Calandrino le tornó los saludos. En ello, parándose un poco como maravillado, atento, él le comenzó a mirar el rostro, y Calandrino le dijo:

—¿Qué guardas? [22] Dime.

Dijo Nelo:

—¿Has habido esta noche algún mal? Que no me parece que tienes buen gesto.

Calandrino, que avisado mucho no era, comenzó a dudar y dijo:

—¡Ay de mí! ¿Y qué te parece a ti que yo tenga?

[20] **De aquéllas:** *Esto es, con aquellas doscientas libras.*

[21] **Censal:** *contrato que sujeta a un inmueble al pago de intereses anuales.*

[22] **¿Qué guardas?:** *¿qué miras tan fijamente?*

---

* Observa que, desde el principio, Boccaccio señala una cualidad de la personalidad de Calandrino: su escaso juicio. El nombre de Calandrino —protagonista de otros cuentos— se hizo proverbial en Italia para designar al hombre simple y estúpido.

—Parécesme —dijo aquél— muy demudado de cual sueles ser, pero por ventura no será nada. Y, dicho esto, pasóse y dejóle.

De lo cual Calandrino quedó muy temeroso, pero fue su camino. Pero, como ya entre ellos estaba ordenado, Bufamaco lo encontró y, después que un poco con él habló, preguntóle cómo se sentía.

—Yo no siento nada —dijo él—. Es verdad que ahora poco ha que Nelo me dijo que yo le parecía muy demudado; puede ser que yo tenga algo.

—Por cierto —dijo Bufamaco—, más que algo debe ser lo que tú sientes ca verdaderamente pareces medio muerto.

Calandrino, oyendo esto, tomó tanto miedo que él se creía tener una grande fiebre y, en este medio, sobrevino Bruno, el tercer pintor, y, antes que oyese lo que ellos decían, dijo:

—Calandrino, ¿qué gesto es ese que tú tienes? Por cierto, tú no das color de hombre vivo. ¿Qué es lo que sientes?

Aquel simple hombre, viendo a todos ellos concordar en una razón, dando más fe a lo que ellos decían que a lo que él sentía, creyó sin duda que él estaba muy mal y, como fuera de sí, les preguntó qué les parecía que debía hacer.

—A mi parecer —dijo Bruno— que el remedio es que tú luego te tornes a casa, y te eches en tu cama, y hazte muy bien cubrir, y envía las aguas [23] a nuestro amigo, maestre Simón, y él te dirá lo que debes hacer ca las dolencias, si con tiempo no son remediadas, por ventura después son graves y aun imposibles de curar. Por ende, tú debes hacerlo así y nosotros iremos contigo porque si nuestro trabajo te sea necesario, nos lo haremos de grado [24].

---

[23] **Las aguas:** *la orina.*

[24] **Lo haremos de grado:** *lo haremos con gusto.*

Y así todos juntos se fueron con Calandrino a su casa y él se entró a su cámara y se echó en su cama diciendo a su mujer:

—Cúbreme bien que, sin duda, yo estoy muy mal.

Y después que fue echado y bien cubierto, envió sus aguas a maestre Simón, el físico, el cual estaba entonces al mercado viejo. Y Bruno, como vio llevar las aguas, dijo a los otros dos:

—Quedad vosotros aquí y yo iré a ver lo que el físico dice y yo lo informaré del hecho y por ventura lo haré aquí venir.

Calandrino dijo:

—Por Dios, compañero y amigo mío, que tú vayas luego y dime cómo el hecho está ca verdaderamente yo siento no sé qué cosa bullir dentro del cuerpo.

Bruno, que malicioso era, de aquella palabra tomó avisamiento para lo que debía decir e informar al físico y, andando cuanto pudo, llegó antes a maestre Simón que la moza fuese con el orinal e informóle de todo el negocio; por lo cual, como la moza vino y el maestro miró las aguas, díjole:

—Vete ca yo soy luego allá y dile a Calandrino que esté bien cubierto ca, como allá sea, le diré lo que debe hacer.

Y, dende a poca de hora[25], el físico y Bruno llegaron a casa de Calandrino. Entrando en la cámara, se asentó a la cabecera de la cama y dijo que él quería ver así el pulso como el aspecto de él. Y, desde que bien lo hubo visto, estando allí la mujer de Calandrino, que Tesa había nombrado[26], dijo:

—Yo te digo que, según yo puedo sentir, tú estás preñado.

Como Calandrino esto oído súbitamente, comenzó a dar voces y, reguardando[27] a su mujer con un viso[28] todo turbado, díjole:

—¡O Tesa, mala mujer! Esto has tú sabido hacer con tu maldad y ardor. ¿Cuántas veces yo te lo

[25] **Dende a poca hora:** *al cabo de poco tiempo.*

[26] **Que Tesa había nombrado:** *Es decir, que se llamaba Tesa. En la traducción castellana de 1496 (y en otras posteriores), se inserta un largo párrafo del médico.*

[27] **Reguardando:** *mirando con cuidado.*

[28] **Con un viso:** *con un gesto.*

he dicho que no cabalgaras encima de mí y dejases a mí hacer y tú, porfiando, hacías de mí a tu guisa? Pluguiese a Dios que con la sola deshonra escapara y no estuviera en tal peligro.

La buena dueña, que asaz honesta era, toda colorada y vergonzosa, bajando la cabeza se salió de la cámara, pero Calandrino, continuando sus querellas, decía:

—¡Ay de mí, maestre Simón! ¿Cómo haré yo? ¿Cómo podré parir ni por dónde saldrá la criatura? Sin otra falta, yo soy muerto y todo esto por el ardor y rabia de aquella mala mujer. Pluguiese a Dios que yo estuviese en tal disposición que yo le pudiese pagar sus cabalgaduras como quiera que en mi es bien empleado ca, si yo por mal tuviera, no la debiera consentir sobre mí [29]. Mas, por cierto, que si escapo yo, la adobará así que jamás torne al juego aunque la vea morir de aquella rabiosa y canina hambre.

Bruno, y Bufamaco y Nelo, que aquella obra habían fabricado —y con ellos maestre Simón— habían tan grande voluntad de reír que apenas se podían sostener, pero Calandrino, con grande afición, suplicaba al físico que hubiese compasión de él y le pusiese algún remedio:

—Yo no quiero —dijo el maestro— que tú Calandrino así te atormentes con temor. Que, como ya te dije, pues la causa es sabida, no errará la cura ca, con la ayuda de Dios, en breve serás curado, pero es necesario que cueste algo.

—¡O maestro mío! —dijo él—. Por Dios, no hagáis mención de aquello ca yo he aquí doscientas libras que mi tía me dejó, de las cuales yo quería comprar una heredad, pero más precio mi vida que todo lo ál; por ende, si todas son menester, todas las tomad; solamente que yo no haya de parir ca, cuando yo me recuerdo que veo a las mujeres estar en tan grande peligro en

[29] **Pluguiese a Dios, ...sobre mí:** *El sentido del pasaje es: Ojalá estuviese sano y no como estoy porque me levantaría y le daría tantos golpes que toda la destrozaría aunque me está bien empleado porque no debería haber consentido que me cabalgara.*

el parto y aun peligrar muchas habiendo ellas así espaciosos lugares para aquel acto, ¿qué será de mí si aquel punto vengo?

—No hayas miedo —dijo el físico— ca yo haré hacer un agua estilada con la cual todo aquello se disolverá y deshará sin dolor y sin peligro; así que tú quedarás más sano y más liviano que un pez de la agua, pero yo te ruego que así cuerdamente te proveas para adelante, que no caigas en otra tal locura. Ahora para esta obra son menester tres pares de gruesos capones y, para otras cosas a la confección necesarias, darás, a uno de estos, cinco libras. Y llévenlo a mi botica. Y yo, en el nombre de Dios, la haré y, bien de mañana, te enviaré en una ampolla, de aquel agua estilada. Y tres mañanas beberás de ello, cada vez una buena cantidad.

—Maestro mío —dijo Calandrino—, esta carga sea a vos.

Y, dando a Bruno los dineros para los tres pares de capones y las cinco libras, rogándole que por servicio Dios y amor suyo, él trabajase de comprar aquellas cosas. Pues, partiéndose de allí todos, el físico mandó hacer una poca de clarea [30] y, en tanto los pintores y el físico compraron sus capones, y buen vino, y las otras cosas a las fiestas necesarias, y diéronse de buen tiempo riendo y burlando de la preñez de Calandrino, el cual, después que tres mañanas bebió su clarea, vino a él el físico y los otros burladores; y maestre Simón, tocándole el pulso y tentándole el cuerpo, loando mucho la virtud de aquel agua, le dijo:

—Calandrino, tú eres guarido ca esta agua ha reparado todo el daño que tenías. De hoy más levántate y trabaja en tu oficio ca por esto no es necesario estar más en la cama.

Y el sabio avisado Calandrino se levantó a su parecer en asaz buena disposición y fuese a

[30] **Clarea:** *bebida que se preparaba con vino, miel, canela y otros aromas.*

hacer sus negocios loando mucho la grande ciencia de maestre Simón y la maravillosa cura que en él hacía y había hecho, afirmando por cierto que, después de Dios, por él había la vida. Y, secretamente, consejaba algunos sus amigos que se guardasen de consentir a sus mujeres que no los cabalgasen, ca era una cosa muy peligrosa, y que de esto no les podía más decir, pero que fuesen ciertos que él no lo decía de balde. Bufamaco, y Nelo y Bruno quedaron bien alegres de haber engañado la simpleza y avaricia de Calandrino cuanto quiera que [31] Tesa, la su buena dueña, riñese sobre ello con él.

[31] **Cuanto quiera que:** *aunque*.

CRISTÓBAL DE CASTILLEJO

Nació en Ciudad Rodrigo a fines del siglo XV. Fue monje cisterciense. Sirvió durante veinticinco años al infante don Fernando. Murió en 1550. Los temas de su poesía son variados. Es conocido por su oposición a los poetas españoles —Boscán, Garcilaso— que escribían en verso italiano. Sus traducciones de Ovidio, además de ser una muestra de sus cualidades poéticas, muestran también la importancia que el mundo clásico tuvo en la literatura del siglo XVI.

45

La fábula de Acteón

Según Ovidio [1] da nuevas
y nos hace relación,
andando a caza Acteón [2],
príncipe mozo de Tebas,
en peligrosa sazón, 5
por desastre de ventura
se metió por la espesura
de un bosque donde nacía
una fuente clara y fría,
hecha a manos de natura. 10
  En la cual, según solía
cuando el sol la fatigaba,
la diosa Diana [3] estaba
con sola su compañía
y desnuda se bañaba, 15
muy segura y descuidada,
sin temor de ser mirada
de ningún hombre mortal;
del colegio virginal
de sus ninfas rodeada. 20

[1] **Publio Ovidio Nasón** (43 a. C-18 d. C.?): autor latino de las *Metamorfosis,* obra en la que se basa Castillejo.

[2] **Acteón:** *nieto de Cadmo, quien fue uno de los hermanos más célebres de Europa, la cual tuvo amores con Zeus. En la fábula, Acteón sale de caza con sus perros.*

[3] **Diana:** *diosa de la caza. Júpiter le concedió la virginidad eterna.*

Pues, como se viese ser
en tal forma conocida
de Acteón, toda encendida,
quisiera luego tener
con qué quitarle la vida,　　　　　25
pero, no pudiendo más,
en aquel punto y compás,
tomando del agua clara,
le dio con ella en la cara,
vueltos los ojos atrás,　　　　　　30
　　Y díjole muy sañuda:
«Vete ahora do quisieres
y cuenta por donde fueres
cómo me viste desnuda
si bien contarlo pudieres».　　　　35
Luego el triste se miró
en el agua y se halló
en ciervo todo mudado,
de grandes cuernos cargado,
que gran espanto le dio.　　　　　40
　　Y, comenzando a pensar
lo que en tal caso haría,
si al palacio volvería
o si se debe quedar
en el monte todavía,　　　　　　45
no sabe lo que es mejor
porque su mismo dolor
ni le toma ni le suelta.
Vergüenza impide la vuelta
y la quedada, temor.　　　　　　50
　　Así que, mientras dudaba
entre dos contrarios yerros,
fue sentido de sus perros,
que corren con furia brava
tras él por valles y cerros.　　　　55
Y al fin, por sus servidores,
tornados perseguidores
rompidas piernas y brazos,
acabó, hecho pedazos,
la vida con mil dolores.　　　　　60

FRANCISCO DELICADO: *LA LOZANA ANDALUZA*

Francisco Delicado (1480 ?-1534?) es el autor del *Retrato de la lozana andaluza*. Delicado nació en Córdoba. Se ordenó de sacerdote. Residió en Italia durante gran parte de su vida, y en esta obra describe personas, ambientes y aspectos de la sociedad italiana de aquella época. El reflejo del habla popular es otro de sus hallazgos. Al parecer, Delicado terminó su obra en 1524, pero no la imprimió hasta 1528. *La Celestina* influyó considerablemente en la *Lozana*.

46

Era una judía vieja de noventa años y tenía dos nueras, mujeres burlonas, y venían a su suegra cada mañana y decían:
—¡Buenos días, señora!
Y respondía ella:
—¡Vosotras tenéis los buenos días y habéis las buenas noches!
Y, como ellas veían esta respuesta siempre, dijeron a sus maridos:
—Vuestra madre se quiere casar.
Y decían ellos:
—¿Cómo es posible?
Decían ellas:
—Casadla y veréis que no dice *no*.
Fueron y casáronla con un judío viejo y médico. ¿Qué hicieron las nueras? Rogaron al judío que no la cabalgase dos noches; él hízolo ansí, que toda la noche no hizo sino contarle sus deudas que tenía. Vinieron las nueras otro día y dijo la vieja:

—¿Qué quiero hacer de este viejo, que no es bueno sino para comer, y tiene más deudas que no dineros y será menester que me destruya a mí y a mis hijos?

Fueron las nueras al judío y dijéronle que hiciese aquella noche lo que pudiese, y él, como era viejo, caminó y pasó tres colchones[1].

Viniendo la mañana, vienen las nueras y dicen a la suegra:

—¡Señora, albricias, que vuestros hijos os quieren quitar este judío pues que tanto debe!

Respondió la vieja:

—Mirad, hijas, la vejez es causa de la sordedad, que yo no oigo bien; que le deben a él, que le deben, que él no debe nada.

[1] **Pasar tres colchones:** *hacer tres veces el amor.*

47

Demandó Gonela[2] al duque que los médicos de su tierra le diesen dos carlines[3] al año; el duque, como vio que no había en toda la tierra arriba de diez[4], fue contento. El Gonela ¿qué hizo? Atóse un paño al pie y otro al brazo y fuese por la tierra. Cada uno le decía:

—¿Qué tienes?

Y él les respondía:

—Tengo hinchado esto.

Y luego le decían:

—Va, toma la tal hierba y tal cosa y póntela, y sanarás.

Después escribía el nombre de cuantos le decían el remedio y fuese al duque y mostróle cuántos médicos había hallado en su tierra. Y el duque decía:

—¿Has tú dicho la tal medicina a Gonela?

El otro respondía:

—Señor, sí.

[2] **Gonela:** *bufón del duque de Ferrara.*

[3] **Carlín:** *moneda de plata, pequeña, que circuló desde el siglo XVI.*

[4] **Arriba de diez:** *más de diez.*

—Pues pagá dos carlines porque sois médico nuevo en Ferrara.

48

—Micer Porfirio*, estad de buena gana, que yo os lo vezaré a leer⁵ y os daré orden que despachéis presto para que os volváis a vuestra tierra. Id mañana y haced un libro grande de pergamino y traédmelo, y yo le vezaré a leer, y yo hablaré a uno que, si le untáis las manos, será notario, y os dará la carta del grado. Y haced vos con vuestros amigos que os busquen un caballerizo que sea pobre y joven y que tenga el seso en la braguteta⁶, que yo le daré persona que se lo acabe de sacar. Y de esta manera venceremos el pleito, y no dudéis, que de este modo se hacen sus pares bacalarios. Mirad: no le deis a comer al Robusto dos días y, cuando quisiere comer, metedle la cebada entre las hojas y así lo enseñaremos a buscar los granos y a voltear las hojas, que bastará. Y diremos que está turbado y así el notario dará fe de lo que viere y de lo que cantando oyere. Y así, *omnia per pecunia falsa sunt*⁷. Porque creo que basta harto que llevéis la fe, que no os demandarán si lee en letras escritas con tinta o con óleo o iluminadas con oro y, si les pareciere la voz gorda⁸, decid que está resfriado, que es usanza de músicos: una mala noche los enronquece.

⁵ **Yo os lo vezaré a leer:** *La Lozana asegura que ella enseñará al asno a leer.*

⁶ **Que tenga el seso en la braguteta:** *Es decir, que esté dominado por la lujuria.*

⁷ **Omnia per pecunia falsa sunt:** *todas las cosas son falsas por culpa del dinero.*

⁸ **La voz gorda:** *Se refiere a los rebuznos.*

---

* Ten en cuenta que la Lozana habla con el señor Porfirio, el cual había apostado a que ordenaba de bachiller (*bacalario*) a su asno, llamado Robusto.

PEDRO MEJÍA: *SILVA DE VARIA LECCIÓN*

Pedro Mejía nació en Sevilla en 1497 y murió en 1551. Escribió obras históricas, doctrinales y poéticas, pero su libro más conocido es la *Silva de varia lección*, cuya acogida en el siglo XVI fue enorme. La primera edición data de 1540. Este género de obras —misceláneas o recopilaciones de diferentes historias— era muy apreciado entonces, aunque la posteridad no se mostró demasiado indulgente con la *Silva*. Las misceláneas cumplían uno de los objetivos del Humanismo: conjugar la literatura amena y la instructiva.

49

Pues la crueldad que Astiages [1], rey de los medos, hizo con Harpago [2], que era el más principal y mayor de sus amigos y reino, no sé quién lo oirá que no se espante. Mandó este Astiages matar a un nieto suyo luego como nació [3] por cierto sueño que soñó, que es largo de contar*, y dio el cargo de matarlo a este Harpago, el cual, de piedad del niño inocente —que después se llamó Ciro y fue rey muy poderoso— y de temor de la madre, hija de Astiages, no lo quiso matar**; antes tuvo manera de cómo se criase y, pasados tiempos y otras particularidades, el Astia-

---

[1] **Astiages** (585-550 a. C.): *era hijo de Ciaxares, quien fundó el poderío de los medos. Astiages fue destronado por el rey vasallo persa Ciro el Grande (560-529 a. C.). Los padres de Ciro fueron Cambises y Mandana, la cual, al parecer, era hija de Astiages.*

[2] **Harpago:** *ocupaba un puesto distinguido en la corte de Astiages y fue nombrado general de las tropas medas.*

[3] **Luego como nació:** *tan pronto como nació.*

* Soñó que del sexo de su hija Mandana salía una cepa que cubría toda Asia. Los magos interpretaron que aquel nieto, Ciro, arrebataría el reino a su abuelo.
* Fíjate en que muchos cuentos e historias parten de una raíz común: el hombre facilita el cumplimiento de los hados cuando intenta huir de las señales que conjeturan su futuro. Parece evidente la relación con *La vida es sueño*, de Calderón de la Barca.

ges supo ser vivo su nieto y lo dejó entrar en su casa y reino, y mostró placer de ello, pero, en pago de la piedad de que usó Harpago en le salvar la vida, hizo secretamente matarle un hijo que tenía y, convidándolo otro día a comer, se lo dio que lo comiese en diversos guisados y el triste padre comió con mucho sabor de la carne del hijo que, como propia suya, parece que no la extrañaba. No se contentó el rey del cruel engaño, sino usó del crudelísimo desengaño y, por fruta postrera, hizo poner la cabeza y pies y manos del hijo en un plato y ponérsela delante al padre, donde supo que lo que había comido era el cuerpo que faltaba; y sentiría lo que el lector discreto podrá considerar.

50

Dionisio, tirano de Sicilia [4], aunque se cuentan de él muchas crueldades, fue maravillosa la mansedumbre que usó con una vieja mujer. Y fue de esta manera: que, como él era tirano y malo, sabía y conocía que todos lo querían mal y se lo deseaban* y, como esto fuese así, supo también que una buena vieja rogaba a Dios efectuosamente [5] cada día por la vida y salud suya. Maravillándose de esto, mandóla traer ante sí y preguntóle qué causa era la que a ella la movía a rogar por su vida de él (pues todos le querían mal y se lo deseaban). Respondió la vieja, sin temor, la verdad:

—Siendo yo moza, Dionisio, tuvimos y sufrimos un tirano mal acondicionado y cruel. Yo rogué a Dios, y pedí efectuosamente su muerte,

[4] **Dionisio el Viejo** (405-368 a. C.): *tirano de Siracusa, en Sicilia. Al parecer, atrajo a su corte a Platón, pero, irritado por algunas opiniones del filósofo, lo vendió a un tratante de esclavos. Un amigo de Platón liberó a éste.*

[5] **Efectuosamente:** *en efecto.*

---

* Observa que se trata de una elipsis: se omite *mal*. Es decir, el sentido es que le deseaban el mal.

⁶ **Más peor:** *mucho peor. Redundancia similar más abajo: muy peor: mucho peor.*

⁷ *Instancia: insistencia.*

y vi aquel deseo y murió. Sucedió que, muerto aquél, tiranizó la tierra otro más peor⁶ y cruel que el primero, y deseé su muerte y con gran instancia⁷ lo pedí a los dioses. Murió también aquél, en cuyo lugar después has venido tú, muy peor que los otros pasados. Tengo temor, si mueres, que venga otro peor que tú y, por esto, ruego a Dios que te dé vida y sostenga muchos años.

La atrevida y graciosa razón de la vejezuela no enojó al que todos solían enojar; antes, la dejó ir libre y alegre.

FRAY ANTONIO DE GUEVARA: *RELOJ DE PRÍNCIPES*

Fray Antonio de Guevara nació hacia 1480 en Treceño (Cantabria). Siendo niño, entró a servir en la corte y fue paje del príncipe don Juan. Este fraile franciscano fue cronista, predicador y consejero de Carlos V. Murió en 1545. El *Reloj de príncipes* (1529) es una obra didáctica y moral que sirve a Guevara para exponer sus ideas sobre las obligaciones del príncipe cristiano. En este sentido, el *Reloj* se parece a los *Espejos de príncipes* que tanto éxito tuvieron en la Edad Media. Guevara expone su doctrina sobre diversos asuntos, pero también refleja muchas inquietudes de los humanistas sobre la amistad, el matrimonio, la educación, etc. Este autor ha sido acusado de inventar libros y autores, pero se han descubierto muchas de sus fuentes. Con todo, parece cierto que Guevara inventa y añade productos de su cosecha a los textos originales. Al parecer, las historias que cuenta del emperador romano Marco Aurelio son ficticias.

51

Cuando el gran Pompeyo[1] pasó la primera vez a la Asia, acaso como llegase a los montes Rifeos[2], halló allí unos bárbaros que vivían en las asperezas de aquellas montañas como salvajes brutos. Y no te maravilles, Faustina[3], que llame a los que moraban en las vertientes de los montes Rifeos *animales brutos* porque, así como las ovejas paciendo yerbas delicadas se les hacen las lanas finas, así los hombres criados en tierras ásperas se les hacen las personas y condiciones silvestres. Tenían, pues, estos bárbaros por ley y costumbre que cada vecino tuviese en aquellas montañas dos cuevas (porque la aspereza de la tierra no sufría en sí casas), y en la una cueva de aquéllas moraba el marido y los hijos y criados, y en la otra cueva moraba la mujer, y las hijas y mozas. Comían dos veces en la semana juntos y dormían otras dos veces en la semana juntos; todo el restante del tiempo siempre estaban apartados los unos de los otros. Preguntados por el

[1] **Pompeyo el Grande** (106-48 a. C.): *político y general romano, quien se internó con sus tropas en Asia Menor. Fue yerno de Julio César, quien lo derrotó en Farsalia.*

[2] **Rifeos:** *montes próximos al río Halis, en donde fue derrotado Creso. Están situados en Asia Menor (norte de la actual Turquía).*

[3] **Faustina:** *esposa de Marco Aurelio, quien narra este caso a su cónyuge.*

gran Pompeyo qué fuese la causa de vivir de este modo, como fuese verdad que en todo el mundo ni se hallase, ni se oyese, ni se leyese tan extremado extremo, dice allí la historia que le respondió un hombre anciano diciendo:

—Mira, Pompeyo, a nosotros nos dieron poca vida los dioses, según solían vivir los hombres de los tiempos pasados y, como no vivimos sino sesenta o setenta años a lo más, esto que hemos de vivir querríamoslo vivir en paz porque es tan breve la vida que aun apenas hay tiempo para gozar la paz; cuánto más que partamos con la guerra [4]. Verdad es que a vosotros, los romanos, con regalo y riqueza háceseos la vida corta, pero a nosotros, como tenemos trabajo y pobreza, todavía se nos hace la vida larga porque en todo el año jamás nosotros celebramos tan gran fiesta como cuando muere y pasa uno de esta triste vida. Mira, Pompeyo, si los hombres viviesen muchos años, habrían tiempo para reír y para llorar, para estar contentos y descontentos, para ser ricos y para ser pobres, para estar alegres y para estar tristes, para tener guerra y para tener paz; pero, pues la vida es tan corta, ¿para qué quieren los hombres hacer tantas mudanzas en ella? Teniendo como teníamos con nosotros a nuestras mujeres, viviendo moríamos porque las noches se nos pasaban en oír sus quejas y los días expendíamos en sufrir sus rencillas. Teniendo como las tenemos apartadas, ni vemos sus caras tristes, ni vemos llorar a los niños, ni oímos sus graves quejas, ni escuchamos sus palabras lastimosas, ni sentimos sus importunidades; y, al fin, críanse los hijos en paz y los padres excusan la guerra, por manera que ellas están bien y nosotros estamos mejor.

[4] **Aun apenas... guerra:** *Es decir, tenemos poco tiempo para gozar de la vida (en paz) y menos si hemos de partir a la guerra.*

LA VIDA DE LAZARILLO DE TORMES

Las primeras ediciones conocidas se remontan a 1554. Al inmediato éxito que cosechó le siguió la prohibición cinco años más tarde. En 1573, fue permitida, pero las autoridades ordenaron tachar palabras y varios pasajes de la obra. El texto completo no volvió a publicarse en España hasta el siglo XIX. Las razones de estas prohibiciones hay que buscarlas en la severa crítica que destila la obra, la cual satiriza los valores sagrados de la España tradicional: la vida del clero, las bulas, las apariencias, etc. Al mismo tiempo, se retrata la vida miserable de un pueblo cuyos gobernantes presumían de poseer un imperio en donde no se ponía el sol. El estilo es llano, carece de artificio y está en consonancia con la realidad que se describe. Muchos fragmentos del libro son cuentos graciosos que pertenecen a la tradición popular

52

Acaeció que, llegando a un lugar que llaman Almorox al tiempo que cogían las uvas, un vendimiador le dio un racimo de ellas en limosna. Y, como suelen ir los cestos maltratados y también porque la uva en aquel tiempo está muy madura, desgranábasele el racimo en la mano. Para echarlo en el fardel, tornábase mosto y lo que a él se llegaba. Acordó de hacer un banquete, así por no lo poder llevar como por contentarme que aquel día me había dado muchos rodillazos y golpes. Sentámonos en un valladar, y dijo:

—Ahora quiero yo usar contigo de una liberalidad, y es que ambos comamos este racimo de uvas y que hayas de él tanta parte como yo. Partirlo hemos de esta manera: tú picarás una vez y yo, otra; con tal que me prometas no tomar cada vez más de una uva. Yo haré lo mismo hasta que lo acabemos y de esta suerte no habrá engaño.

Hecho así el concierto, comenzamos; mas, luego al segundo lance, el traidor mudó propósito y comenzó a tomar de dos en dos, considerando que yo debería hacer lo mismo. Como vi que él quebraba la postura, no me contenté ir a la par con él, mas aun pasaba adelante: dos a dos y tres a tres, y como podía las comía. Acabado el racimo, estuvo un poco con el escobajo en la mano y, meneando la cabeza, dijo:

—Lázaro, engañado me has; juraré yo a Dios que has comido las uvas tres a tres.

—No comí —dije yo—, mas ¿por qué sospecháis eso?

Respondió el sagacísimo ciego:

—¿Sabes en qué veo que las comiste tres a tres? En que comía yo dos a dos y callabas.

53

Y no tenía tanta lástima de mí como del lastimado de mi amo que, en ocho días, maldito el bocado que comió. A lo menos, en casa bien lo estuvimos sin comer. No sé yo cómo o dónde andaba y qué comía. ¡Y verle venir a mediodía la calle abajo, con estirado cuerpo, más largo que galgo de buena casta! Y, por lo que toca a su negra, que dicen *honra,* tomaba una paja de las que aún asaz no había en casa, y salía a la puerta escarbando los dientes que nada entre sí tenían, quejándose toda vía[1] de aquel mal solar diciendo:

—Malo está de ver, que la desdicha de esta vivienda lo hace. Como ves, es lóbrega, triste, obscura. Mientras aquí estuviéremos, hemos de padecer. Ya deseo que se acabe este mes por salir de ella.

Pues, estando en esta afligida y hambrienta persecución, un día, no sé por cuál dicha o ventu-

---

[1] **Toda vía:** *siempre.*

ra, en el pobre poder de mi amo entró un real con el cual él vino a casa tan ufano como si tuviera el tesoro de Venecia ² y, con gesto muy alegre y risueño, me lo dio diciendo:

—Toma, Lázaro, que Dios ya va abriendo su mano. Ve a la plaza, y merca pan, y vino y carne. ¡Quebremos un ojo al diablo! ³. Y más te hago saber porque te huelgues, que he alquilado otra casa y en esta desastrada no hemos de estar más de en cumpliendo el mes. ¡Maldita sea ella y el que en ella puso la primera teja, que con mal en ella entré! Por nuestro Señor, cuanto ha que en ella vivo, gota de vino ni bocado de carne no he comido ni he habido descanso ninguno. ¡Mas tal vista tiene y tal obscuridad y tristeza! Ve y ven presto y comamos hoy como condes.

Tomo mi real y jarro y, a los pies dándoles prisa, comienzo a subir mi calle encaminando mis pasos para la plaza, muy contento y alegre, mas ¿qué me aprovecha si está constituido en mi triste fortuna que ningún gozo me venga sin zozobra? Y así fue éste porque, yendo la calle arriba, echando mi cuenta en lo que lo emplearía que fuese mejor y más provechosamente gastado, dando infinitas gracias a Dios que a mi amo había hecho con dinero, a deshora me vino al encuentro un muerto que por la calle abajo muchos clérigos y gente en unas andas traían. Arriméme a la pared por darles lugar y, desde que el cuerpo pasó, venían luego a par del lecho una que debía ser su mujer del difunto, cargada de luto —y con ella otras muchas mujeres—,* la cual iba llorando a grandes voces y diciendo:

² **Tesoro de Venecia:** *mucho dinero. Es una expresión proverbial.*

³ **Quebrar un ojo al diablo:** *hacer rabiar al enemigo o a la mala racha.*

---

* Era costumbre en España que estas mujeres, plañideras, fueran detrás de los cadáveres llorando, dando voces y mesándose los cabellos.

—Marido y señor mío, ¿adónde os me llevan? ¡A la casa triste y desdichada, a la casa lóbrega y obscura, a la casa donde nunca comen ni beben!

Yo, que aquello oí, juntóseme el cielo con la tierra y dije:

—¡Oh, desdichado de mí! ¡Para mi casa llevan a este muerto!

LUIS DE PINEDO: *LIBRO DE CHISTES*

Disponemos de noticias muy escasas sobre este autor. Sabemos que reunió cuentos y chistes en el *Liber facetiarum et similitudinum Ludovici di Pinedo et amicorum*, el cual fue publicado, probablemente, durante el reinado de Felipe II. Pinedo perteneció al círculo intelectual de don Diego de Mendoza.

54

Hacían en un lugar la remembranza del prendimiento de Jesucristo y, como acaso fuesen por una calle y llevase la cruz a cuestas y le fuesen dando de empujones y de palos y puñadas, pasaba un portugués a caballo y, como le vio, apeóse y, poniendo una mano a la espada, comenzó a dar en los sayones de veras, los cuales, viendo la burla mala, huyeron todos. El portugués dijo:

—¡Corpo de Deus[1] con esta ruin gente castellana!

Y, vuelto al Cristo, con enojo le dijo:

—Y vos, home[2] de bien, ¿por qué vos dejáis cada año prender?

55

Otro portugués predicaba la Pasión y, como los oyentes llorasen, y lamentasen, y se diesen

[1] **Corpo de Deus:** *cuerpo de Dios. Era proverbial la enemistad entre castellanos y portugueses. Pinedo juega con una sospecha contemporánea: se creía que los portugueses no profesaban con sinceridad el cristianismo.*

[2] **Home:** *hombre.*

de bofetones, e hiciesen mucho sentimiento, dijo el portugués:

—Señores, no lloredes[3] ni toméis pasión, que quizá no será verdad.

[3] **Lloredes:** *lloréis.*

56

El duque de Alba y el conde de Chinchón y otros caballeros, estando en Palacio, en Madrid, entró el condestable don Pedro de Velasco en la sala do estaban con una ropa de martas muy arrebozada y, como las martas fuesen de pelo crecido, tuvo lugar el apodarle, especialmente el conde de Chinchón, que dijo que parecía puerco espín. Y, desque el condestable hubo llegado a ellos, díjole el duque:

—Señor, el conde ha dicho que parece vuesa merced puerco espín.

El condestable le respondió riéndose:

—Señor, si yo fuese puerco espín, ni el conde me comiera ni vuesa merced me esperara.

JUAN TIMONEDA

Timoneda (1518 ?-1583) nació en Valencia. Disfrutó de una apacible vida familiar y trabajó en diversos oficios (curtidor, librero, editor, actor). Se basó en sus experiencias y en sus lecturas (italianas, por ejemplo) para componer muchos de sus cuentos y patrañas. Aunque también escribió poesías y comedias, la importancia de Timoneda como creador de cuentos es evidente; de hecho, influyó en grandes autores del Siglo de Oro. Los textos que seleccionamos pertenecen a *El sobremesa y Alivio de caminantes* (1569), *Buen aviso y portacuentos* (1564) y *El Patrañuelo* (1567).

57

Estando en corrillo ciertos hidalgotes, vieron venir un pastor a caballo con su borriquilla y, tomándolo en medio por burlarse de él, dijéronle:
—¿Qué es lo que guardáis, hermano?
El pastor, siendo avisado, respondióles:
—Cabrones guardo, señores.
Dijéronle:
—¿Y sabéis silbar?
Diciendo que sí, importunáronle que silbase por ver qué silbo tenía. Ya que hubo silbado, dijo el uno de ellos:
—¿Qué? ¿No tenéis más recio silbo que éste?
Respondió:
—Sí, señores, pero éste abasta para los cabrones que me oyen.

58

Fue avisado un rey que un mancebo de su mesma estatura y edad le parecía en grandísima manera. Deseoso el rey de ver si era así, mandóle llamar y, conociendo ser verdad, preguntóle:

—Dime, mancebo, ¿acuérdaste si, por dicha, tu madre por algún tiempo estuvo en esta mi casa?

Respondió:

—Señor, mi madre, no; pero mi padre, sí.

59

Una cierta dama valenciana, ultra que era muy sabia*, tenía una tacha: que hablaba más de lo que era menester. Un día, estando en un sarao, tomáronle unos desmayos y fueron corriendo a decirlo a su marido diciéndole que su mujer estaba sin habla. El cual, como lo oyese, dijo:

—Dejadla estar, que, si eso le dura, será la más acertada mujer del mundo.

60

Un tamborilero tenía una mujer tan contraria a su opinión que nunca cosa que le rogaba podía acabar con ella que la hiciese. Una vez, yendo de un lugar para otro, porque había de tañer en unos desposorios y ella, caballera en un asno, con su tamborino encima, al pasar de un río, díjole:

—Mujer, catad no tangáis[1] el tamborino que se espantará el asno.

Como si dijera «Tañedlo»; en ser en el río, sonó el tamborino y el asno, espantándose, púsose

---

[1] **Tangáis:** *tañáis, toquéis.*

* Fíjate en que durante el Siglo de Oro, existía una actitud muy contraria al hecho de que las mujeres pudieran estudiar y saber. Timoneda se burla de la mujer que era excesivamente sabia («ultra que era muy sabia»).

en el hondo y echó nuestra mujer en el río, y él, por bien que quiso ayudarla, no tuvo remedio. Viendo que se había ahogado, fuéla a buscar el río arriba. Díjole uno que lo estaba mirando:

—Buen hombre, ¿qué buscáis?

Respondió:

—Mi mujer, que se es ahogada, señor.

—¿Y contra el río la habéis de buscar?

Dijo:

—Sí, señor, porque mi mujer siempre fue contraria de mis opiniones.

61

Por qué se dijo: «Ni la una ni las dos»

Una mujer de un rústico labrador tenía amores con un licenciado, el cual era compadre [2] de su marido, y el labrador convidóle un día a un par de perdices. Como la mujer las hubiese asado, y se tardasen y a ella le creciese el apetito, se las comió. Venidos a comer, no tuvo otro remedio sino dar a su marido la cuchilla que la amolase [3]. Estando amolando, acercóse al licenciado y díjole:

—Idos de presto, señor, porque mi marido ha sabido de nuestros amores y os quiere cortar ambas orejas. ¿No veis cómo está amolando la cuchilla?

Él, entonces, dio a huir. Dijo la mujer:

—Marido, el compadre se lleva las perdices.

Saliendo el labrador a la puerta con la cuchilla en la mano, decía:

—Compadre, a lo menos una.

Respondió el licenciado:

—¡Oh hideputa! Ni la una ni las dos.

[2] **Compadre:** *padrino de bautizo de un niño, pero también significa «amigo», «conocido». Antiguamente tenía el sentido de «protector» o «bienhechor», con lo cual la ironía del cuento es más evidente.*

[3] **Que la amolase:** *para que le sacara corte o punta a la cuchilla.*

62

Hablábale a una viuda cierta comadre suya: que se casase. Respondió que ya se hubiera casado, sino que temía de no hallar persona condescendiente a su edad y condición y que, en cuanto al acto carnal, no se daba nada por ello. Con esta relación la comadre, hallado que hubo un honradísimo hombre que carecía de multiplicante[4], contento de casarse con la dicha viuda, vino un día y díjole:

—Señora, ya le he hallado una buena compañía conforme a su petición porque es hombre que no tiene maldita la cosa, que se la cortaron.

—¡Ay, ay! —dijo la viuda—. No quiero yo marido de esa suerte.

—¡Válame Dios! —dijo la comadre—. ¿No me dijisteis vos que no hacíades caso de eso?

Respondió:

—Que lo dije,
es verdad, mas yo prefiero
que entre marido y mujer
está bien siempre un tercero
que en paz los pueda volver.

[4] **Multiplicante:** miembro viril.

63

Reprendiendo una vez cierto juez a un desvergonzado que, sin temor ni vergüenza de Dios, se había casado cinco o seis veces, después de haberle dado una corrección fraterna, díjole a la postre (por saber qué era su intención):

—¿Una mujer no bastaba tomar para ti sin pena?

Respondió en cara serena:

—Sí bastaba, y aun sobraba,
mas yo buscaba una buena.

64

Era un viudo tan ceremonioso en casarse que, siempre que le hablaban de mujer, decía:

—Doncellísima la quiero por no hallarle mal vezada.

A la postre, casó con una de título de doncella[5] y, cada vez que se allegaba[6] a ella, dábale dos reales. Tantas veces se los dio que le dijo la mujer un día que por qué se los daba. Respondió: «Porque era uso de buena crianza» y que así lo tenía de costumbre. En esto, dijo ella:

—¡Ay, pecadora de mí! ¡Y qué de reales me deben los mozos de mi padre!

[5] **A título de doncella:** *Es decir, presumía de ser virgen.*

[6] **Se allegaba:** *entraba en contacto carnal con ella.*

65

En Bilbao, habitaban dos vizcaínos, labradores, el uno muy simplicísimo, llamado Juanca, y el otro Oñate, estos dos extrañísimamente amigos[7]. El Juanca, a causa que le había dejado una herencia cierta parienta suya y que no pudiese gozar de ella si no pariese su mujer, iba muy pensativo: de qué suerte podría hacer que se empreñase su mujer y, para remedio de esto, vínole a la memoria que, así como su vecino y amigo Oñate hacía parir cada año a su mujer, que secretamente, si él quisiese, le empreñaría la suya.

Con esta determinación, le habló un día, el cual fue contento; y le puso escondidamente en su cama por algunas noches sin ella haber

[7] **Extrañísimamente amigos:** *muy amigos.*

[8] **Si eso eres... tienes:** *El sentido es: si vas a ser padre, ya sabes, vecino, que tengo parte en tu herencia.*

[9] **Que yo hecho:** *que yo lo he engendrado.*

[10] **Verdad... cierto:** *En otras palabras: es verdad que tú lo has engendrado, pero la mujer no es tuya porque sembraste en mi campo (has estado en mi campo).*

[11] **Verdad... trato:** *De otro modo: es verdad que tu mujer es tu campo, pero yo he sembrado y tengo parte del fruto.*

[12] **Puesto que... yegua tuya:** *Es decir, puesto que dices que tienes parte en mi hijo, también quiero yo la parte del garañón mío que engendró un potro tuyo en una yegua tuya.*

sentimiento. A cabo de días, como la mujer se sintiese preñada, el marido de aquel contentamiento lo fue a decir a Oñate, el cual, por burlarse de él, respondió *:

—Si eso eres, ya sabes, vecino, que en herencia tuya parte tienes [8].

Dijo Juanca:

—¿Por qué tienes parte?

Respondió:

—Porque hijo de tu mujer mío es y no tuyo, que yo hecho [9].

Dijo:

—Verdad es que tú hecho, pero mujer no es tuyo, que campo mío estás por cierto [10].

Respondió Oñate:

—Verdad dices, que a mujer tuyo campo tuya es, pero yo sembrado y parte tienes de fruto [11].

Y, como en esta competencia le viniese a Juanca a la memoria que en días pasados le había dejado un garañón a Oñate para que le empreñase una yegua, y de ella tenía un potro grandecillo, le dijo:

—Pues que parte dices que tienes en hijo mío, también quieres parte garañón mío de potro tuyo que hizo en yegua tuya [12].

Viendo Oñate que le tocaba el interés del potro, le dijo:

—Juras a mí, vecino, que todo esto a burlas son, que burlabas contigo [13]. Dejemos a hijo y a potro para cada uno. Dacá mano, no hablemos más de estos negocios.

Dijo Juanca:

—Dacá, que amigo quieres quedar [14].

---

* Observa que, a continuación, Timoneda caricaturiza el habla de los vizcaínos, quienes, a causa de su dificultad para expresarse en castellano, fueron ridiculizados a menudo por los escritores. Actualmente, los vascos aún tienen dificultades con la sintaxis y los verbos castellanos.

Y de esta suerte se despartieron [15] quedando buenos amigos.

66

A causa de cien cruzados [16],
que halló un hombre en un saquillo
fue servido de un asnillo
y más de veinte ducados [17].

Un tiratierra [18], habiéndose levantado muy de mañana para ejercitar su pobre oficio, yendo cargados sus asnos, vio en medio de la calle un talegón [19]; dándole con el pie, vio que eran dineros y que, a gran prisa, venía uno de a caballo en busca de ellos. Para mejor cogerlos a su salvo, echóle la tierra encima. Como juntase el mercader y le dijese:

—Buen hombre, ¿habéisme visto un talegón que se me ha caído con cierta cantidad de dinero?

Le respondió:

—¡Dejadme, cuerpo de tal, con vuestra talega talegón que harto tengo que ver en volver a cargar esta tierra que me ha echado el asno!

Ido el mercader, cargó el astucioso hombre su tierra con el talegón y, llevándolo a casa, él y su mujer, de muy regocijados, se pusieron a contar los dineros y, de ver que eran cruzados de oro de Portugal, regostáronse con ellos de tal manera que, no habiendo sentimiento [20], se les cayó uno detrás de la caja que estaban contando y, vueltos en el talegón como se estaban, alzólos [21] la mujer.

El mercader, por parte del alcalde, mandó publicar que cualquiera que se hubiese hallado un talegón con cien cruzados de oro, que los

[13] **Juras a mí... contigo:** *El sentido es: Te juro, vecino, que todo esto son burlas, que me burlaba de ti.*

[14] **Dacá, que amigo quieres quedar:** *da aquí la mano puesto que quieres seguir siendo mi amigo.*

[15] **Se despartieron:** *hicieron las paces.*

[16] **Cruzado:** *antigua moneda de plata.*

[17] **Ducado:** *moneda de oro, de valor variable.*

[18] **Tiratierra:** *hombre que acarreaba tierra.*

[19] **Talegón:** *bolsa grande que sirve para llevar o guardar las cosas.*

[20] **No habiendo sentimiento:** *sin darse cuenta.*

[21] **Alzólos:** *los guardó, los escondió.*

manifestase y que le darían diez por buen hallazgo. Venido a noticia del tiratierra, díjolo a su mujer; ella, no queriéndoselos dar en ninguna manera; él, con buenas palabras, indújola que de más consciencia y más provecho les sería tomar diez ducados de hallazgo que los cien cruzados no siendo suyos y, así, se los dio. El buen hombre, venido delante del alcalde, manifestó los dineros, los cuales, vista la presente, libró en poder del mercader, habiendo dado sus testigos y razón satisfactoria que eran suyos y, como el mercader los reconociese y hallase uno menos, dijo:

—Mire, vuestra señoría, que aquí no hay sino noventa y nueve cruzados, y los míos son ciento. ¿Cómo quiere que se determine este negocio?

Pensando el alcalde que no fuese maña del mercader por no pagar el hallazgo prometido, dijo:

—¡Sus! Ya lo entiendo, que no deben de ser esos los vuestros dineros. Volvédselos al buen hombre.

Vueltos, más por fuerza que por grado, fuese el tiratierra muy alegre a su casa y, antes que a ella llegase, encontró con un aguador, gran amigo suyo, que se le había caído el asno en un lodo y, rogándole que se lo ayudase a levantar, tomóle de la cola y, tirando de ella, quedósele en las manos, por donde el aguador empezó a dar voces:

—¡Don traidor! ¡Pagadme mi asno que me habéis derribado!

El tiratierra, medio turbado de lo que le había acontecido, dando a huir, encontró con una mujer preñada, de tal manera que cayó, y fue asido del porquerón [22], y la mujer, del encuentro, malparió, vista la presente. Así que, asido el tiratierra, y detrás de él el amo del asno, y la

[22] **Porquerón:** *corchete o ministro de justicia que estaba encargado de prender a los delincuentes y llevarlos a la cárcel.*

mujer y su marido, fueron delante el alcalde. Oída la queja, tan graciosa, del amo del asno, que se lo pagase porque se lo había derrabado, y la necia demanda del marido, porque se afligía en extremo, diciendo que de qué manera podía sentenciar su señoría que su mujer estuviese preñada como se estaba, oídas las partes, dio por sentencia: que, en cuanto a la demanda del asno, que se lo llevase el tiratierra a su casa y que se sirviese de él hasta en tanto que le saliese la cola; y, porque el marido reprochó de qué suerte sentenciaría que su mujer estuviese preñada como se estaba, sentenció que se la llevase el tiratierra a su casa y que trabajase de volvérsela preñada con tal que su mujer fuese contenta. La cual sentencia fue muy aprobada, y reída del pueblo, y obedecida, aunque le pesase del insipiente marido [23]. Viniéndose el tiratierra a su casa, alegre y regocijado por verse señor de dineros, y de asno, y de mujer nueva, salió la mujer a recibirle diciendo:

—¿Qué es esto, marido?

Respondió:

—Ventura, mujer; toma ese talegón, que los cruzados son nuestros.

Pidióle más:

—¿Y el asno?

—También es ventura porque me ha de servir hasta que le salga la cola.

Replicóle:

—¿Y la mujer?

—También es ventura pues la tengo de volver preñada a su marido.

—¿Cómo de volver preñada? —dijo la mujer—. ¿A eso llamáis ventura? No es sino desventura. ¿Dos mandadoras en una casa?

Respondió el marido:

—Catad, mujer, que el juez lo ha mandado.

[23] **Insipiente marido:** *necio marido.*

—¡Aunque lo mande y lo remande! —dijo la mujer—. Yo soy la que mando en mi casa y ¡por el siglo de mi madre! tal no entre de las puertas adentro.

Despidiéndola. Como el marido de ella la hubiese seguido, ya presumiendo lo que se podía seguir, cobró su mujer muy satisfecho y contento. A cabo de días, tornó el mercader a suplicar al alcalde, dando otros testigos de fe y de creencia, cómo eran suyos los cruzados, por lo cual mandó llamar al tiratierra y que trajese el talegón con los cruzados. Traídos, mandó el alcalde que se los diese. Dijo el tiratierra al punto que se los dio, pensando que tampoco los recibiría:

—Mire, señor, que no hay sino ochenta porque los otros se han gastado en alhajas de mi casa.

Respondió el mercader:

—Ochenta o setenta, dad acá, que no quiero contarlos, que más vale tuerto que ciego, que yo los recibo por ciento. Anda con Dios.

Contentas las partes, cada cual se fue a su posada.

Oyendo el aguador que todos habían cobrado sus haciendas, así el mercader sus dineros como el otro su mujer, pareció delante del alcalde suplicando que le mandase restituir el asno, que él era contento de recibirlo derrabado, así como estaba. Proveído, cobró su asno, y el tiratierra se quedó con veinte ducados y libre de los querellantes.

67

A un ciego de un retrete
hurtaron cierto dinero
y a otro su compañero
diez ducados de un bonete.

Era un ciego tan avariento que, por su sobrada mezquindad, iba solo por la ciudad, sin llevar mozo que le guiase y, al comer, comía donde le tomaba la hambre por ahorrar de costa [24] y no comer tanto y, para recogerse de noche, tenía alquilada una pobre casilla en la cual, a la noche, cuando se retraía, se encerraba en ella sin lumbre, como aquel que no la había menester, y, cerradas las puertas, desenvainaba de una espadilla corta que tenía y, por reconocer si había alguno, daba cuchilladas y estocadas por los rincones y bajo de la cama diciendo:

—¡Ladrones, bellacos! ¡Esperad, aguardad! ¿Ahí estáis?

Y, viendo que no había nadie, sacaba de una cajuela que tenía un talegón de reales y hacía reseña [25] por retozar y regocijarse con ellos y ver si le faltaba alguno. Tantas veces continuaba este avaricioso ejercicio que hubo de ello sentimiento un vecino suyo, el cual hizo un agujero en la pared para ver lo que podía ser aquello de dar cuchilladas por casa y, como viniese la noche y el ciego siguiese su necia y acostumbrada costumbre de acuchillar en el aire y él no pudiese ver ninguna cosa, a causa que estaba a oscuras, estúvose quedo y escuchando y, a cabo de rato, sintió contar reales y después cerrar una cajita, por lo cual determinó por la mañana, no estando el ciego en casa, de entrar por el terrado y hurtarle los dineros. Quitados que se los hubo, la noche venidera estuvo acechando por ver lo que haría el ciego.

Pues, como los hallase menos, maldecíase y quejábase de su mala suerte diciendo:

—¡Ay, dineros míos de mi corazón! ¿Y dónde estáis vosotros ahora? Habiéndoos ganado en oraciones, por lo cual os llamaba benditos, no habíais de sufrir que me maldijese.

[24] **Ahorrar de costa:** *para no gastar.*

[25] **Hacía reseña:** *revisaba los rasgos de las monedas.*

En que, con estas quejas y otras, se acostó en su cama. Levantándose por la mañana, al salir de casa, el ladrón fuele detrás por ver si se iba a quejar a la justicia y vio que encontró con otro ciego que era su compadre y, contándole cómo le habían hurtado los dineros, respondió:

—¡Aosadas, compadre, que no me los hurten a mí como a vos!

Dijo el otro:

—¿Por qué?

Respondió:

—Porque los traigo conmigo.

Y, en oír que el ciego decía que los traía consigo, juntó más con ellos el ladrón para oírlo mejor. El otro, importunándole que le dijese dónde, díjole:

—Compadre, habéis de saber que los llevo en el aforro de mi bonete.

No lo hubo acabado de decir cuando el ladrón apañó del bonete y dio de huir. El ciego, en sentir que le quitaron el bonete, apañó del otro ciego diciendo que le volviese su bonete que le había hurtado. El otro, diciendo que mentía. Sobre esto, vinieron a tal competencia que se dieron de palos y el ladrón se fue con los dineros de los dos ciegos.

JUAN DE MAL LARA: *FILOSOFÍA VULGAR*

Juan de Mal Lara nació en Sevilla en 1524. Fue encarcelado por la Inquisición y permaneció tres meses en prisión (1561). Escribió poesía y teatro, tradujo y se ocupó de cuestiones gramaticales. Cuando apareció la obra *Refranes y proverbios*, de Hernán Núñez —quien había animado a continuar su obra, inacabada— Mal Lara se decidió a glosar refranes en su libro *Filosofía vulgar* (1568). Mal Lara no sólo recoge los refranes, sino que también los comenta valiéndose en muchas ocasiones de cuentos y anécdotas. La temática es variada: la conducta del clero y de los fieles, la vida de los estudiantes, la marginación social, etc. Murió en 1571.

68

La cruz en los pechos y el diablo en los hechos

Un comendador[1] maltrataba a sus renteros de manera que, dando muchas quejas de él, decían algunos:

—No podemos creer que tal haga un hombre que, como más adelantado en la caridad, en la nobleza cristiana y grandeza de ánimo, trae la cruz a vista de todos en sus pechos y que conozcan todos en él ser hombre que sus insignias declaran que morirá por la honra de la insignia y que digan «hombre es aquel donde hallaremos la misma caridad si se perdiere»*.

Respondía el que más lastimado estaba de los renteros:

—La cruz en los pechos y el diablo en los hechos.

[1] **Comendador:** caballero que tiene encomienda (territorio con rentas) en alguna orden militar. Llevaban una cruz bordada en la capa o vestido.

---

* Los colonos no entendían que el comendador, aunque los maltratara, exhibiera, sin embargo, la cruz que simbolizaba amor al prójimo y caridad cristiana.

69

*Hijo eres y padre serás:
cual hicieres tal habrás*

Teniendo un hombre rico a su padre viejo en casa, por quitarse de la pesadumbre que sentía de curarlo y también que su mujer no estaba bien con el suegro en casa, determinó que en un hospital fuese curado y que allí le proveerían todo lo que fuese menester. Y así persuadió al padre (que bien veía que no podía hacer menos) que se quisiese acomodar en el hospital y, así, lo mandó llevar allá, y envió la cama y —con un hijo, nieto del mismo viejo— envió dos frazadas y dos almohadas. El muchacho, o movido por alguna causa secreta, o por otro interés, dejó en casa de una parienta suya una de las almohadas y una frazada. Cuando el hijo, descargado del padre, fue a verlo a la cama, preguntó si le había traído el nieto las frazadas y almohadas. Declaró el viejo lo que había traído. Fue mandado llamar el muchacho y, preguntándole el padre con gran enojo qué había hecho de la almohada y frazada, respondió pacíficamente:

—Guardado lo tengo.
—¿Para qué? —dijo su padre.
—Padre —respondió el hijo—, para cuando seáis viejo y os envíe al hospital porque no quiero gastar mucho sobre vos.

El padre, espantado de esto, oyendo la verdad y mirando la desenvoltura del hijo, remordiéndole su conciencia, no se quiso ir de allí hasta que llevó a casa a su padre, y lo tuvo más honradamente que antes, dando a entender a su mujer lo que convenía. A éste le podían decir: *Hijo eres y padre serás.*

70

Vase mi madre: mal haya quien más hilare

Estábase la moza con la rueca en la mano y los ojos en la puerta; los pies, comiéndole por ir a la ventana; los oídos, en las voces que pasaban por la calle; el corazón, saltando en sus livianos pensamientos; las manos iban su poco a poco al huso y la madre (castigándola, trayéndole ejemplos de la otra que hiló para su dote, que llevó en el ajuar tantas varas de lienzo casero) cuéntale consejas de hijas de reyes y grandes señores que hilaron. Amenázale otras veces, dale con la vara, cuenta de los bocados[2], pésale el lino o la estopa, pídele cuenta de las mazorcas[3], hace justicias en ella; y ella, medio llorando, gruñendo y mal hilando, pasa. Hasta que su madre toma el manto. Y, poniéndose el manto la madre, le deja concertado lo que ha de hilar y otras cosas que, en saliendo la madre, luego la hija arrojó la rueca diciendo: *Vase mi madre: mal haya quien más hilare.*

[2] **Cuenta de los bocados:** *le da poco de comer.*

[3] **Pedirle cuenta de las mazorcas:** *pedirle cuenta de las porciones de lino o estopa ya hilada y recogida del huso.*

ANTONIO DE TORQUEMADA: *JARDÍN DE FLORES CURIOSAS*

Antonio de Torquemada (1510 ?-1569) nació en León. Viajó por España e Italia. Fue protegido por el conde de Benavente. Es conocido por sus *Coloquios satíricos* (1533), obra en donde se percibe la influencia de Erasmo. Torquemada también compuso el *Jardín de flores curiosas* (1570), miscelánea póstuma que incluye materiales diversos: historias mitológicas, cuentos, noticias curiosas, casos fabulosos, y otros.

71

[1] **A estudiar Derechos en aquella Universidad:** Acuden a la universidad de Bolonia a estudiar Derecho.

[2] **Aprovecharse:** adelantar en sus estudios.

Este Ayola, siendo mancebo, él y otros dos compañeros suyos españoles determinaron de irse a estudiar Derechos en aquella Universidad [1], donde pensaban aprovecharse [2], como otros muchos han hecho y, llegados a ella, no hallaban posada adonde cómodamente pudiesen estar para lo que tocaba a su estudio y, andándola buscando, toparon con unos tres o cuatro gentiles hombres boloñeses, a los cuales preguntaron si por ventura tenían noticia de alguna buena posada donde pudiesen acogerse (porque eran extranjeros y llegaban entonces de España). El uno de ellos les respondió que, si querían una buena casa donde posasen, que él se la hacía dar sin que por ella les llevasen dineros. Y entonces les señaló una casa principal y muy grande que en la misma calle estaba cerrada, diciendo que aquella les darían y que no tuviesen de ello duda. Los españoles quedaron confusos, pareciéndoles que hacían escarnio de ellos, pero otro de los boloñeses les dijo:

—Este gentilhombre está burlando porque sabed, señores, que aquella casa que dice ha más de doce años que está cerrada sin que ninguno se atreva a vivir en ella; y esto es por unas visiones y fantasmas espantables que allí se han visto, y se ven muchas veces, de manera que su propio dueño la ha dejado por perdida y no hay persona que se atreva a quedar allí una noche.

El Ayola, oyendo lo que decía, le respondió:

—Si no hay más que eso, dénos las llaves, que estos mis compañeros y yo viviremos en ella, venga lo que viniere.

Los boloñeses, viendo su determinación, le dijeron que, si querían, que les harían dar las llaves y muchas gracias con ellas. Y, hallándolos firmes en su determinación, se fueron con ellos adonde estaba el dueño de la casa, el cual, poniéndoles muchos temores y, viendo que se reían de lo que les decían, les abrió la casa y aun les ayudó con algunas cosas de las necesarias para poderla habitar; y ellos buscaron lo demás que les faltaba y, así, tomaron sus aposentos, que salían a una sala principal; y una mujer de fuera de la casa les guisaba la comida, que dentro no hallaban quien se atreviese a servirlos. Todos los de Bolonia estaban a la mira de lo que sucedería a los españoles, los cuales se burlaban de ellos porque en más de treinta días ni vieron ni oyeron cosa ninguna y tenían por muy cierto que era burla todo lo que les decían, pero, al fin de este tiempo, habiéndose acostado una noche los dos y estando durmiendo, el Ayola se quedó estudiando y se descuidó hasta que ya era media noche y a esta hora oyó un gran estruendo y ruido, que parecía de muchas cadenas que se meneaban y, alterándose algo, dijo entre sí: «Sin duda ninguna, éstas deben ser las visiones que dicen haber en esta casa». Y estuvo determinado de ir a despertar a sus compañeros y, queriendo hacerlo, parecióle que parecería falta de ánimo y que lo mejor sería que él solo fuese a ver lo que era y, escuchando más atentamente, entendió que el ruido de las cadenas venía por la escalera principal de la casa, que salía a unos corredores fronteros de la sala, y, encomendándose a Dios muy de corazón y santiguándose muchas veces, tomó una espada y una rodela, y en la otra mano el candelero con la vela encendida y, de esta manera, salió y se puso en medio de la sala porque las cadenas, aunque era grande el estruendo que hacían, parecían venir muy despacio. Y, estando así, vio asomar por la puerta de la escalera una visión espantosa y que le hizo respeluzar los cabellos y erizar todo el cuerpo porque era un cuerpo de un hombre grande que traía sólo los huesos compuestos, sin carne ninguna —como se pinta la muerte—, y por las piernas y alrededor del cuerpo venía atado con aquellas cadenas que traía arrastrando y, parándose, estuvieron quedos el uno y el otro, mirándose un poco, y, cobrando el Ayola algún ánimo con ver que aquella visión no se movía, la comenzó a conjurar con las mejores palabras y más santas que el miedo le dio lugar para que le dijese qué era lo que quería o buscaba y si le había menester para alguna cosa, que, como él lo entendiese, no faltaría punto de todo lo que fuese en su mano. La visión puso los brazos en cruz y, mostrando agradecerle lo que le decía, parecía que se le encomendaba. Ayola le tornó a decir que, si quería que fuese con ella a alguna parte, que se lo dijese. La visión bajó la cabeza y señalóle hacia la escalera por donde había venido. El Ayola le dijo:

—Pues anda, comienza a caminar, que yo te seguiré adonde quieras que quisieres.

Y con esto, la visión comenzó a volverse por donde había venido, yendo de mucho espacio, porque las cadenas no la dejaban andar más aprisa. Ayola la siguió y, llegando al medio de la escalera, o porque viniese algún viento, o que turbado de verse solo con tal compañía la vela topase en alguna cosa, se le mató[3]; y entonces de creer es que su turbación y espanto serían muy mayor, pero, esforzándose cuanto pudo, dijo a la visión:

—Ya ves que la vela se me ha muerto; yo vuelvo a encenderla. Si tú me esperas aquí, yo volveré luego.

Y con esto se fue adonde el fuego estaba, y encendióla, y dio la vuelta, y halló la visión en el mismo lugar donde la había dejado y, caminando el uno y el otro, pasaron toda la casa y llegaron a un corral y de ahí, a una huerta grande, en la cual la visión entró, y Ayola tras ella y, porque en medio estaba un pozo, temió que la visión, volviendo a él, le hiciese algún daño, y paróse; pero la visión, volviendo a él, le hizo señas que fuese hacia una parte de la huerta y así, caminando ambos juntos, ya que estaban casi en medio de ella, la visión, súbitamente, desapareció. El Ayola, quedando solo, comenzó a llamarla y conjurarla, haciendo grandes protestaciones que viese si quería de él alguna cosa, que estaba aparejado para cumplirla, y que por él no quedaría y, aunque estuvo un poco esperando, como no la pudo ver más, se volvió y despertó a sus compañeros, que estaban durmiendo, los cuales le vieron tan alterado y mudada la color que pensaron que se le acababa la vida y, esforzándole con darle de una conserva que comiese y a beber un poco de vino, le hicieron acostar y le preguntaron qué había. Él les contó todo lo que por él pasara, rogándoles que no

[3] **Se le mató:** *Es decir, se apagó la vela.*

dijesen cosa ninguna porque no serían creídos. Y, como estas son cosas que pueden mal encubrirse, alguno de ellos lo dijo en alguna parte, que fue causa de publicarse por toda la ciudad de manera que vino a oídos del Gobernador, el cual quiso averiguar la verdad y, debajo de muy solemne juramento, mandó al Ayola que declarase todo lo que había visto. Él lo hizo así diciendo la verdad de ello. El Gobernador le preguntó si atinaría a la parte donde la visión le había desaparecido. Ayola le dijo que sí porque, como la huerta estaba llena de hierba, él había arrancado cinco o seis puños de ella y los había dejado allí por señal. El Gobernador y otros muchos que allí estaban lo fueron a ver y, hallando un montoncillo hecho de la hierba, sin quitarse de allí, hizo venir a algunos hombres con azadones y les mandó que comenzasen a cavar para abajo por ver si allí descubrirían algún secreto y no hubieron ahondado mucho cuando encontraron una sepultura y en ella la misma visión con todas las señas que Ayola había declarado, lo cual fue causa de que se le diese verdadero crédito de todo lo que había contado y, queriendo entender qué cuerpo era aquel que con aquellas cadenas estaba allí sepultado y con mayor estatura que ninguna de la común de los otros hombres, no se halló quién supiese dar razón de ello aunque se contaron algunos cuentos antiguos de los antecesores del dueño de aquella casa. El Gobernador hizo luego llevarlo y sepultarlo en una iglesia, y de allí adelante no se vieron ni oyeron más las visiones y estruendo que solían. El Ayola se volvió a España y, según me han certificado, por ser buen letrado, fue proveído de oficios reales y no ha mucho tiempo que un hijo suyo servía en un corregimiento de una ciudad muy principal.

72

[Un] caballero, siendo muy rico y muy principal, trataba amores con una monja, la cual, para poderse ver con él, le dijo que hiciese unas llaves conformes a las que tenían las puertas de la iglesia y que ella también haría de manera que por un torno que había para el servicio de la sacristía y otras cosas pudiese salir donde ambos podrían cumplir sus ilícitos y abominables deseos. El caballero, muy contento de lo que estaba ordenado, hizo hacer dos llaves: una para una puerta que estaba en un portal grande de la iglesia y otra para la puerta de la misma iglesia. Y, porque el monasterio estaba algo lejos del pueblo, él se fue al medio de una noche que hacía muy oscura en un caballo, sin llevar ninguna compañía, porque su negocio fuese más secreto, y, dejado arrendado el caballo en cierta parte conveniente, se fue al monasterio. Y, en abriendo la primera puerta, vio que la de la iglesia estaba abierta, y que dentro había muy gran claridad y resplandor de hachas y velas encendidas y que sonaban voces como de personas que estaban cantando y haciendo el oficio de un difunto. Él se espantó y se llegó a ver lo que era y, mirando a todas partes, vio que la iglesia estaba llena de frailes y clérigos, que eran los que estaban cantando aquellas obsequias, y, en medio de sí, tenían un túmulo muy alto cubierto de luto y, alrededor de él, estaba muy gran cantidad de cera que ardía. Y así mismo los frailes y clérigos, y otras muchas personas que con ellos estaban, tenían en las manos sus velas encendidas; y de lo que mayor espanto recibió fue de que no conocía a ninguno y, después de haber estado un buen rato mirando, llegóse cerca de uno de los clérigos y preguntóle quién era aquel difunto por quien le hacían aquellas honras y el clérigo le respondió que se había muerto un caballero que se llamaba...(nombrando el mismo nombre que él tenía) y que le estaban haciendo el entierro. El caballero se rió respondiéndole:

—Ese caballero vivo es, y así vos os engañáis.

El clérigo le tornó a decir:

—Más engañado estáis vos porque cierto él es muerto y está aquí para sepultarse.

Y con esto tornó a su canto. El caballero, muy confuso de lo que le había dicho, se llegó a otro, al cual le hizo la misma pregunta, y le respondió lo mismo afirmándolo tan de veras que le hizo quedar muy espantado y, sin esperar más, se salió de la iglesia y, cabalgando en su caballo se comenzó a volver para su casa y, no hubo dado la vuelta cuando dos mastines muy grandes y muy negros le comenzaron a acompañar, uno de una parte y otro de la otra, y, por mucho que hizo y los amenazó con la espada, no quisieron partirse de él hasta que llegó a su puerta, adonde se apeó, y entró dentro. Y, saliendo sus criados y servidores, que le estaban esperando, se maravillaron de verle venir tan demudado y la color tan perdida. Entendiendo que le había acaecido alguna cosa, se lo preguntaron, persuadiéndole con gran instancia a que se lo dijese. El caballero se lo fue contando todo particularmente hasta entrar en su cámara, donde, acabando de decir todo lo que había pasado, entraron los dos mastines negros y, dando asalto en él, le hicieron pedazos y le quitaron la vida sin que pudiese ser socorrido. Y así salió verdad lo de las obsequias que en vida le estaban haciendo.

73

Yendo camino de la misma ciudad de Granada que habéis dicho, su padre y otro con él* partieron de Valladolid y, pasando la villa de Olmedo, toparon un caminante que les dijo ir el mismo camino y, que si eran contentos, que todos podrían ir juntos en compañía. Ellos holgaron de ello y, así, comenzaron a caminar contando muchas cosas de entretenimiento y pasatiempo y, como hubiesen caminado dos o tres leguas, el que se juntó con ellos les persuadió a que se apeasen en un prado que estaba en el camino —al parecer muy deleitoso— y allí, tendiendo un manto grande que llevaba —de manera que no quedó arruga ninguna en él—, sacó provisión para comer, y lo mismo hicieron los otros. Y, tendiéndose todos sobre el manto, y asimismo dos mozos que iban con ellos, hizo que llegasen tanto las bestias que también pusieron los pies y manos en la misma ropa, y, merendando muy a su placer y tratando de muchas cosas que les daban gusto, se detuvieron un gran rato sin sentirlo y, después, dando prisa a los mozos que les diesen las bestias, el caminante les dijo:

—Señores, no os fatiguéis tanto por caminar que bien podréis hoy llegar a buena hora a Granada.

Y entonces les mostró la ciudad, no un cuarto de legua de ellos, de que no poco quedaron maravillados y, diciéndoles que diesen las gracias a su manteo, les rogó que nadie supiese lo que había pasado, y ellos se lo prometieron. Y así se apartaron allí los unos de los otros, y él se fue por otro diferente camino.

---

* Alude a situaciones y personajes que han aparecido en un caso anterior.

MELCHOR DE SANTA CRUZ: *FLORESTA ESPAÑOLA*

Pocos datos conocemos del autor de esta colección, Melchor de Santa Cruz. Se sabe que nació en Toledo a comienzos, quizás, del siglo XVI. Se dedicó al comercio y a los negocios. Pertenecía, al parecer, a una familia conversa del judaísmo. Publicó en 1574 la *Floresta española de apotegmas*. Murió hacia 1587.

74

El conde de Ureña mandó a un criado suyo que llevase una carta a una señora. Y, queriendo probar la habilidad de aquel criado, le dijo:

—Haz cuenta que soy yo la señora doña N., y entra por aquella puerta y dame la carta y yo preguntaré; veamos si sabrás responder.

A esta sazón, el conde se estaba rascando los genitivos [1]. El criado entró por la puerta, como le fue mandado, y, hecho el debido acatamiento, besó la carta, como le había avisado y, hincando la rodilla en el suelo, se la puso en la mano. El conde la recibió y le preguntó:

—¿Cómo está la señora condesa?

Respondió:

—Buena está, señora, loores a Dios.

Preguntóle más:

—Y el conde qué hace ahora?

Respondió:

—Señora: estáse rascando...

[1] **Genitivos:** *testículos.*

75

Tenía una dueña una hija muy regalada y la noche de la boda, yendo a dormir con su marido, como la viese ir muy medrosa, la consolaba diciendo:

—¡Pluguiere a Dios, hija mía, que pudiera yo pasar ese dolor por vos!

76

Pasando el arzobispo de Colonia por donde estaba arando un labrador, como iba armado y con mucha gente, rióse mucho. El arzobispo le preguntó:

—¿Por qué te ríes, labrador?

Dijo que de ver arzobispo armado. Replicó el arzobispo que él andaba así porque era duque y arzobispo. Respondió el labrador:

—Si ese duque que dice vuestra señoría fuese al infierno, ¿adónde iría el arzobispo?*

77

Al maestrescuela [2] de Toledo, fundador del Colegio de Santa Catalina, vino uno a pedirle prestados cincuenta ducados. Mandó sacar un talegón de reales y dióselos. El que los pedía emprestados [3], tomólos de su mano y echólos en

[2] **Maestrescuela:** *cargo importante de algunas iglesias catedrales.*

[3] **Emprestados:** *prestados.*

---

* Fíjate en que esta pregunta cuestiona la condición *política* del arzobispo, quien, a juicio de los erasmistas y de otras personas, no debía tener más que un poder: el espiritual sobre los cristianos. Al poner la cuestión en boca de una persona simple (en el sentido de *iletrada*), se reforzaba la fuerza de la crítica (aún se piensa que niños, locos y simples dicen la verdad).

[4] **Pañizuelo:** *pañuelo pequeño.*

un pañizuelo[4] sin más contarlos. Viendo el maestrescuela que no los contaba, pidióle el pañizuelo con los dineros y volviólos a donde los había sacado, diciendo:

—Quien no los cuenta no los piensa pagar.

78

Mató un herrero en un lugar a un hombre y fue condenado a ahorcar. Juntáronse los más del lugar y fueron a decir al alcalde que no permitiese que le ahorcasen porque era muy necesario al pueblo, que no podían pasar sin herrero para hacer las rejas, y azadas, y herraduras y otras muchas cosas. Preguntó el alcalde:

—¿Cómo puedo yo dejar de hacer justicia?

Respondió un labrador:

—Señor, en este lugar hay dos tejedores de paños y, para un lugar pequeño como éste, basta uno: ahorquen al otro.

FLORETO DE ANÉCDOTAS Y NOTICIAS DIVERSAS

Manuscrito de la Biblioteca de la Real Academia de la Historia, el cual contiene noticias de personajes históricos (Reyes Católicos, Carlos V), dichos, ocurrencias y cuentos. El nombre de *Floreto* alude a esa condición de colección o antología de relatos y hechos dignos de mención. Al parecer, el manuscrito pertenece a la segunda mitad del siglo XVI. Probablemente, sea posterior a 1579 ya que esta fecha se encuentra en un texto del manuscrito. Es posible que el autor fuera un fraile dominico.

79

Un judío venía de Valladolid a Medina del Campo en una mula y alcanzó a un hidalgo pobre que iba a pie y, apiadándose el judío de él, díjole que cabalgase en la mula, e hízolo así. Y el hidalgo diose tanta prisa que dejó al judío y, como llegó a Medina*, anduvo toda la noche por los mesones y no lo pudo hallar; y otro día por la mañana, topóle en un mesón y requirió al mesonero que le guardase la mula, que era suya, y fuese al corregidor y dio queja del hidalgo y mandólo llamar, el cual negó la mula ser del judío y, como tenía buena persona y el judío muy ruin, dijo al corregidor:

—¡Cómo, señor! ¿Hombre soy yo que había de tomar la mula a este judío?

Y, como no hizo otra probanza el judío, fuese sin ella. Y, como es gente sutil, pensando sobre la pérdida de su mula, volvió al corregidor y díjo-

---

* El sujeto de la oración es *el judío*.

le que le suplicaba mandase traer ante sí la mula, que ella diría cúya era*, y el corregidor la mandó luego traer y, traída, el judío le echó la capa sobre la cabeza y dijo:

—Señor, esta mula tiene una nube en un ojo. Diga el hidalgo en cuál pues dice que es suya.

El hidalgo dijo:

—En el derecho.

Y el judío, quitando la capa, dijo al corregidor:

—Mire vuestra merced cómo no es suya, que no tiene nube ninguna.

Y así llevó el judío su mula.

80

Dicen que Salomón tenía dos puertas en su casa y por una salían los absueltos y por la otra, los condenados, y que a esta parte tenía su madre el aposento, la cual oía las maldiciones que echaban a su hijo los condenados, maldiciendo a la madre que lo parió y a la leche que mamó; y, como su madre lo oyese tantas veces, llamó a su hijo y díjole lo que de él oía, que por amor de Dios que se enmendase, y Salomón prometió de hacerlo y pidióle que se pasase al otro aposento. Y como ella oyese las bendiciones que le echaban a su hijo y a la madre, dio las gracias a Salomón, quedando muy contento de haberse enmendado. El cual le descubrió el secreto diciendo que los que decían bien era porque iban absueltos y los que decían mal era porque iban condenados.

---

* Entiéndase *de quién era*.

LUCAS GRACIÁN DANTISCO: *GALATEO ESPAÑOL*

Dantisco nació en Valladolid en 1543 y murió en 1587. El rey Felipe II le encargó la conservación y cuidado de la biblioteca de El Escorial. Hacia 1586 publicó esta obra, que es una adaptación de un texto italiano. Dantisco afirma que añadió algunos sucesos y casos oídos o vistos por él. Este tratado de urbanidad censura las malas costumbres e indica a los hombres cómo deben comportarse para ser amados de los demás. Dantisco ofrece consejos sobre los asuntos más variados: la conversación correcta, los tratamientos, la educación, la manera de narrar cuentos, las expresiones groseras, y otros.

81

Un hombre regoldaba con mucho ruido y afirmaba ser todo aquello salud porque era evacuación del aire y frialdad del cuerpo; y, loándose por esta vía de su sanidad, le respondió uno de la conversación diciéndole:

—Señor mío, vuesa merced vivirá sano, pero no dejará de ser puerco.

82

También, por el contrario*, pareciera mal si lo que se ha de decir en latín se dijese en romance. Como hizo un sacristán en unas tinieblas[1] que, al tiempo que había de salir cantando *Ecce lumen Christi*, no lo acertó a decir en latín —o

[1] **Tinieblas:** horas canónicas que se rezaban antes de amanecer en los tres últimos días de la Semana Santa.

* Ten en cuenta que Dantisco acaba de censurar la moda de emplear palabras latinas para expresiones en castellano.

Portadas de dos ediciones del *Galateo español*.

fue que se le olvidó— y salió con la vela muy alta cantando:

—¡He aquí el cirio encendido!

83

Como hizo en una aldea un sacristán que, para hacer unas amistades y persuadir a unos que se amasen y quisiesen bien, les dijo:

—¡No os amásedes más que mi mula y el rocín de Antón de Magdalena, que juntos se iban al prado, y juntos pacían y juntos se volvían a casa! Pues, cuando dos bestias se quieren y aman tanto, ¿por qué vosotros no tomáis ejemplo en ellas?

JERÓNIMO DE MONDRAGÓN: *CENSURA DE LA LOCURA HUMANA Y EXCELENCIAS DE ELLA*

Jerónimo de Mondragón fue un jurisconsulto aragonés que vivió en el siglo XVI. Se sabe poco de su vida, aunque parece ser que estudió Leyes en Bolonia. Recorrió gran parte de la geografía italiana. Ensalza las ciudades de Zaragoza, Valencia y Barcelona; en cambio, describe con cierto menosprecio las ciudades de Castilla y Portugal. La *Censura de la locura humana* (1598) está vinculada al erasmismo puesto que sigue muy de cerca la obra *Elogio de la locura*, de Erasmo. En efecto, abundan en la *Censura* las historias y cuentos de locos, pero Mondragón suaviza la sátira de Erasmo porque el Santo Oficio de la Inquisición había condenado anteriormente las irreverencias erasmistas.

84

Hallándose juntos cierto día en Milán muchos caballeros, letrados, médicos, y otra gente para ver declarar la tan reñida cuestión de cuál es de más preeminencia —la facultad de la Jurisprudencia o Medicina—, no pudiéndose determinar por el gran contraste que por cada cual de las partes se hacía, un loco admirablemente lo decidió —puesto un letrado delante un médico— diciendo:

—Vaya el ladrón primero y sígale el verdugo.

85

Se lee de otro loco que, viendo acaso un gentilhombre muy congojado porque en ningún cabo había hallado quien le diese remedio cierto para conocer si su mujer le hacía falta en la fidelidad que le debía —por estar algo sospechoso de ella—, le dijo:

—Hermano, el más cierto remedio que tienes para ello es que te hagas capar y así en la primera vez que para, verás el desengaño.

MATEO ALEMÁN:
GUZMÁN DE ALFARACHE

El sevillano Mateo Alemán (1547-1615 ?) era de origen judío: el tribunal del Santo Oficio de la Inquisición ordenó quemar a uno de sus antepasados. Esta condición pesó mucho sobre su vida. Publicó en 1599 la primera parte del *Guzmán*. En 1608, en compañía de su amante y de dos hijos embarcó para México, en donde residió durante varios años, aunque se sabe muy poco de su vida en aquel territorio norteamericano. Dada su ambigüedad, el *Guzmán* ha sido objeto de distintas interpretaciones, pero parece evidente que Alemán satiriza la sociedad contemporánea y proyecta una visión desengañada de la vida. El cuento seleccionado pertenece al libro tercero de la segunda parte de *Guzmán de Alfarache* (1604). En el capítulo octavo del mismo, Guzmán se encuentra castigado a galeras. El cómitre (persona que vigilaba y castigaba a los galeotes y remeros) pregunta a Guzmán por qué un forzado se encuentra desmedrado y consumido aunque le dan buena comida. Para explicarlo, Guzmán cuenta el caso de un cristiano nuevo que, aunque era rico y poderoso, comenzó a enflaquecer tan pronto como se vino a vivir cerca de él un inquisidor; después, narra el caso presente.

86

Tuvo Muley Almanzor, que fue rey de Granada, un muy gran privado suyo, a quien llamaron el alcaide Bufériz, hombre muy cuerdo, puntual, verdadero y otras muchas partes dignas de su mucha privanza, por las cuales el rey lo amaba tanto y, por la confianza que de él tenía, que ninguna dificultad en el mundo lo fuera para él cuando se atravesara de por medio su servicio. Y, como los que aquesta gloria merecen son siempre invidiados de los indignos de ella, no faltó quien, oyéndole decir al rey lo dicho, dijo:

—Señor, pues para que veas que no sale cierto lo que tanto encareces del alcaide, pruébalo en alguna dificultad que lo sea y, por la diligencia que para ello pusiere, conocerás de veras las de su alma para contigo.

Fue contentísimo el rey con esto y dijo:

—No sólo le quiero mandar cosa que sea dificultosa, mas aun será imposible.

Y, mandándole llamar, le dijo:

—Alcaide, tengo que encargaros una cosa que habéis luego de cumplir, so pena de mi desgracia, y es que os entregaré un carnero bueno y gordo, el cual tendréis en vuestra casa dándole de comer su ración entera, como siempre se le ha dado, y más, si más quisiere, y dentro de un mes me lo habéis de dar flaco.

El pobre moro, que otro no fue siempre su deseo que acertar a servir a su rey, aunque nunca creyó podría salir con un imposible semejante, no por eso desmayó y, recibiendo el carnero, lo hizo llevar a su casa, según se le había mandado y, puesto a imaginar cómo saldría con su deseo, tanto cavó con el pensamiento que vino a dar en una cosa muy natural con que facilísimamente cumplió con el precepto. Hizo que le trujesen hechas dos jaulas, ambas de fuerte madera y de igual tamaño, las cuales puso cercanas la una de la otra y en ellas metió en la una el carnero y en la otra un lobo. Al carnero le daban su ración cumplidamente y al lobo tan limitada que siempre padecía hambre y, así, con ella procuraba cuanto podía, sacando la mano por entre las verjas, llegar adonde la del carnero estaba por sacarlo de ella y comérselo. El carnero, temeroso de verse tan cercano a su enemigo, aunque comía lo que le daban, hacíale tan mal provecho, por el susto que siempre tenía, que no solamente no medraba, empero se vino a poner en los puros huesos. De este modo, lo entregó a su rey, no faltándole a lo por él mandado ni cayendo de su acostumbrada gracia.

MIGUEL DE CERVANTES SAAVEDRA: *EL INGENIOSO HIDALGO DON QUIJOTE DE LA MANCHA*

Miguel de Cervantes Saavedra (1547-1616) nació, al parecer, en Alcalá de Henares. Es considerado, con justa razón, el escritor más importante de la literatura española. Sin embargo, carecemos de un retrato fiable de su persona: parece que no le corresponde la imagen que siempre se ha considerado como si fuera la suya. No obstante, Cervantes nos ha legado en el *Quijote* una aguda visión de la sociedad contemporánea mezclando la censura agria y el humor, como en los dos cuentos siguientes. La primera parte del *Quijote* fue publicada en 1605; la segunda, en 1615.

87

Has de saber que una viuda hermosa, moza libre y rica, y, sobre todo, desenfadada, se enamoró de un mozo motilón[1], rollizo y de buen tono. Alcanzólo a saber su mayor y, un día, dijo a la buena viuda por vía de fraternal represión:

—Maravillado estoy, señora, y no sin mucha causa, de que una mujer tan principal, tan hermosa y tan rica como vuestra merced, se haya enamorado de un hombre tan soez, tan bajo y tan idiota como fulano, habiendo en esta casa tantos maestros[2], tantos presentados[3] y tantos teólogos, en quien vuestra merced pudiera escoger como entre peras y decir «Éste quiero, aquéste no quiero».

Mas ella le respondió, con mucho donaire y desenvoltura:

—Vuestra merced, señor mío, está muy engañado y piensa muy a lo antiguo si piensa que yo he escogido mal en fulano, por idiota que le

[1] **Motilón:** *individuo que sirve en una orden o congregación religiosa y asiste en ella, pero sin profesar. El mayor es el superior.*

[2] **Maestros:** *religiosos que estaban encargados de impartir clase.*

[3] **Presentados:** *teólogos que estaban esperando el grado de maestro.*

parece, pues para lo que yo le quiero tanta filosofía sabe, y más, que Aristóteles.

88

Convidó el duque a don Quijote con la cabecera de la mesa y, aunque él lo rehusó, las importunaciones del duque fueron tantas que la hubo de tomar. El eclesiástico se sentó frontero y el duque y la duquesa, a los lados.

A todo estaba presente Sancho, embobado y atónito de ver la honra que a su señor aquellos príncipes le hacían, y, viendo las muchas ceremonias y ruegos que pasaron entre el duque y don Quijote para hacerle sentar a la cabecera de la mesa, dijo:

—Si sus mercedes me dan licencia, les contaré un cuento que pasó en mi pueblo acerca desto de los asientos.

Apenas hubo dicho esto Sancho, cuando don Quijote tembló, creyendo sin duda alguna que había de decir alguna necedad. Miróle Sancho, y entendióle, y dijo:

—No tema vuesa merced, señor mío, que yo me desmande ni que diga cosa que no venga muy a pelo, que no se me han olvidado los consejos que poco ha vuesa merced me dio sobre el hablar mucho o poco, o bien o mal.

—Yo no me acuerdo de nada, Sancho —respondió don Quijote—; di lo que quisieres, como lo digas presto.

—Pues lo que quiero decir —dijo Sancho— es tan verdad que mi señor don Quijote, que está presente, no me dejará mentir.

—Por mí —replicó don Quijote—, miente tú, Sancho, cuanto quisieres, que yo no te iré a la mano [4], pero mira lo que vas a decir.

[4] **No te iré a la mano:** *no voy a contradecirte.*

—Tan mirado y remirado lo tengo que a buen salvo está el que repica, como se verá por la obra.

—Bien será —dijo don Quijote— que vuestras grandezas manden echar de aquí a este tonto, que dirá mil patochadas.

—Por vida del duque —dijo la duquesa—, que no se ha de apartar de mí Sancho un punto: quiérole yo mucho porque sé que es muy discreto.

—Discretos días —dijo Sancho— viva vuestra santidad por el buen crédito que de mí tiene aunque en mí no lo haya. Y el cuento que quiero decir es este: convidó un hidalgo de mi pueblo, muy rico y principal, porque venía de los Álamos de Medina del Campo, que casó con doña Mencía de Quiñones, que fue hija de don Alonso de Marañón, caballero del hábito de Santiago, que se ahogó en la Herradura, por quien hubo aquella pendencia años ha en nuestro lugar, que a lo que entiendo mi señor don Quijote se halló en ella, de donde salió herido Tomasillo el Travieso, el hijo de Balbastro el herrero...¿No es verdad todo esto, señor nuestro amo? Dígalo por su vida porque estos señores no me tengan por algún hablador mentiroso.

—Hasta ahora —dijo el eclesiástico— más os tengo por hablador que por mentiroso, pero de aquí adelante no sé por lo que os tendré.

—Tú das tantos testigos, Sancho, y tantas señas que no puedo dejar de decir que debes de decir verdad. Pasa adelante y acorta el cuento porque llevas camino de no acabar en dos días.

—No ha de acortar tal —dijo la duquesa—, por hacerme a mí placer, antes le ha de contar de la manera que le sabe, aunque no le acabe en seis días; que, si tantos fuesen, serían para mí los mejores que hubiese llevado en mi vida.

El cuento de Sancho, de Germán Gómez *(La Ilustración Española y Americana,* 1884).

—Digo, pues, señores míos —prosiguió Sancho—, que este tal hidalgo, que yo conozco como a mis manos, porque no hay de mi casa a la suya un tiro de ballesta, convidó a un labrador pobre, pero honrado.

—Adelante, hermano —dijo a esta sazón el religioso—, que camino lleváis de no parar con vuestro cuento hasta el otro mundo.

—A menos de la mitad pararé si Dios fuere servido —respondió Sancho—. Y, así, digo que, llegando el tal labrador a casa del dicho hidalgo convidador, que buen poso haya su ánima, que ya es muerto, y por más señas dicen que hizo una muerte de un ángel, que yo no me hallé presente, que había ido por aquel tiempo a segar a Tembleque...

—Por vida vuestra, hijo, que volváis presto de Tembleque, y que sin enterrar al hidalgo, si no queréis hacer más exequias, acabéis vuestro cuento.

—Es, pues, el caso —replicó Sancho— que estando los dos para sentarse a la mesa, que parece que ahora los veo más que nunca...

Gran gusto recebían los duques del disgusto que mostraba tomar el buen religioso de la dilación y pausas con que Sancho contaba su cuento, y don Quijote se estaba consumiendo en cólera y en rabia.

—Digo así —dijo Sancho— que, estando, como he dicho, los dos para sentarse a la mesa, el labrador porfiaba con el hidalgo que tomase la cabecera de la mesa y el hidalgo porfiaba también que el labrador la tomase, porque en su casa se había de hacer lo que él mandase; pero el labrador, que presumía de cortés y bien criado, jamás quiso, hasta que el hidalgo, mohíno, poniéndole ambas manos sobre los hombros, le hizo sentar por fuerza diciéndole: «Sentaos, majagranzas [5], que adondequiera que yo me siente será vuestra cabecera». Y éste es el cuento, y en verdad que creo que no ha sido aquí traído fuera de propósito.

[5] **Majagranzas:** *hombre necio y pesado, majadero.*

LOPE DE VEGA

Nació en Madrid en 1562, ciudad en donde murió setenta y tres años después. En su novelesca vida caben destierros, escándalos y enamoramientos diversos. Haberse ordenado de sacerdote no le impidió mantener relaciones con una joven ya casada, Marta de Nevares, quien le dio varios hijos. Trabajó de modo infatigable y compuso no sólo comedias, sino también poesía y una rica obra en prosa. El primer cuento pertenece a una de las *Novelas a Marcia Leonarda* (1621-1624), nombre bajo el que se oculta a Marta de Nevares; los restantes forman parte de las comedias *El ejemplo de casadas* (entre 1599 y 1603), *El perro del hortelano* (1613?), *El mayor imposible* (1615) *La esclava de su galán* (1626?) y *La boba para los otros y discreta para sí* (hacia 1630).

89

Creo que me ha de suceder lo que a un labrador de muchos años, a quien dijo el cura de su lugar que no le absolvería una cuaresma —porque se le había olvidado el Credo— si no se le traía de memoria. El viejo, que entre los rústicos hábitos tenía por huésped desde el principio de su vida una generosa vergüenza, valióse de la industria de no decir a nadie que se le enseñase, que a la cuenta tampoco sabía leerle. Vivía un maestro de niños dos casas más arriba de la suya; sentábase a la puerta mañana y tarde y, al salir de la escuela, decía con una moneda en las manos:
—Niños, ésta tiene quien mejor dijere el Credo.
Recitábale cada uno de por sí y él le oía tantas veces que, ganando opinión de buen cristiano, salió con aprender lo que no sabía.

90

Un labrador escriben que tenía
un tronco de moral por tosco asiento,

que le pidieron en su pueblo un día;
labró de él un artífice [1] contento
una imagen de Júpiter, que hacía
después milagros y, aunque el pueblo entraba   5
a verle, el labrador jamás llegaba.
Preguntóle un vecino que le advierta
la causa y respondió: «Cuando me acuerdo
que este era moral junto a mi puerta,
la devoción a sus milagros pierdo».   10

[1] **Artífice:** *artesano.*

91

Contáronme que un doctor,
catedrático y maestro,
tenía un ama y un mozo
que siempre andaban riñendo.
Reñían a la comida,   5
a la cena, y hasta el sueño
le quitaban con sus voces,
que estudiar no había remedio.
Estando en lición [2] un día
fuele forzoso —corriendo—   10
volver a casa y, entrando
de improviso en su aposento,
vio al ama y mozo acostados
con amorosos requiebros.
Y dijo: «¡Gracias a Dios   15
que una vez en paz os veo!».

[2] **En lición:** *impartiendo clase.*

92

Que muchos que se han casado,
forzados de un amor loco,
suelen después hallar poco
de lo mucho que han pensado.
Quien se quisiere casar   5
ha de mirar en la dama

buena casa, honesta fama;
y adiós, que me echo a nadar.
Casarse es azar o encuentro,
como quien bebe con jarro, 10
donde bebe el más bizarro
aquello que viene dentro.
Cuentan que dos se casaron,
y la noche de la boda,
en quietud la casa toda, 15
ya entiendes, se desnudaron.
Él dijo: «—Ya no hay que hacer
secretos impertinentes:
postizos traigo los dientes.
Paciencia, sois mi mujer». 20
Ella, quitando el tocado,
el cabello se quitó
como un guijarro pelado,
diciendo: «—Perdón os pido:
postizo traigo el cabello. 25
No hay que reparar en ello.
Paciencia, sois mi marido».

93

Juntáronse los ratones
para librarse del gato
y, después de un largo rato
de disputas y opiniones,
dijeron que acertarían 5
en ponerle un cascabel;
que, andando el gato con él,
guardarse mejor podían.
Salió un ratón barbicano,
colilargo, hociquirromo; 10
y, encrespando el grueso lomo,
dijo al senado romano,
después de hablar culto un rato:

«—¿Quién de todos ha de ser
el que se atreva a poner 15
ese cascabel al gato?».

94

Confesábase una dama
de estas de bonito aseo.
Preguntóle el confesor,
como suelen lo primero,
el estado que tenía, 5
y ella, con rostro modesto,
respondió que era doncella.
Fuese el caso prosiguiendo
y confesó en el discurso
ciertos casos poco honestos. 10
Díjole el padre: «—Al principio
dijiste, si bien me acuerdo,
que érades doncella. ¿Pues?».
Y ella respondió de presto:
«—Sí, padre, de una señora»*. 15

---

* Observa que Lope juega con el doble sentido del vocablo *doncella:* virgen y criada.

MIRA DE AMESCUA: *GALÁN, VALIENTE Y DISCRETO*

Nació en Guadix hacia 1574. Murió en 1644. Es posible que su condición de hijo bastardo influyera en su temperamento irascible, que lo acompañó durante toda su vida. Dominó la técnica del teatro religioso; especialmente, los autos sacramentales. Su comedia más conocida se titula *El esclavo del demonio;* el cuento seleccionado pertenece a su obra *Galán, valiente y discreto*.

95

Un hombre que deseaba
casarse en otra ciudad;
si no con curiosidad,
con afecto preguntaba
a cuantos de allá venían
si era discreta y hermosa   5
la que eligió por esposa.
Y todos le respondían:
«—Señor, no la conocemos».
Y esto, que pudo templar
su amor, le vino a aumentar   10
con singulares extremos,
diciendo: «Si no es hermosa
para que el gusto la goce,
mujer que nadie conoce
es honesta y virtuosa».   15

FRANCISCO DE QUEVEDO: *VIDA DEL BUSCÓN LLAMADO DON PABLOS*

Francisco de Quevedo (1580-1645) es uno de los escritores más polifacéticos de la literatura en lengua castellana: poeta profundo, prosista comprometido, autor festivo. En cualquiera de estas facetas destacó su genio creador. Brilla su habilidad lingüística en el *Buscón,* novela picaresca que satiriza el afán del estado llano por ascender en la pirámide social. En este sentido, Quevedo representa el punto de vista de la sociedad tradicional y de los estamentos privilegiados, que veían con malos ojos la medra del común. La novela fue publicada en 1626, aunque fue redactada a comienzos del siglo XVII.

96

Sucedió, pues, uno de los primeros días que hubo escuela por Navidad que, viniendo por la calle un hombre que se llamaba Poncio de Aguirre, el cual tenía fama de confeso, que el don Dieguito me dijo:

—Hola. Llámale Poncio Pilato y echa a correr.

Yo, por darle gusto a mi amigo, llaméle Poncio Pilato. Corrióse[1] tanto el hombre que dio a correr tras mí con un cuchillo desnudo para matarme, de suerte que fue forzoso meterme huyendo en casa de mi maestro dando gritos. Entró el hombre tras mí y defendióme el maestro de que no me matase asegurándole de castigarme. Y así luego (aunque señora le rogó por mí, movida de lo que yo la servía, no aprovechó) mandóme desatacar[2] y, azotándome, decía tras cada azote:

—¿Diréis más Poncio Pilato?

Yo respondía:

—No, señor.

[1] **Corrióse:** *se avergonzó.*

[2] **Desatacar:** *soltar los botones o corchetes con que está ajustada o atacada una prenda de vestir.*

Y respondílo veinte veces a otros tantos azotes que me dio. Quedé tan escarmentado de decir Poncio Pilato y con tal miedo que, mandándome el día siguiente decir, como solía, las oraciones a los otros, llegando al Credo (advierta vuesa merced la inocente malicia), al tiempo de decir *padeció so el poder de Poncio Pilato*, acordándome que no había de decir más Pilato, dije:

—Padeció so el poder de Poncio de Aguirre.

VICENTE ESPINEL: *VIDA DEL ESCUDERO MARCOS DE OBREGÓN*

Vicente Espinel nació en Ronda en 1550. Su vida estuvo llena de aventuras. En su libro *Diversas rimas* (1591) presentó la estrofa denominada *décima,* que en su honor recibió el nombre de *espinela*. Publicó en 1618 las *Relaciones de la vida del escudero Marcos de Obregón,* obra que contiene rasgos de la novela picaresca, aunque en sus páginas también encontramos bellas descripciones de la naturaleza, relatos de aventuras, reflexiones morales y datos de la vida del propio autor. Espinel murió en 1624.

97

Al fin, di tantos golpes que me respondió un mozo y, diciéndole con la necesidad que venía, respondióme que me fuese en hora buena y, tornando a llamar, acudió el aperador [1] del cortijo, que, en todas sus acciones, pareció ser muy hombre de bien y, abriéndome la puerta, acudió a mi necesidad y al cansancio de mi macho, y díjome:

—Perdone vuesa merced, que, por estar dando voces sobre una serilla [2] de higos que estos mozos me habían hurtado, no pude responder tan presto.

—Pues si no es más de por eso —dije yo—, no le dé pena, que yo le diré quién se la hurtó.

—Ángel será vuesa merced —respondió él— y no hombre si me dice eso.

—Déjeme reposar —dije yo— y se lo diré.

Descansé un rato y mi macho cenó lo mejor que pudo; yo cené un gentil gazpacho... Habiendo cenado y estando todos los mozos alrededor, le dije al aperador:

[1] **Aperador:** *persona que cuida de los aperos del campo.*

[2] **Serilla:** *cesta pequeña sin asas.*

[3] **Dornajo:** *artesa pequeña que sirve para dar de comer a los cerdos o para otros usos.*

[4] **Almagra:** *óxido rojo de hierro.*

[5] **Escaramujo:** *rosal silvestre, con flores encarnadas y por fruto una baya de color rojo.*

—Este dornajo [3] en que hemos cenado ha de descubrir el hurto de los higos.
Dijo uno entre dientes:
—Aun sería el diablo la venida del estudiante.
Le pedí al buen hombre un poco de aceite y almagra [4] y, sin que los mozos lo viesen, unté el suelo del dornajo con una mezcla que hice de aceite y almagra, y le pedí un cencerro de las vacas y, poniéndolo debajo del dornajo, dije, con voz que lo oyeron todos, habiendo puesto el dornajo más adentro, donde estaba el pajar:
—Pasen todos uno a uno y den una palmada en el suelo del dornajo y, en pasando el que hurtó los higos, sonará el cencerro.
Fueron todos uno a uno y dio cada uno su palmada en la almagra y no sonó el cencerro, que es lo que todos esperaban. Llamélos a todos y díjeles que abriesen las palmas de las manos, las cuales tenían todos enalmagradas, sino era el uno de ellos, y así les dije a todos:
—Este gentilhombre hurtó los higos, que, porque el cencerro no sonase, no osó poner la mano en el dornajo.
Él se paró colorado como un escaramujo [5] y los demás estuvieron toda la noche reventando de risa y dándole matraca y el aperador muy agradecido de haber hallado sus higos y yo muy contento del buen acogimiento; y por el buen hospedaje dejéle dos cuchillos damasquinos, con que por poco le cortara las orejas al ladrón de los higos.

JUAN DE ARGUIJO

Hijo de padres canarios, nació en Sevilla en 1567 y murió en la misma ciudad en 1622. Su desahogada posición económica le permitió reunir en torno suyo a célebres poetas contemporáneos. Sin embargo, despilfarró la fortuna paterna y vivió sus últimos años en la escasez. En 1619, comenzó a recopilar cuentos y chistes que corrían por tertulias y mentideros sevillanos. Tituló esta obra *Cuentos muy mal escritos que notó D. Juan de Arguijo*. Dicha tarea fue continuada por varios amigos suyos.

98

Estaba en la casa de los locos de Valladolid uno llamado Ribera, natural de Segovia, y, pasando por allí un hidalgo del mismo lugar con su mujer y algunos deudos suyos, quiso ver aquella casa, adonde halló a Ribera, a quien conocía. Comenzó a hablar con él, y, después de algunas preguntas, díjole el loco que había conocido a su padre, por señas [1] que la Inquisición le hizo una mala burla, después de la cual vivió en cierta parte vendiendo sardinas. Afligióse notablemente el hidalgo, muy colorado y arrepentido de haber entrado allí, temiendo tuviesen por verdaderas las señas los oyentes y, conociendo su fatiga, el loco añadió:

—No os aflijáis de esto, que vuestra madre fue tan bien acondicionada que, por ventura, no sois su hijo *.

[1] **Por señas:** *por más señas. Es decir, Ribera confesó al hidalgo que la Inquisición había perseguido a su padre (hecho gravísimo en aquella época).*

---

* Fíjate en que el sentido es: *no sois hijo de él*. Trata de consolarlo diciéndole que no es hijo de su padre, pero el remedio es peor que la enfermedad (por razones obvias).

99

Iba en Sevilla en Viernes Santo, poco antes del sol puesto, un penitente desnudo de la cintura arriba, con unos calzoncillos de lienzo, una soga de esparto al cuello, y amarrados los brazos con ella y una barra de hierro. Vínole necesidad de orinar y, a un muchacho que vía cerca, pidióle que le sacase. El muchacho sacóselo muy bien sacado todo y, al arrimarse el penitente a la pared, liólas y acogióse[2]. Orinó el hombre y, viendo que el muchacho se había ido y que no había otro por allí que encubriese lo que el otro había revelado, no hubo otro remedio sino quedarse arrimado a la pared hasta que fuese noche. La gente que pasaba, viéndole cosido con la pared y no sabiendo por qué, paraba toda asombrada, y el pobre volvía la cabeza de cuando en cuando diciendo:

—Váyanse, señores. ¿Qué quieren? ¿No han visto a un penitente? Señores, déjenme estar, que harto trabajo tengo.

Mientras más decía esto, más gente acudía y le miraba. Estúvose el pobre en este martirio hasta que, cerrada la noche, pudo irse.

---

[2] **Liólas y acogióse:** *se retiró oculta y escondidamente.*

PEDRO CALDERÓN DE LA BARCA

Nació en Madrid en 1600. El hecho de haber estudiado en el colegio de los jesuitas le sirvió para formar un determinado concepto teatral que luego aplicó a su producción dramática. Escribió muchas piezas teatrales para los reyes, aunque también para el pueblo llano. Aun cuando en su primera época siguió de cerca el modelo de Lope de Vega, posteriormente evolucionó hacia una estética más personal: creó personajes de psicología más compleja, empleó recursos lingüísticos más artificiosos y manejó una escenografía suntuosa. Murió en 1681. Los cuentos siguientes pertenecen a sus comedias *Los dos amantes del cielo* y *El pintor de su deshonra* (entre 1640 y 1645).

100

Cautivó un moro a un gangoso
y él, bien o mal, como pudo,
se fingió en la nave mudo
por no hacer dificultoso
su rescate; de manera   5
que, cuando el moro le vio
defectuoso, lo dio
muy barato. Estando fuera
del bajel, «—Moro —decía—
no soy mudo. Hablar no ignoro»   10
A quien, oyéndole el moro
de esta suerte respondía:
—«Tú fuiste gran mentecato
en fingir aquí el callar
porque, si te oyera hablar,   15
aún te diera más barato».

101

Uno, enamorado
de su madre, muerte dio

Corral de comedias de Almagro.

[1] **Salir a visita:** comparecer ante la justicia.

a su padre. El tal salió
a visita [1], y un letrado
empezó a abogar por él, 5
pero el juez, muy impaciente,
dijo: «—Un hombre tan prudente
¿un delito tan cruel
defiende, que mayor que él
no se pudo hallar?». «—Señor, 10
—dijo el letrado—, es error,
que si a su madre matara
y a su padre enamorara,
fuera el delito mayor».

102

Cierto cura de un lugar
con un vecino reñía,
donde su mujer lo oía;
y entre uno y otro pesar,
airado el cura y sañudo 5
dijo aquel nombre inhumano

que, empezando en *cor*tesano,
viene a acabar en des*nudo*.
Su mujer a esta ocasión
dijo con desenvoltura:	10
«Testigos me sean, que el cura
revela mi confesión».

JUAN DE ROBLES: *EL CULTO SEVILLANO*

Nació en Huelva en 1575. Murió en Sevilla en 1649, sin haber podido ver impresa su obra *El culto sevillano,* que tenía terminada hacia 1631. Juan de Robles defiende una visión tradicional de la sociedad y ataca algunas de las innovaciones espirituales que había llevado a cabo la Iglesia (por ejemplo, la oración mental). Su estilo es cuidado, busca el vocablo preciso y claro aun cuando se muestra reacio a los cambios idiomáticos que se estaban produciendo en el castellano. En *El culto,* discurre sobre asuntos diversos (Retórica, Ortografía) y apoya sus argumentos con chascarrillos, cuentos o anécdotas. Robles tomó muchos de estos relatos de la tradición oral.

103

Cierto Papa (de quien se dice que tuvo pronóstico de que había de morir en yendo a Jerusalén, con que estaba muy contento pareciéndole que sabría poco más o menos el día de su muerte, pues no había de ser hasta ir a Jerusalén), murió el día que dijo misa en la capilla de Santa Cruz de Jerusalén, que está en Roma, con que se cumplió el pronóstico.

104

Un valiente supo por la Judiciaria [1] que lo había de matar un toro, con que reñía confiado no temiendo las pendencias. Mató a uno, y dejóse condenar a ahorcar diciendo que no era ese el peligro que le amenazaba. Y así, aunque lo llevaban a la horca, no llevaba otro cuidado sino de mirar si salía de través algún toro que le matase. Viéndose ya para arrojar de la escalera, pre-

[1] **Judiciaria:** *astrología que se aplica a los pronósticos.*

guntóle al verdugo cómo se llamaba, el cual respondió:

—Juan de Toro, al servicio de Dios y de vuesa merced.

De forma que fue verdad el matarle un toro.

105

Habiendo un ayo mío (hombre espiritual) querido imponernos en hacer oración mental, juntónos a todos los muchachos y dionos los puntos que habíamos de meditar, que eran: cómo cayó Adán en pecado por haber comido la manzana en el paraíso y cómo había el Verbo Eterno encarnado para remediar este daño y obrado los misterios de nuestra redención. Volvió, después de haber meditado, a pedirnos cuentas de los puntos en que más nos habíamos detenido por particular ponderación o afecto y, habiendo dicho cada uno el suyo diferente, dijo mi buen paje que él se había detenido todo el tiempo de la oración en contemplar cómo Adán se había comido todas las manzanas del paraíso sin dejarnos ninguna.

ALFONSO DE ANDRADE

Nació en Toledo en 1590. Ingresó en la Compañía de Jesús. Fue Calificador del Santo Oficio de la Inquisición (es decir, censuraba libros). En 1648, publicó su *Itinerario historial que debe guardar el hombre para caminar al cielo*, obra a la cual pertenece el texto siguiente. El teatro, como se verá, le disgustaba enormemente. Murió en 1672.

106

El segundo caso sucedió en España en la provincia de Extremadura a dos religiosos de nuestra Compañía, los cuales, andando predicando por aquellos pueblos, llegaron a donde estaba una compañía de representantes previniendo[1] la gente con sus comedias. Los padres se opusieron con valor a ellos persuadiendo al pueblo que no los oyesen, que se guardasen de aquellas sirenas* que con dulce encanto de músicas, bailes y entretenimientos los cautivaban en los vicios y, poco a poco, los despeñaban en el infierno. Sintieron esto de manera los comediantes que se armaron contra nuestros religiosos**, sembran-

[1] **Previniendo:** *informando o avisando de la representación.*

---

* Fíjate en la expresiva metáfora: las comedias se identifican con aquellas ninfas marinas que extraviaban a los navegantes atrayéndolos con la dulzura de sus cantos. Homero recogió dicho episodio mitológico en el canto XII de la *Odisea*.

** Téngase en cuenta que el medio de vida de los comediantes era el teatro. *Armarse* tiene sentido metafórico.

do de ellos y de toda nuestra religión muchas falsedades, procurando por este medio desacreditarles con el pueblo para que no oyesen sus sermones y volviesen a sus comedias, mas, como esto no les aprovechase [...], tomó otro medio el autor[2] de las comedias, y fue oponerse a la predicación evangélica y hacerse predicador de almas. Para lo cual, teniendo una parte del pueblo junta, salió al teatro y les dijo:

—Los que con celo fingido y envidia verdadera de nuestros aplausos dicen que nosotros dañamos las almas con las comedias, yo los desmentiré públicamente mañana y probaré con evidencia que hacemos más fruto con una comedia que ellos con todos sus sermones. Así convido para el día siguiente a todos a oír una comedia que representaremos en la plaza —porque la puedan oír sin costa— y, si no sintieren más fruto y emoción espiritual en sus almas con ella que con los sermones de estos envidiosos teatinos[3], yo daré la cabeza.

Los buenos religiosos, sabido el desafío, se recogieron a orar, como San Pedro cuando tuvo la oposición en Roma con Simón Mago*, suplicando a Dios que volviese por su causa y no permitiese caer el pueblo en engaño ni mancilla en su Santo Nombre. Oyó Cristo Señor nuestro su oración, como la de San Pedro castigando al blasfemo con no menor castigo que a Simón, porque, llegando el plazo, se juntó el pueblo y salió el autor con los suyos a representar una comedia de un santo, pretendiendo hacer con ella fruto espiritual en los oyentes, como si el vene-

[2] **Autor:** *En el siglo XVII, persona que cuidaba de la economía de las compañías de comedias.*

[3] **Teatinos:** *de Teate, cuyo obispo, Juan Pedro Caraffa, fundó esta orden. Por confusión, también se aplicó este nombre a los padres de la Compañía de Jesús. Teate es voz latina de Chieti (Abruzzos).*

---

* Se refiere al hecho de que Simón Mago, cuando vio que Pedro y Juan imponían sus manos sobre las personas bautizadas y les infundían el Espíritu Santo, ofreció dinero a los apóstoles para lograr dicha facultad. Por tanto, quien comercia con cosas espirituales es llamado *simoníaco*.

no dorado dañase menos que el descubierto. Empezó su farsa y, a las primeras palabras, se trocó en tragedia porque, no permitiendo el Señor amancillar su palabra en la boca de un pecador, le quitó luego allí de repente la vida. Cayó en tierra —como el Mago cuando se elevaba con sus fingimientos al cielo— el que venía vestido de Santo siendo público pecador*. Fue desnudado de los vestidos con que disimulaba su maldad, descubiertos sus lazos y castigado con pena temporal y eterna de perdimiento de vida y confiscación de hacienda. El pueblo quedó desengañado y confirmado en la estimación que hacía de nuestros religiosos, los cuales dieron infinitas gracias a Dios por tan singular merced y, quebrada la cabeza de aquella serpentina compañía, toda se deshizo derramándose por varias partes.

---

* El *autor* también actuaba; se había vestido de santo porque interpretaba a este personaje.

BALTASAR GRACIÁN: *EL CRITICÓN*

Baltasar Gracián nació en Belmonte de Calatayud (Zaragoza) en 1601. En 1619, ingresó en la Compañía de Jesús. En 1636, Gracián marchó al colegio jesuita de Huesca, en donde ejerció de confesor y predicador. Se relacionó con el círculo intelectual de Vicencio Juan de Lastanosa, cuyo patrocinio fue determinante en su vida y obra. Es uno de los autores españoles que más éxito ha alcanzado en el extranjero. El filósofo Schopenhauer aseguraba que *El Criticón* «era uno de los mejores libros del mundo». En esta obra —cuyas partes fueron publicadas en 1651, 1653 y 1657—, Gracián traza una alegoría del ser humano mostrando las diferentes etapas por las que discurre nuestra vida: niñez (ilusión), juventud (desenfreno) y madurez (desengaño). Gracián murió en 1658.

107

Cuentan que un cierto curioso, mas yo lo definiera necio, dio en un raro capricho de ir rodeando el mundo, y aun rodando con él, en busca cuando menos del Contento. Llegaba a un provincia y comenzaba a preguntar por él [1] a los ricos los primeros, creyendo que ellos lo tendrían, cuando la riqueza todo lo alcanza y el dinero todo lo consigue, pero engañóse pues los halló cuidadosos siempre y desvelados. Lo mismo le pasó con los poderosos, viviendo penados y desabridos. Fuese a los sabios y topólos muy melancólicos, quejándose de su corta ventura; a los mozos, con inquietud; a los viejos, sin salud. Conque todos de conformidad le respondieron que ni le tenían ni aun le habían visto, pero sí oído a sus antepasados que habitaba en el otro país de más adelante. Pasaba luego allá, tomaba lengua de los más noticiosos y respondíanle lo mismo: que allí no, pero que se decía estar en el que se seguía. Fue pasando de esta

[1] **Él:** *El Contento.*

[2] **Tile:** *Tilel, lugar del Himalaya. La tilde del mundo:* el Everest.

suerte de provincia en provincia, diciéndole en todas: *Aquí no, allá, acullá más adelante.* Subió a la Islandia, de allí a la Groenlandia, hasta llegar al Tile [2], que sirve al mundo de tilde, donde, oyendo la misma canción que en las otras, abrió los ojos para ver que andaba ciego y conocer su vulgar engaño y aun el de todos los mortales, que, desde que nacen, van en busca del Contento sin topar jamás con él, pasando de edad en edad, de empleo en empleo, anhelando siempre a conseguirlo. Conocen los de un estado que allí no está, piénsanse que en el otro y llámanles felices; y aquéllos, a los otros, viviendo todos en un tan común engaño que aún dura y durará mientras hubiere necios.

FRANCISCO SANTOS

Hombre de condición humilde. Nació en 1617 en el madrileño barrio de Lavapiés, en donde transcurrió gran parte de su vida. En algunas de sus obras, traza un cuadro sombrío del hombre poniendo de relieve sus vicios, y señalando el engaño y perdición que hay en el mundo. Murió en 1698. Los cuentos han sido extraídos de *Día y noche de Madrid (1663)*, *Periquillo el de las gallineras* (1668) y *El rey gallo y discursos de la hormiga (1671)*.

108

En esta contemplación estaban los dos amigos cuando vieron que de una casa grande salía huyendo una mujer y, en su alcance, un hombre de madura edad con una muleta en la mano diciendo razones de las que duelen como
—Mala mujer, enredadora, que con tus embustes y tramoyas quitas la hacienda a las doncellas honradas, haciéndolas perder la inocencia y que rocen el decoro con que son criadas. Yo os juro por estas canas de hombre de bien que, si os vuelvo a ver en esta casa, que tengo de hacer que os lleven a la galera, que otras con menos causas que vos estarán allá.
Colérico estaba el buen señor hasta que un criado le reportó y obligó con razones a que entrase dentro. Llegóse alguna gente a la mujer, como de ordinario sucede en semejantes lances, y, preguntada de algunos, respondió que era quitadora de vello y que, por haberla hallado quitándole a una mujer de aquella casa, sin más

causa la había ultrajado aquel hombre del modo que habían visto.

109

Pedía limosna a la esquina de la calle un pobre, llagado de piernas y brazos, y, como fuese tiempo de moscas porfiadas, tenía cubiertas las llagas de las cansadas sabandijas. Pasó cerca del pobre un piadoso y, sacando un pañuelo, empezó a espantar los animalejos, a cuya acción dio un suspiro el dolorido diciendo:
—¡Pobre de mí! ¿Qué ha hecho, señor?
—Amigo —respondió— quitaros las moscas, que os están abrasando.
—¡Ay, señor! —replicó el llagado—. Que me ha echado a perder en quitarme las moscas porque éstas ya estaban hartas y picaban poco a poco, pero ahora vendrán a ocupar estos puestos otras hambrientas y me acabarán la vida.

110

El que más sabe es el que desea saber más. Preguntó un discípulo a su maestro viéndole siempre ansioso de saber:
—¿Hasta cuándo, oh ilustre maestro, has de ser discípulo?
Y respondió:
—Hasta que se me acabe la ignorancia.
No hay sabio que no ignore algo y el sabio perfecto es el que sabe morir.

UN CUENTO POPULAR ASTURIANO: *EL CURA CHIQUITO*

Una mujer de Cudillero refirió este cuento a Aurelio del Llano, quien recorrió Asturias durante tres años recogiendo materiales populares que luego incluyó en su libro *Cuentos asturianos (1925)*, obra a la cual pertenece este relato. El cuento editado responde, por tanto, a la más pura tradición oral puesto que el autor respetó las formas narrativas de sus informadores. Ahora bien, según el momento o el estado de ánimo del recitador, podía éste emplear unas expresiones u otras aunque sin faltar a la línea básica del relato. Además, como los narradores traducían del bable al castellano, era inevitable que giros o palabras asturianos —intraducibles en muchas ocasiones— pasaran al texto castellano, según veremos a continuación.

111

En una aldea había un cura que le llamaban el cura chiquito y allí vivía un padre con siete hijos y no tenía con qué mantenerlos. Una noche, sintió ruido a la puerta de su casa y fue a ver qué era aquello y se encontró con la vaca del cura que estaba corneando la puerta. La vaca llamábase Marietsa[1].

—Esta vaca —dijo el padre— quiere entrar. Pues llega a tiempo.

Metió la vaca en su casa, la mató y la puso a salar en un cuarto que lo llamaban el cuarto bajito. Y dijo el padre:

—Mis hijos ya tienen carne para una temporada.

El cura, cuando echó de menos a su vaca Marietsa, la buscó por todas partes. Y un día, el hijo menor del que había matado la vaca estaba jugando con sus amigos y se puso a cantar:

La vaca Marietsa
del cura chiquito

[1] **Marietsa:** *Amarilla, de color amarillento.*

> la tiene mi padre
> en el cuarto bajito
> y de ella nos hace
> todos los días
> un pucherito.

El cura se enteró de lo que había cantado el niño, lo mandó llamar a su presencia y el niño repitió la copla delante de él. Y le dijo el cura:

—Si cantas esa copla el domingo en la iglesia en el momento en que yo te lo mande, te compro unas botas, pero de esto no digas nada a nadie.

El niño dijo que así lo haría, pero, en cuanto llegó a casa, le contó a su padre la conversación que había tenido con el cura, y el padre le dijo:

—En vez de esa copla, vas a cantar esta otra.

Y le enseñó una copla distinta. Llegó el domingo y el niño fue para la iglesia y se puso cerca del altar. Dio comienzo la misa y, en el ofertorio, el cura dijo una plática que terminó así:

—En este pueblo, se van perdiendo las buenas costumbres. Ya no se respeta la propiedad ajena. Este niño os dará fe de ello. Lo que él diga es tan verdad como que estáis aquí todos mis feligreses oyendo misa. ¡Habla, niño!

> Y el niño dijo:
> *El cura chiquito*
> *pretende a mi madre.*
> *El cuento será*
> *si mi padre lo sabe.*
> Y el cura dijo:
> *¡Orates frates!*[2]
> *Lo que dicen los niños*
> *son disparates.*

[2] **Orates frates:** *latiajo por* orate fratres *(orad, hermanos).*

GLOSARIO

Acullá: allí.
Afincar: rogar y apremiar con ahínco.
Afrenta: ofensa, deshonra que resulta de algún dicho o hecho.
Almagra: óxido rojo de hierro.
Agora: ahora.
Aína: rápidamente.
Ál: otro. **Lo ál:** lo demás.
Allén: allende, de la parte de allá.
Aosadas: ciertamente.
Aqueste: este.
Arruquero: arriero.
Asaz: mucho, bastante.
Atender: esperar.
Ca: pues.
Cabildo: comunidad de eclesiásticos de una iglesia, corporación, junta, sesión.
Castigar: enseñar, gobernar.
Catar: examinar, ver, mirar.
Comedir: meditar.
Compaña: compañía.
Compañones: testículos.

Corregidor: funcionario nombrado por el rey que desempeñaba funciones gubernativas y judiciales en algunas ciudades y villas; además, presidía el ayuntamiento de las mismas.
Cruzado: moneda antigua de plata de Portugal.
Cuita: deseo vehemente, aflicción.
Dende: de allí, después.
Denostar: injuriar.
Desprender: desunir, echar de sí algo.
Desque: desde que, una vez que.
Diezmo: décima parte de los frutos que pagaban los fieles a la Iglesia. Derecho de diez por ciento que se pagaba al rey, del valor de las mercaderías que se traficaban.
Do: donde.
Dornajo: artesa pequeña que sirve para dar de comer a los cerdos o para otros usos.
Ducado: 1. Moneda de oro que se usó en España hasta fines del siglo XVI, de valor variable. 2. Título o dignidad de duque. 3. Territorio o lugar sobre el que recaía este título o en el que ejercía jurisdicción un duque.
Ende: allí.
Enemiga: maldad.
Escalentar: calentar.
Espadada: golpe dado con la espada.
Estilar: destilar.
Faz (en la faz): a vista.
Físico: médico.
Guarecer: curar, guardar, socorrer.
Guarir: curar.
Guay: Ay.
Guisa: modo, clase, calidad.
Home: hombre.
Ítem más: Aún más, también (se usa como señal de adición).
Lancha: piedra grande y lisa.
Luego: inmediatamente, sin dilación.

Maguer: aunque.
Membrar: recordar.
Mercaduría: mercancía.
Multiplicante: miembro viril.
Multiplicar: en sentido figurado, hacer hijos.
Mur: ratón.
Obsequias: exequias, honras fúnebres.
Parar mientes: prestar atención. También significa *mirar, fijarse, darse cuenta*.
Patín: patio pequeño.
Plogar: placer, gustar.
Por ende: por tanto.
Pro: provecho, beneficio.
Punir: castigar a un culpado.
Quistión: cuestión.
Retrete: cuarto pequeño en la casa destinado para el retiro y aislamiento.
Sera: cesta de esparto que sirve para llevar de una parte a otra escombros o cosas semejantes.
So: bajo, debajo.
Talante o **talente:** voluntad, gusto, forma de ejecutar una cosa.
Talegón: saco grande que sirve para guardar cosas.
Tardinero: tardo, lento.
Tornar: volver, volver a su naturaleza o estado
Vegada: vez.
Vezar: avezar, acostumbrar.
Ý: allí.

ACTIVIDADES

1. ACTIVIDADES DE COMPRENSIÓN

CUENTOS HEBREOS Y MUSULMANES

1. Muchos cuentos disponen de elementos maravillosos que son capaces de cautivar a los lectores o a los oyentes. ¿Cuáles son los elementos más fascinantes del primer cuento?

2. Dicho relato describe con detalle rincones de la ciudad de Córdoba en el siglo XI. Señala cuáles son dichos lugares.

3. Una de las características de la literatura medieval es su marcado carácter misógino que, como podrás apreciar, carecía de fronteras puesto que se encuentra tanto en la literatura cristiana como en la hebrea. Observa dicho extremo en el segundo cuento y di cuál es —entre los diversos ofrecimientos del rey a la esposa— el que más destaca.

4. ¿Qué truco emplea la mujer para adormecer al marido?

5. Repara en el momento en que el marido va a matar a su esposa. ¿Qué elementos confieren mayor dramatismo a la narración?

6. Compara la caracterización de la mujer y la del marido cuando han de cumplir la orden del rey. ¿Cuál es el rasgo más acusado de ambos?

CALILA E DIMNA

1. En la Edad Media, el fraile desempeñaba un papel fundamental en la estructura social aunque no siempre cumplía con sus obligaciones. Otra figura que alcanzó gran relieve fue el mercader. Todo ello respondía a la importancia que dichas personas lograron en la baja Edad Media. ¿Cómo son caracterizados ambos personajes en estos cuentos?

2. ¿Qué finalidad moral tiene el cuento de *Los ratones que comían hierro*?

3. ¿Actúa el fraile de acuerdo con la función que le atribuía el cerrado orden medieval? ¿Amonesta el cuento sólo a los religiosos o a toda la sociedad?

4. El autor describe la ilusión del religioso empleando una figura retórica. ¿Cómo se llama dicha figura y cuáles son sus elementos principales?

5. ¿Conoces alguna otra versión del cuento *El religioso que vertió la miel sobre su cabeza*?

SENDEBAR

1. La sintaxis medieval es, por regla general, bastante primitiva y tosca. No es de extrañar puesto que en la Edad Media comienzan a desarrollarse las lenguas romances. Examina el cuento *La viuda de Éfeso* y pon ejemplos de su estilo desaliñado.

2. Cuando la viuda decide permanecer junto a la tumba de su marido, el autor la compara con la tórtola. ¿Con qué finalidad?

3. ¿Qué procedimientos se emplean para poner de relieve la crueldad de la viuda?

4. Observa el comportamiento de los dos protagonistas. La mujer actúa de forma inhumana, pero ¿cómo justifica su conducta?

5. El alguacil muestra siempre falta de ánimo para amputar el cadáver de su amigo, pero ¿por qué asesina a la viuda?

BARLAAM Y JOSAFAT

1. En la Edad Media, este tipo de relatos era muy adecuado porque se centraba en un tema muy querido por los predicadores para enseñar la doctrina cristiana: el desprecio de los asuntos y placeres mundanos (en latín, *contemptus mundi*). De hecho, se conocen varias versiones del mismo (influyó, por ejemplo, en *La vida es sueño,* de Calderón). Ahora bien, ¿sabes qué nombre recibe este tipo de narración?

2. ¿Qué es una alegoría?

3. ¿Cuál es la intención moral del texto? ¿Con qué frase se expresa?

4. Analiza los diferentes elementos de la alegoría que aparecen en el relato.

LOS CASTIGOS DE SANCHO IV

1. Los *espejos de príncipes* eran libros que guiaban a los reyes para que éstos gobernasen con sensatez. Ahora bien, ¿crees que estos dos cuentos (10, 11) sirven únicamente para aconsejar al rey o pueden servir para ilustrar a cualquier persona?

2. ¿Cuál es el tema de *El hijo de Lucrecia?*

3. La forma de conducirse del hijo de Lucrecia ¿anticipa de algún modo el desarrollo posterior del relato?

4. En *El hombre y el león,* distingue la parte narrativa de la moralizadora.

DON JUAN MANUEL: *EL CONDE LUCANOR*

1. En el comienzo del cuento de don Illán, ¿formula ya el conde el tema principal de la ficción que relatará Patronio?

2. En algunas ocasiones, el vocabulario y la sintaxis de don Juan Manuel son un tanto elementales. Obsérvalo en los tres primeros párrafos del cuento de don Illán.

3. Analiza los paralelismos que se producen entre las súplicas de don Illán y las demoras del

deán. Observa así mismo las gradaciones que resultan.

4. ¿Qué elemento sirve para fundir el mundo mágico y el real?

5. Don Juan Manuel, genuino representante de la rancia aristocracia y de una concepción estática y cerrada de la sociedad, recelaba de los advenedizos a quienes el dinero permitía medrar, alcanzar prestigio social y ser honrados. ¿Se observa dicha inquietud en el cuento de don Illán?

6. En las moralejas, encontramos una forma verbal —hoy en desuso— que se repite varias veces. ¿Cuál es? ¿Qué expresa?

7. Una de las bases cómicas del cuento de la mujer brava consiste en el contraste que se produce entre la aparente temeridad del mancebo y la fiereza de la mujer, por un lado, y en el posterior intercambio de papeles, por otro. ¿Cuáles son los datos más destacados de dicha caracterización?

8. Observa la maestría narrativa de don Juan Manuel en este cuento. Las órdenes que da el mancebo a los animales van intensificándose hasta culminar en la orden que da a la esposa, pero en todas las acciones, se repite la misma estructura. ¿Cuál es?

9. ¿Por qué fracasa el suegro?

LIBRO DEL CABALLERO ZIFAR

1. El hijo de Alfonso X, Sancho IV *el Bravo,* se sublevó contra su padre y sumió al país en

una guerra civil. El *Libro del caballero Zifar* responde a una campaña de propaganda sutilmente diseñada por la reina doña María de Molina, esposa de Sancho IV, para criticar la política de Alfonso X, quien había abrumado a Castilla con numerosos impuestos y derrochado enormes sumas de dinero con el fin de ser elegido emperador. ¿Crees que en el relato número catorce se orienta a Fernando IV en el modo de reinar?

2. El Papa Bonifacio VIII legalizó el matrimonio de María de Molina y, por tanto, legitimó el linaje de esta reina. ¿De qué modo es halagado en el cuento?

3. El narrador del cuento número quince sitúa el milagro en un momento preciso. ¿Cuándo? ¿Con qué fin sitúa dicha acción en un tiempo tan próximo?

4. La figura del caballero andante es típica de la Edad Media. Los caballeros debían conducirse con devoción, reverenciar a la Iglesia, defender a Jesucristo, someterse al poder de Dios. ¿Qué le ocurría al caballero que no cumplía con estas obligaciones?

FRANCESC EIXIMENIS

1. Eiximenis afirmaba que los payeses o campesinos eran odiosos, hacían las cosas por miedo y no por amor, no eran amigos de nadie, eran crueles y no tenían buen corazón. ¿Se refleja esta ideología en el cuento de Claudus Prosaicus?

2. Cuando Claudus golpea al asno, Eiximenis emplea una figura retórica. ¿Sabes cómo se llama dicha figura y cuál es su función?

3. ¿Cuál es la finalidad moral del ejemplo del ladrón y el judío?

ANSELM TURMEDA: *LA DISPUTA DE UN ASNO*

1. Observa la caracterización de doña Tecla. ¿Qué rasgo de su personalidad, necesario para el desenlace del cuento, pone de relieve el autor?

2. ¿Cuál es el rasgo más destacado de la personalidad de fray Juan Juliot?

3. Los frailes favorecían la divulgación de supersticiones, pero ¿creían en ellas?

4. ¿Es culpable el marido de la infidelidad de su mujer?

5. ¿Aprovecha fray Juliot la superstición de doña Tecla para impedir que ésta revele las relaciones pecaminosas y adúlteras que ha cometido?

6. ¿Qué sacramento se cuestiona en este cuento?

7. Fíjate en el cuento número 19. La Orden de los Mínimos obligaba a sus miembros a soportar duras disciplinas y mortificaciones. Teniendo esto en cuenta, ¿crees que la conducta del mínimo se debe a su deseo de practicar tan devoto ejercicio?

8. En realidad, ¿qué rasgo maligno de la conducta del mínimo se subraya en el cuento? ¿Crees que este hecho respondía a la realidad?

9. El otro religioso pertenece a la Orden de Predicadores, cuyo modo de vida tendía a practicar la pobreza evangélica. Ahora bien, el fraile del cuento incurre en una falta por la cual será rigurosamente castigado. ¿Qué pecado comete?

10. Habrás visto que Turmeda censura la conducta depravada de los religiosos, que, por otra parte, era moneda común en la Edad Media. Al final del cuento, el asno concluye de este modo su relato: «Ved, fray Anselmo, cómo vuestros religiosos esquivan el pecado de la envidia». ¿Qué figura retórica emplea en esta expresión?

JUAN RUIZ: *LIBRO DE BUEN AMOR*

1. Del cuento del garzón loco se conocen muchas variantes. Por ejemplo, en Valbona (Asturias) se conserva una versión similar que termina con esta frase del garzón: «Casado te veas, molino. Ya pararías». ¿A qué tradición de la literatura medieval responde ese final?

2. Los mercaderes habían alcanzado gran importancia en la baja Edad Media, pero la literatura no solía respetar su figura, sino burlarse de ella. Obsérvalo en el cuento de Pitas Payas. ¿Por qué actuarían así los escritores?

3. ¿Qué simboliza el cordero que pinta Pitas Payas a su mujer?

4. ¿Cuál es la advertencia principal que se desprende del cuento de Pitas Payas?

5. Analiza la métrica de ambos textos. ¿De qué estrofa se trata?

LIBRO DE LOS GATOS

1. En la Edad Media, los individuos debían cumplir unas misiones determinadas y no podían salirse de ellas. ¿Se refleja dicha realidad en el cuento del milano?

2. En el cuento del ratón, el autor ofrece al final su lección moral: que el hombre sólo se acuerda de Dios cuando está en peligro, pero, cuando los asuntos le funcionan bien, olvida sus promesas. Es válida esta conclusión, pero ¿no te parece que también se podría extraer otro mensaje de valor más general? ¿Cuál crees tú que puede ser?

3. ¿En qué expresiones se nota la falsedad del ratón?

4. En el cuento de los dos compañeros, tiene lugar una ruptura en el relato. ¿Cuándo? ¿Qué cambios se producen en los protagonistas?

5. Señala algunos elementos mágicos o maravillosos que se encuentran en este cuento.

LIBRO DE LOS EJEMPLOS POR A.B.C.

1. ¿Cuáles son los rasgos morales de las hijas y de los yernos? ¿Los considera bien el autor?

2. ¿Crees que Johan Gananza obra con discreción cuando se queda sin dinero?

ESPÉCULO DE LOS LEGOS

1. La Iglesia católica era enemiga del préstamo con interés. Obsérvalo en los cuentos 35 y

36. Esta oposición de la Iglesia a la nueva economía precapitalista es uno de los motivos de que las actividades comerciales e industriales estuvieran tan atrasadas en España. Con todo, el autor del *Espéculo* quería dejar muy claro que la Iglesia no hacía otra cosa sino interpretar y reflejar la opinión de Dios. ¿Cómo se manifiesta el juicio divino en el cuento número 36?

2. En el cuento número 34, ¿qué reparto te parece más justo? ¿El del lobo o el de la raposa?

3. Las indulgencias son perdones que la Iglesia dispensa a los fieles para suavizar o perdonar las penas del purgatorio debidas por los pecados. A cambio, la Iglesia exige el arrepentimiento del pecador y obras de penitencia. Obsérvalo en el cuento 31 y di cuáles fueron las buenas obras del diácono que libraron del purgatorio el alma de la moza.

4. La cultura medieval mezclaba fácilmente los asuntos naturales con los sobrenaturales. Obsérvalo en el cuento número 28.

5. ¿Qué pecado se castiga en el cuento número 27?

ARCIPRESTE DE TALAVERA: *CORBACHO*

1. Se dice del marido que era «buen hombre sabio», «hombre muy sabio», «buen hombre», etc. ¿Por qué?

2. Juzga la conducta de la mujer. ¿Qué principio rige sus actos?

VALERIO MÁXIMO:
LOS NUEVE LIBROS DE LOS EJEMPLOS Y VIRTUDES MORALES

1. La primera historia resalta la calidad humana de Alejandro Magno. ¿Por qué?

2. ¿Cuáles son los temas de estas historias?

3. La segunda historia está dividida claramente en dos partes. Indica cuáles son de forma razonada.

YSOPETE

1. ¿Qué enseñanza se puede extraer de la fábula de la raposa, el gallo y los perros?

2. En la fábula del asno y la perrilla, se defiende desde el principio el estatismo (inmovilidad social) de la Edad Media. Fíjate en que se dice *ninguno debe dejar su oficio para entremeterse en otros mejores*. ¿Por qué el protagonista es un asno?

3. ¿Crees que la caracterización de los animales responde al concepto que el hombre tiene de ellos?

GIOVANNI BOCCACCIO: *DECAMERÓN*

1. Un milagro consiste en un suceso extraño que, como las leyes naturales no pueden explicar, se atribuye a intercesión divina. ¿Cuál es la actitud que Boccaccio adopta respecto al milagro de Maseto?

2. Observa la analogía *gallinas-mujeres* que aparece en el cuento de Maseto ¿Cuál es su función?

3. Indica cuáles son los rasgos anticlericales del cuento.

4. Localiza alguna expresión del comienzo del texto que explique la posterior conducta de las monjas.

5. ¿En qué lugares se sitúa la acción del cuento de Maseto?

6. Al final del cuento de Calandrino, leemos una frase que comienza «Y el sabio avisado Calandrino...». ¿Cuál es su intención? ¿Cómo se llama esta figura retórica?

CRISTÓBAL DE CASTILLEJO

1. Cristóbal de Castillejo se opuso a las innovaciones métricas que introdujeron Boscán y Garcilaso de la Vega en la lírica castellana. La métrica italiana prefería el endecasílabo porque este verso favorecía la expresión de los sentimientos (frente al octosílabo tradicional castellano). Compruébalo en el texto 45 realizando un análisis métrico del mismo. ¿Qué estrofa emplea Castillejo?

2. Los aires renacentistas influyeron también en los poetas tradicionales. En evidente contraste con los tiempos medievales, el texto de Castillejo recoge aspectos del Renacimiento: interés por temas clásicos, el amor, el sentimiento humano, la naturaleza, etc. Partiendo del texto, precísalos.

FRANCISCO DELICADO:
LA LOZANA ANDALUZA

1. En el cuento número 46, ¿por qué se dan cuenta las nueras de que la suegra desea casarse?

2. En el cuento número 47, ¿qué critica el autor?

3. En el relato número 48, se produce una situación grotesca. ¿Cuál es? ¿Qué personas y aspectos de la realidad contemporánea censura el autor? ¿Cómo se llama este tipo de composición?

PEDRO MEJÍA: *SILVA DE VARIA LECCIÓN*

1. ¿Cuál es el tema del cuento número 49?

2. En el Siglo de Oro, el ejercicio despótico del poder preocupaba a muchas personas. Después de haber leído el cuento número 50, ¿qué reflexión cabe hacer sobre los tiranos?

FRAY ANTONIO DE GUEVARA:
RELOJ DE PRÍNCIPES

1. En el siglo XVI, preocupaba la educación de los hijos y la vida matrimonial, aunque algunas propuestas que se hacían para mejorar las relaciones en la familia no dejaban de ser utópicas (una obra importante del humanismo del siglo XVI se titula *Utopía,* de Tomás Moro). ¿Se hace eco Guevara de esta inquietud? ¿Qué opinas de su propuesta?

2. El anciano explica a Pompeyo que desean vivir en paz y compara sus humildes vidas con el lujo romano. Justifica después sus costumbres recurriendo a una figura retórica que sirve para oponer risas y llantos, alegría y tristeza, etc. ¿Cómo se llama dicha figura retórica?

LA VIDA DE LAZARILLO DE TORMES

1. Resume el cuento número 52.

2. En el siglo XVI, se juzgaba que trabajar con las manos (*oficios mecánicos*) era acto vergonzoso que deshonraba y envilecía. Era tanta la importancia que se daba a la apariencia que los hidalgos pobres preferían pasar hambre antes que trabajar con sus manos. Pon ejemplos de la forma en que el autor satiriza esa realidad (texto número 53).

3. En el relato número 53, encontramos dos amargas vivencias que eran habituales en el Siglo XVI: el hambre y la muerte. Ahora bien, ¿a quién echa Lázaro la culpa de su desgracia?

LUIS DE PINEDO: *LIBRO DE CHISTES*

1. En 1492, los reyes Fernando e Isabel expulsaron de España a los judíos. Por ese motivo, el papa Alejandro VI recompensó a dichos soberanos con el título de *Reyes Católicos*. Muchos judíos se exiliaron, pero otros se convirtieron al cristianismo. Éstos fueron llamados *cristianos nuevos, confesos* o *conversos,* y algunos de ellos, convertidos a la fuerza, mantuvieron —de modo clandestino— su cultura y cos-

tumbres (por ejemplo, no comer carne de cerdo). El adjetivo *marrano* se aplicó con sentido despectivo al converso que judaizaba ocultamente. Se suponía, además, que, a fines de la Edad Media, muchos aristócratas habían emparentado con judíos. Acuérdate también de que los hebreos no admiten que Jesús sea el Mesías, sino que aún lo *esperan*. Compárese con el refrán *Este puente espera el río como los judíos al Mesías* (para burlarse del escaso caudal del río Manzanares). Teniendo todo esto en cuenta, analiza la respuesta que dio el condestable a los otros dos aristócratas (56) y explica su significado.

2. El artificio retórico empleado con el verbo *esperar* se llama *juego de palabras,* el cual consiste en usar vocablos en sentido equívoco o en varias de sus acepciones. En el texto, en relación con *esperar,* hay otro juego de palabras. ¿Cuál es? Explica su significado.

3. En los cuentos números 54 y 55, ¿en qué lugar queda la figura de Cristo?

JUAN TIMONEDA

1. En la literatura española medieval y del Siglo de Oro, domina el punto de vista de los dos estamentos privilegiados (nobles y clérigos), quienes se burlan abiertamente de los individuos del común; es decir, de los villanos. Sin embargo, en el cuento número 57 encontramos una excepción (probablemente, porque se trate de un cuento popular). Los *hidalgotes* quieren reírse del pastor, pero éste se burla de ellos. ¿Qué los llama con disimulo?

2. Cuento número 58. ¿Por qué el rey llama al mancebo a su palacio? ¿Qué descubre?

3. Compara el cuento número 60 con el número 37. ¿Cuál es la diferencia fundamental?

4. ¿Cuáles son las bases de la comicidad del cuento número 61?

5. El cuento número 63 termina con unos versos. Analiza la métrica y di cómo se llama dicha estrofa.

6. ¿En dónde reside la comicidad del cuento número 64?

7. Para que el cuento número 65 sea creíble, Timoneda recurre a un procedimiento determinado. ¿Cuál es?

8. La literatura del Siglo de Oro responde, como dijimos arriba, al punto de vista del mundo aristocrático, el cual veía con malos ojos a cualquier individuo del estado llano que destacara socialmente y tratase de acceder a los privilegios (fiscales y jurídicos, especialmente) de que gozaban los nobles. Por tanto, en dicha literatura se encuentran casos frecuentes de alcaldes necios. Compruébalo en el cuento del tiratierra (66). Timoneda se burla abiertamente del escaso sentido común del alcalde para administrar justicia. ¿Cuál de sus resoluciones te parece más ridícula?

9. En el diálogo entre el tiratierra y su esposa (66), aparece una figura retórica que consiste en emplear dos o más voces que proceden de una misma raíz. ¿Cómo se llama dicha figura y cuál es la función que desempeña?

10. ¿Qué falta se castiga en el cuento número 67?

JUAN DE MAL LARA: *FILOSOFÍA VULGAR*

1. Juan de Mal Lara formó parte del extenso grupo de escritores españoles que admiraron la obra de Erasmo de Rotterdam. El erasmismo estimaba que el cristianismo no debía basarse en las ceremonias exteriores del culto, sino en la práctica efectiva de una vida virtuosa (amor, solidaridad, caridad, etc.). ¿Observas si dicha doctrina aparece en el texto número 68? ¿Cómo se llama la persona que finge sentimientos contrarios a los que verdaderamente siente?

2. Los erasmistas consideraban que la Iglesia católica se había desviado de la verdadera vida evangélica, pero no por ello dejaban de practicar las enseñanzas de Cristo. ¿Qué mandamiento de la doctrina católica se ensalza en el cuento número 69?

3. En el cuento número 70, encontramos un interesante cuadro de costumbres. ¿Cuáles son sus elementos principales?

4. ¿A qué otras personas se puede aplicar el refrán del cuento número 70?

ANTONIO DE TORQUEMADA: *JARDÍN DE FLORES CURIOSAS*

1. En el cuento número 71, ¿qué elementos que contribuyen a crear una atmósfera de miedo?

2. ¿A qué otros personajes literarios te recuerda el protagonista del cuento número 72?

3. ¿Cuál es el elemento mágico del cuento número 73? ¿Cuáles son sus propiedades?

MELCHOR DE SANTA CRUZ: *FLORESTA ESPAÑOLA*

1. Melchor de Santa Cruz estaba influido por el pensamiento de los erasmistas, quienes criticaban el gusto de algunos clérigos por la riqueza, el lujo en que vivían muchos eclesiásticos (cardenales, arzobispos...) y el hecho de que algunos prelados dispusieran de poder temporal y religioso. Compruébalo en el cuento número 76. ¿Por qué el autor pone la crítica en boca de un labrador?

2. Melchor de Santa Cruz estaba familiarizado con las actividades financieras. Compruébalo en el cuento número 77 y di cuál es el tema del mismo.

FLORETO DE ANÉCDOTAS Y NOTICIAS DIVERSAS

1. Los corregidores comenzaron a cumplir sus funciones en el siglo XIV, aunque hasta 1480 no se generalizó la institución. Desempeñaban funciones judiciales y dirigían el gobierno municipal. Al principio, ocupaban el cargo durante un año; después, durante tres años. Lee el cuento número 79 e intenta resumir la conducta del corregidor con una palabra. Haz lo mismo con el judío y con el hidalgo.

2. ¿Está ambientado el relato antes o después de 1492? ¿Por qué?

3. Antiguamente, Salomón pasaba por ser modelo de hombre sabio y justo. En el relato 80, hay un fragmento que expresa su rectitud. ¿Cuál es?

4. ¿Crees que se puede aplicar este relato a la vida?

LUCAS GRACIÁN DANTISCO: *GALATEO ESPAÑOL*

1. La escasa higiene que existía en la vida pública durante el Siglo de Oro preocupaba a bastantes escritores. Así mismo, en determinados círculos se exigía cortesía y buenos modales. ¿Se refleja dicha inquietud en el cuento número 81?

2. En el Siglo de Oro, la moda de emplear cultismos no sólo invadió la literatura (los gongorinos, por ejemplo), sino también la conversación y la vida cotidiana. Para darse importancia, la gente que no sabía latín empleaba vocablos de dicha lengua y usaba cultismos con frecuencia. También se daba el caso contrario, según pone de relieve Dantisco. Traduce la expresión latina del texto número 82 y observa la forma en que las declinaciones latinas fueron sustituidas por las preposiciones en español.

3. ¿Cómo se llama el tropo que emplea el sacristán en el cuento número 83? Júzguese su oportunidad.

JERÓNIMO DE MONDRAGÓN: *CENSURA DE LA LOCURA HUMANA Y EXCELENCIAS DE ELLA*

1. En el Siglo de Oro, eran muy frecuentes las contiendas de los individuos por gozar de preferencias y ventajas respecto a los demás. Dichos privilegios se basaban en diferentes razones: méritos personales, linaje, poder, etc. Los pleitos por estas cuestiones también eran habituales. Obsérvalo en el cuento 84 y di cuál era la opinión que tenía el autor sobre tales disputas.

2. Explica el significado de la frase *Vaya el ladrón primero y sígale el verdugo*.

3. Según Mondragón, los individuos considerados cuerdos son locos, y viceversa. Obsérvalo en estos cuentos. ¿En qué obra el tema de la locura alcanzó relieve extraordinario?

MATEO ALEMÁN: *GUZMÁN DE ALFARACHE*

1. En la cultura del Barroco, la vida humana pierde valor y sentido. Se afirma que el hombre vive preso de contradicciones y que los engaños para hacer daño al prójimo abruman a los seres humanos. ¿Cuáles de estos rasgos aparecen en el texto de Alemán?

2. El cuento se narra después de que Guzmán explique al cómitre por qué un forzado está desmedrado: Guzmán cuenta el caso de un cristiano nuevo que, aunque era rico, comenzó a enflaquecer cuando vino a vivir cerca de él un inquisidor; después, narra el caso presente. Juzga el valor expresivo de tales paralelismos y antítesis.

3. ¿Qué rasgo de la personalidad de Muley destaca este cuento?

MIGUEL DE CERVANTES SAAVEDRA:
*EL INGENIOSO HIDALGO
DON QUIJOTE DE LA MANCHA*

1. En el siglo IV, el celibato fue impuesto a la jerarquía clerical y durante la Edad Media fue regulado en ocasiones sucesivas hasta que en 1542 alcanzó a todos los miembros del clero. Teniendo esto en cuenta, ¿qué rasgo de la vida conventual pretende poner de relieve Cervantes (cuento número 87)?

2. En la intervención del *mayor*, encontramos series trimembres. Muestra los aspectos retóricos que dominan en ellas.

3. Observa que los diferentes términos de las dos series van modificados por adverbios de cantidad. ¿Descubres alguna diferencia entre unos adverbios y otros?

4. En el cuento número 88, ¿aparece alguna referencia a la dura vida de los campesinos? ¿Cuál?

LOPE DE VEGA

1. En el Siglo de Oro, las órdenes religiosas —escolapios, capuchinos, jesuitas— se ocupaban de la enseñanza para instruir y catequizar a sus alumnos. Los municipios solían contratar a maestros que enseñaban a los niños Aritmética, Lectura, Escritura y Catecismo, aunque pocos

padres querían o podían enviar a sus hijos a la escuela. La mayoría de la población era analfabeta. ¿Cuáles de estos aspectos se reflejan en el cuento número 89?

2. ¿Cómo se ganaba fama de ser buen cristiano? ¿Practicando las enseñanzas de Jesús o sabiendo de memoria las oraciones?

3. Lope de Vega se basó en la rica tradición popular para componer algunas comedias. Así mismo, como otros escritores, introdujo cuentos en sus obras. De este relato (90), que inserta en *El ejemplo de casadas* (hacia 1600), se conocen muchas variantes. En el Occidente de Asturias se conserva una versión similar del cuento, pero hay algunas diferencias: no se habla de Júpiter, sino de Dios; no se trata de un moral, sino de un ciruelo, y el final difiere puesto que el labrador se dirige a la imagen y exclama: «Te conocí ciruelo, comí ciruelas de ti. Los milagros que tú hagas que me los cuelguen a mí». Aun así, ¿por qué Lope habla de Júpiter y no de Dios?

4. La comicidad de muchos cuentos se basa en expresiones que rompen con la lógica de los acontecimientos. ¿Ocurre así en el cuento número 91? Explica el motivo.

MIRA DE AMESCUA:
GALÁN, VALIENTE Y DISCRETO

1. En el Siglo de Oro, el valor social de los hombres se basaba en ser de sangre noble, ocupar un puesto importante, ser rico, mandar, ser virtuoso, etc.); sin embargo, el valor de la

mujer radicaba en su honestidad y vida virtuosa. Si la mujer salía de casa, debía ir a misa, y poco más. De este modo, los conceptos *honra* y *honor* en la mujer se asimilaron a pudor, recato, decencia. La mujer no debía meterse en asuntos masculinos (armas, gobierno, letras), sino que debía ocuparse de las labores caseras (remendar las ropas de los niños, dar de comer a los gatos de la casa y similares). Como se juzgaba que la virtud femenina debía referirse a la honestidad, al pudor y al recato, se juzgaba que la mujer honrada era la *honesta y fiel a su dueño*. La honra de la mujer significaba, por tanto, honestidad y fidelidad al esposo o al padre. Si era deshonesta o infiel, no sólo perdía ella la *honra,* sino también su marido o su familia. Fíjate en el cuento y di si se cumplen estas afirmaciones.

FRANCISCO DE QUEVEDO:
VIDA DEL BUSCÓN LLAMADO
DON PABLOS

1. Poncio Pilato, procurador de Judea, actuó de juez en el proceso civil de Jesús y *se lavó las manos* para complacer a las autoridades judías. En el Siglo de Oro, llamar *judío* a una persona suponía una ofensa muy grave. Teniendo esto en cuenta, ¿por qué se irrita Poncio de Aguirre?

2. ¿Que quiere decir Quevedo cuando asegura que Poncio de Aguirre *tenía fama de confeso?*

3. ¿Qué opinas de los métodos de enseñanza que se practicaban en el Siglo de Oro?

VICENTE ESPINEL: *VIDA DEL ESCUDERO MARCOS DE OBREGÓN*

1. ¿Cuáles son los personajes más destacados del cuento?

2. ¿Por qué es descubierto el ladrón?

JUAN DE ARGUIJO

1. ¿Cuál es la intención de Arguijo en el cuento número 99?

PEDRO CALDERÓN DE LA BARCA

1. En el Siglo de Oro, tanto las costas atlánticas (La Coruña, Vigo) como las mediterráneas (Cádiz, Burriana, Menorca, etc.) padecieron los ataques de piratas británicos y berberiscos, quienes no sólo practicaban el pillaje, sino también el rapto para conseguir un rescate. El cuento del gangoso ¿responde a esa realidad?

2. En el cuento del parricida, Calderón recoge un tema de la tragedia griega. ¿Cuál es? ¿En qué tragedia aparece?

3. En el cuento de la discusión entre marido y cura, Calderón, para evitar una expresión dura y malsonante, emplea un procedimiento decoroso que provoca mayor interés y gracia porque obliga al espectador a esforzarse en la comprensión y, al mismo tiempo, lo anima a esbozar una sonrisa. ¿Cómo se llama este recurso?

4. Analiza la métrica de este cuento.

JUAN DE ROBLES: *EL CULTO SEVILLANO*

1. En el Siglo de Oro, mucha gente creía en la eficacia de los pronósticos (señales por donde se adivinaba el futuro). Lee los cuentos 103 y 104. ¿Crees que Robles era de la misma opinión?

2. Los jesuitas eran partidarios de la oración mental y recomendaban una hora de meditación. Robles defendía una religiosidad de tipo tradicional y la práctica de ritos externos del culto católico. En el cuento 105, ¿se burla Robles de la meditación que defendían los jesuitas?

ALFONSO DE ANDRADE

1. En el siglo XVII, el teatro alcanzó gran difusión puesto que el público lo aceptaba con mucho gusto. Una de las claves que explican dicho éxito radica en los bailes que se representaban. Muchos moralistas y religiosos clamaron contra las indecencias que —a su juicio— inundaban las tablas, contra los «bailes lascivos», contra las «representaciones deshonestas» y contra los «sainetes de la sensualidad» que incitaban a los hombres y despertaban sus apetitos. Quien no se guardara de tales peligros se arriesgaba a caer en graves pecados y a despeñarse en el infierno. Teniendo esto en cuenta, ¿qué te parece el castigo padecido por el *autor?* ¿Qué tipo de comedia iban a representar los comediantes?

BALTASAR GRACIÁN: *EL CRITICÓN*

1. En otro lugar de *El Criticón,* Gracián escribe que la monstruosidad más portentosa de la

vida humana «es el estar el engaño en la entrada del mundo y el desengaño a la salida». En otro pasaje, afirma que ningún mortal está feliz con la suerte que le ha deparado la vida: «Todos los mortales andan en busca de la felicidad, señal de que ninguno la tiene». Teniendo en cuenta dichas afirmaciones, explica, de forma razonada, cuál es el tema del texto (típico del Barroco).

2. Al principio del texto, Gracián emplea una figura retórica que consiste en usar dos o más vocablos que tienen entre sí relación o semejanza por su forma. ¿Cuáles son dichos términos? ¿Sabes cómo se llama dicha figura?

3. Los escritores conceptistas gustaban de condensar y concentrar la expresión de tal modo que, en muchas ocasiones, oscurecían adrede el significado. Empleaban con frecuencia dilogías —uso de una palabra con dos significados distintos dentro del mismo enunciado. Obsérvalo con los términos *cuidadosos* y *desvelados*. Tanto en el caso primero como en el segundo, Gracián emplea estos ejemplos con alguna intención. ¿Cuál?

4. Observa la expresión *Abrió los ojos para ver que andaba ciego*. ¿Sabes cómo se llama esta figura retórica? ¿Cuál es su función?

FRANCISCO SANTOS

1. El texto reproduce un cuadro de costumbres, y en ello radica su interés. En el siglo XVII, las *quitadoras de vello* practicaban esta labor y muchas mujeres las contrataban con ese fin. Sin embargo, su presencia en las casas no era bien vista por todos ya que, con el pretexto de realizar la depilación,

tales mujeres solían vender solimán y afeites varios para teñir las canas, hacer lunares y aderezar las manos. Así actuaba Celestina, y después servía de alcahueta. Es posible que este sea el motivo por el cual el anciano se enfada. ¿Observas si en el texto número 108 hay alguna indicación que revele que su labor era poco menos que clandestina?

2. Ir a galeras suponía soportar una condena muy dura y no siempre era necesario cometer un delito grave para ser castigado de ese modo. Los galeotes comían mal, estaban obligados a remar a golpes de látigo y estaban encadenados al banco. Por faltas muy leves —blasfemar, abofetear a alguien en una procesión, etc.— se condenaba a galeras. ¿Te acuerdas de algún texto literario que mencione a los galeotes y los delitos por los que eran condenados?

3. En el cuento número 109, se emplea un término imaginario *(moscas)* para aludir a un término real. ¿Cuál es dicho término real? ¿Cómo se llama este tropo? Juzga su expresividad.

4. Cuento número 110. ¿Qué significan las frases *El que más sabe es el que desea saber más* y *No hay sabio que no ignore algo?* ¿Cuándo crees que se le acabará la ignorancia al maestro?

UN CUENTO POPULAR ASTURIANO

1. Analiza el comportamiento del padre, del niño y del cura.

2. Los cuentos populares suelen reflejar muchos aspectos de la vida en el campo. Señala algunos.

2. ACTIVIDADES DE RECAPITULACIÓN

1. La decisión del juez del cuento *El falso heredero* (n.º 3) recuerda a otra famosa sentencia de la Antigüedad. ¿De qué sabio y de qué sentencia se trata?

2. Compara los cuentos 7 y 8 *(Sendebar)*. ¿Son misóginos ambos?

3. Partiendo de la lectura de los cuentos números 6, 18, 19 y 43, ¿consideras que los eclesiásticos cumplían con los fines evangélicos?

4. ¿Qué aspectos más destacados de la sociedad medieval encuentras en los cuentos?

5. Muchos escritores se sirvieron de los cuentos tradicionales para incluirlos en sus obras. En 1682, Pedro González de Godoy publicó sus *Discursos serio-jocosos sobre el agua de la vida* y adaptó el relato número 79 *(Floreto de anécdotas)* del modo siguiente:

> Cuentan de un indio pobre que, habiéndose alzado un español de buen porte con un caballo que tenía, y no teniendo con qué probar que era suyo, y mandando el juez que se le diese, cogió la capa y muy de presto se la echó en la cabeza al caballo y dijo: «Señor, de muy buena gana se lo daré con que diga de qué ojo es tuerto el caballo pues dice que es suyo». El español estuvo un poco dudando y dijo: «Es tuerto del ojo izquierdo». Quitóle entonces la capa y dijo: «Vele aquí, v. m., que no es tuerto de ninguno».

Analiza las principales diferencias que hay entre ambos cuentos.

6. En el cuento número 66, Timoneda se burla del alcalde, pero no siempre los alcaldes eran figuras ridículas (sobre todo cuando eran ricos). ¿A qué se debe este aparente contrasentido? En nuestro teatro barroco, encontramos un famoso alcalde que también administraba justicia. ¿Recuerdas el título de la comedia y el nombre de su autor?

7. Después de leer los cuentos que se hallan entre el número 45 y el 70, ¿qué aspectos más destacados de la sociedad renacentista encuentras en los mismos?

8. Después de leer los cuentos que se hallan entre el número 87 y el 110, ¿observas si dichos relatos reflejan algunos problemas o aspectos de la sociedad española del siglo XVII?

3. OTRAS ACTIVIDADES

1. Haz una representación dramática del cuento *Historia de una mujer infiel* (n.º 2).

2. Prepárese un debate sobre la personalidad femenina tomando como punto de partida los relatos números 2, 7 y 8.

3. Inicia un simulacro de juicio después de haber leído *El falso heredero* (3). Los alumnos harán de juez, abogados, testigos, etc. Apórtense pruebas a favor y en contra de los dos pleiteantes.

4. Prepárese en equipo un mural que recoja los momentos más interesantes del cuento *Los ratones que comían hierro* (5).

5. Si el alumno ha tenido dificultades para entender el tipo de narración que aparece en *Barlaam y Josafat* (9), podría leer las parábolas del sembrador que se encuentran en el *Evangelio según Mateo* (13, 1-52).

6. Se propone al alumno que, tomando como base la parábola del cuento 9, realice dos o más dibujos en que estén presentes los elementos del plano real de la alegoría.

7. Dibújese una historieta que recoja los momentos más destacados del cuento *El hijo de Lucrecia* (10).

8. Prepárese un coloquio sobre el tema *¿Hieren más las palabras o los actos?* Se puede iniciar el mismo después de haber leído *El hombre y el león* (11).

9. Tomando como punto de partida los diversos milagros del *Espéculo* (28-36), los alumnos podrían debatir sobre la función de los milagros, la alianza entre caballería y religión, el poder de la excomunión, las indulgencias, la intercesión de la Virgen y de los santos,...

10. Después de entregar fotocopias a los alumnos de textos de la *Biblia (Eclesiástico* 9, *Proverbios* 7) y de leer el cuento número 33, se puede preparar un coloquio sobre la influencia de la Iglesia en el carácter misógino de la literatura medieval. Con todo, dos frases de san Jerónimo («La mujer es puerta del diablo, carrera de maldad, herida de alacrán» y

«Cuchillo es de fuego la hermosura de la mujer») pueden servir de introducción al mismo.

11. Propuesta de trabajo en equipo: analizar la estructura de los cuentos de don Juan Manuel. Se puede orientar a los alumnos haciéndoles ver que hay tres partes (introducción, ficción propiamente dicha y conclusión, en donde se muestra la utilidad de la fábula) y que cada una de estas partes está subdividida en otras. Así, la introducción se divide en a) presentación de los personajes, b) exposición del conflicto, c) consideración del problema y alusión a la ficción posterior, d) deseo del conde por conocer el relato.

12. Debate o coloquio: anímese a los alumnos a reflexionar sobre los diferentes mensajes que subyacen en el cuento de don Illán. Por ejemplo, considerando que se trata de un maestro y un discípulo, podrían existir alusiones a la habitual ingratitud de éste con aquél. También se podría hablar de la astucia del sabio para descubrir la falsedad de los hombres, de la relación entre el cuento y la vida del autor (Don Juan Manuel conoció a mucha gente desleal).

13. Seleccionen los alumnos los rasgos cómicos de los cuentos de Juan Ruiz (20, 21).

14. Debate sobre el *Ejemplo de los dos compañeros* (24). ¿Gana más el hombre si es sincero o si miente?

15. Apoyándote en la traducción que aparece en el texto número 25, analiza la frase *Donans omnia mortem cum clara percuciatur in frontem*.

16. Búsquese información de la economía medieval y, tomando como base los cuentos 21, 35 y 36, discútase la importancia que tenían los mercaderes y «hombres de negocios» en la Edad Media y el punto de vista de la Iglesia sobre los mismos.

17. Se podría confrontar el cuento número 28 *(Espéculo)* con el número 15 *(Zifar)* para que los alumnos vieran qué ventajas podían obtener los caballeros que cumplían con la iglesia y qué desgracias podían padecer quienes no obedecieran sus preceptos.

18. Póngase título a los cuentos que no lo tengan.

19. Escríbase un cuento cuyo tema principal sea un milagro.

20. Recójase información histórica de la Edad Media. Fíjense los alumnos si los cuentos medievales reflejan la mentalidad de la gente que vivió en aquel periodo.

21. A partir de los cuentos que tienen de protagonista a la Iglesia o a sus ministros, reflexiónese sobre la importancia que dicha institución tenía en la Edad Media.

22. Prepárese un coloquio sobre la credulidad del hombre medieval y compárese con la religiosidad actual.

23. Después de haber leído el cuento número 26, ¿qué consideraciones cabe hacer sobre la naturaleza humana?

24. Imagina que eres juez y sospechas del marido del cuento número 37. ¿Por dónde comenzarías tus pesquisas?, ¿qué pasos seguirías?

25. Redacta una carta a Alejandro Magno (38) y cuéntale que su médico trama su muerte.

26. Realiza un dibujo para la portada de la *fábula de la raposa, el gallo y los perros* (41).

27. Prepárese una representación dramática muda del cuento *Del asno y la perrilla* (42).

28. Prepárese en equipo una dramatización del cuento de Calandrino (44) y hágase después una lectura dramatizada.

29. Investiguen los alumnos en la biblioteca sobre la venganza que preparó Harpago (49). Pueden acudir a Jenofonte *(Ciropedia)*, a Heródoto *(Historias*, I, 107 ss.) y a Timoneda *(Patraña dieciséis)*. Sobre Dionisio (50), pueden recoger más datos en Valerio Máximo, *Los nueve libros de los ejemplos y virtudes morales*, 6, 2, *ext.*, 2.

30. No todos los vascos dominan bien el castellano. Comprueba los efectos cómicos que, por dicho motivo, se producen en el cuento número 65 y compara estas expresiones con las del escudero vizcaíno del *Quijote* (I, VIII).

31. Teniendo en cuenta la situación de los conversos en la España del Siglo de Oro, discútase si el cuento de *Guzmán de Alfarache* (86) es verosímil.

32. Investiga en la biblioteca sobre la situación de la justicia en la España del Siglo de Oro. Lee el cuento número 86 y también el episodio de los galeotes del *Quijote* (I, XXII). A continuación, reflexiona por escrito sobre la situación de la justicia en la España de los Austrias.

33. Busquen información los alumnos en la biblioteca sobre los alcaldes en el Siglo de Oro: etimología de la palabra, funciones que desempeñaban, etc. Reflexionen luego sobre el tratamiento que los alcaldes recibían en el teatro (digno en *El alcalde de Zalamea,* burlón en el entremés *La elección de los alcaldes de Daganzo,...*).

34. Tómese como base el cuento número 106. Hágase un coloquio sobre sus rasgos verosímiles e inverosímiles, la situación del teatro en el siglo XVII, la actitud de los religiosos,...

35. Compárese la intervención divina que aparece en este cuento (106) con relatos medievales (28-32) y prepárese un coloquio sobre el siguiente asunto: en la sociedad española, ¿la explicación mítica del mundo evolucionó mucho desde la Edad Media hasta el siglo XVII? ¿Era más importante la explicación mítica o la racional?

36. Partiendo de la lectura de los cuentos de locos (84, 85, 98), prepárese un breve ensayo sobre la locura.

37. Léanse los cuentos que tratan de la situación de la mujer (por ejemplo, los números 59, 70 y 108). Téngase en cuenta el siguiente refrán que recoge Mal Lara: «En la vida, la mujer tres

salidas ha de hacer: al bautismo, al casamiento y a la sepultura». Prepárese un debate sobre la vida de las mujeres en el siglo XVII: educación, labores, machismo, etc. Obsérvese la evolución que las mujeres han experimentado desde entonces.

38. Debate oral: cuatro alumnos defenderán la creencia en pronósticos y otros cuatro la atacarán. Se puede tomar como punto de partida la lectura de los cuentos números 103 y 104.

39. Léanse los cuentos que tratan del saber (por ejemplo, los números 3, 40 y 110) y discútase la importancia del estudio, el conocimiento y la sabiduría: su lado bueno, sus riesgos,...

40. Dramatización del cuento número 111. Los alumnos deberán improvisar los diálogos.

TEXTOS COMPLEMENTARIOS

TEXTO 1

Cantiga 103 de Alfonso X el Sabio

> Quien a la Virgen bien servirá
> al Paraíso irá.

Y de esto un gran milagro os quiero ahora contar, que hizo Santa María por un monje, que iba siempre a rogarle que le mostrase el bien que en el Paraíso hay, y que pudiese verlo en vida, antes de que fuese a morir. Y, por tanto, ved lo que la Gloriosa le fue a hacer: le hizo entrar en una huerta en que muchas veces ya había entrado, pero aquel día hizo que encontrase una fuente muy clara y muy hermosa, y junto a ella se sentó. Después lavó muy bien las manos, y dijo:

—¡Ay, Virgen! ¿Cuándo veré algún gozo del Paraíso —lo que yo mucho pedí—, antes de que salga de aquí, y que sepa qué galardón tendrá el que obra bien?

Tan pronto como acabó el monje su oración, oyó a una avecilla cantar en tan buen son que se olvidó de todo, estando y mirando siempre allá. Tan gran gusto tenía de aquel canto y de aquella canción que trescientos años estuvo así —o más—, pensando que no había estado sino un poco (así como está el monje alguna vez al año: cuando sale al vergel).

Después se fue la avecilla —lo que le causó mucha pena— y dijo:

—Quiero irme de aquí pues el convento querrá comer.

Y se fue inmediatamente, y encontró un gran portal que nunca había visto, y dijo:

—¡Ay, Santa María, ayúdame! No es este mi monasterio. ¿Qué será de mí?

Después entró en la iglesia, y hubieron gran pavor los monjes cuando lo vieron, y le preguntó el prior diciendo.

—Amigo, ¿quién sois o qué buscáis acá?

Dijo él:

Busco a mi abad, que ahora aquí dejé, y al prior y a los frailes, que ahora dejé cuando fui a aquella huerta. ¿Quién me dice dónde están?

Cuando esto oyó el abad, lo tuvo por loco —y también el convento—, pero, desde que supieron bien cómo había sucedido este hecho, dijeron:

—¿Quién oirá nunca tan gran maravilla como la que Dios hizo por éste, que rogó a su Madre, la Virgen santa de gran prez. Y por esto la loemos. Pero ¿quién no la alabará más que a otra cosa creada? Pues, por Dios, muy justo es porque, cuanto nosotros le pedimos, nos da su Hijo por ella, y aquí nos muestra lo que nos dará después.

ACTIVIDAD

La cantiga está escrita en verso y en galaico-portugués, aunque nosotros la hemos prosificado en castellano. Habrás visto que, sirviéndose de un tiempo mágico, el autor nos ofrece una visión escatológica del paraíso. Después de leer esta cantiga, compárala con el cuento número 28 y observa la importancia que el culto mariano adquirió en las culturas peninsulares durante la Edad Media. Se inducía a creer que las personas que sirvieran a la Virgen vivirían felices (porque se salvarían); quienes no lo hicieran, sufrirían las consecuencias.

TEXTO 2

Romance de la infantina encantada

A cazar va el caballero,
a cazar como solía,
los perros lleva cansados,
el halcón perdido había;
arrimárase a un roble,
alto es a maravilla;
en una rama más alta,
vio estar una infantina,
cabellos de su cabeza
todo el roble cubrían.
—No te espantes, caballero,
ni tengas tamaña grima.
Hija soy yo del buen rey
y de la reina de Castilla,
siete hadas me hadaron
en brazos de una ama mía,
que andase los siete años
sola en esta montiña.
Hoy se cumplían los siete años,
o mañana en aquel día;
por Dios te ruego, caballero,
llévesme en tu compañía,

si quisieres, por mujer,
si no, sea por amiga.
—Esperéisme vos, señora,
hasta mañana, aquel día,
iré yo tomar consejo
de una madre que tenía.
La niña le respondiera
y estas palabras decía:
—¡Oh, malhaya el caballero
que sola deja la niña!
Él se va a tomar consejo,
y ella queda en la montiña.
Aconsejóle su madre
que la tomase por amiga.
Cuando volvió el caballero
no la hallara en la montiña:
viola que la llevaban
con muy gran caballería.
El caballero, desque la vio,
en el suelo se caía;
desque en sí hubo tornado,
estas palabras decía:
—Caballero que tal pierde,
muy grande pena merecía:
yo mismo seré el alcalde,
yo me seré la justicia:
que le corten pies y manos
y lo arrastren por la villa.

ACTIVIDAD

No son frecuentes en el Romancero los encantamientos, pero este hechizo (la infantina está *hadada*) acerca este romance al cuento maravilloso. Compruébalo leyendo, por ejemplo, los cuentos números 28 y ss., 71, 72 y 73.

TEXTO 3

Históricamente puede hablarse de tradiciones bien diferenciadas, incluso en el marco de la narrativa breve; sería el caso del *cuento*, en el sentido más estricto, como narración ligada a la cultura oral y al ámbito de lo folclórico. [...] el cuento se distinguiría por la brevedad, tendencia a la unidad (acciones, espacio, tiempos, personajes...), desenlace sorprendente, concentración de los hechos en elementos dominantes, que provocan efectos sintéticos, etc.

(JESÚS G. MAESTRO. *Introducción a la Teoría de la Literatura*. Vigo: Universidad, 1997).

ACTIVIDAD

Comprueba si estos rasgos del cuento se encuentran en los textos leídos.

TEXTO 4

Cuento literario. Bajo este nombre agrupamos a una serie de formas narrativas que, sin delimitación precisa entre ellas, reciben diferentes nombres —y diferentes contenidos— en la historia, en las distintas lenguas, en los sistemas críticos o, incluso, en la intención de los autores: desde el ejemplo o el apólogo medieval, el cuento o la patraña renacentistas españoles, la *novella* italiana, el *novel* o *short story* ingleses, o el *cuento, relato* y *narración* que emplean los escritores hispánicos.

(A. MARCHESE y J. FORRADELLAS. *Diccionario de retórica, crítica y terminología literaria*. Barcelona: Ariel, 2000).

ACTIVIDAD

Fíjate en los textos editados y observa que, en efecto, los cuentos medievales y renacentistas reciben diferentes nombres: fábulas, ejemplos, patrañas, etc.

TEXTO 5

Cuento popular. Ligados a las formas literarias orales, a los mitos y a las leyendas, los cuentos populares tienen raíces antiquísimas, en la mayor parte de los casos folklóricas y religiosas. Mircea Eliade ha mostrado que muchos cuentos no son más que versiones degradadas de mitos de héroes divinos que deben sufrir pruebas iniciáticas, como la lucha con el dragón, el descenso a los infiernos, la muerte seguida de una resurrección milagrosa, etc.

(A. MARCHESE y J. FORRADELLAS. *Diccionario de retórica, crítica y terminología literaria.* Barcelona, Ariel, 2000).

ACTIVIDAD

En esta antología, ¿hay algún cuento cuyo protagonista descienda a los infiernos?

TEXTO 6

[...] fray Antonio recupera, a su modo, el interés por la Antigüedad que caracteriza a los humanistas. Se ve claramente en sus citas, pero se refleja también en su interés por la Arqueología, así como por las leyes y proverbios antiguos. Restaura la tradición apotegmática, modelada sin duda sobre Plutarco, y que Guevara hace suya transformando el apotegma siempre que haga falta.

(EMILIO BLANCO. «Introducción» a Fr. Antonio de Guevara, *Relox de príncipes*. [Madrid]: ABL-CONFRES, 1994).

ACTIVIDAD

Los temas y las formas del Humanismo impregnaron la cultura del siglo XVI. Después de haber leído esta cita y el cuento número 51, reflexiona sobre el interés que tenía este escritor franciscano, fray Antonio de Guevara, por la historia, las leyes y las costumbres de la Antigüedad.

COMENTARIO DE TEXTO

Convidó el duque a don Quijote con la cabecera de la mesa y, aunque él lo rehusó, las importunaciones del duque fueron tantas que la hubo de tomar. El eclesiástico se sentó frontero y el duque y la duquesa, a los lados.
A todo estaba presente Sancho, embobado y atónito de ver la honra que a su señor aquellos príncipes le hacían, y, viendo las muchas ceremonias y ruegos que pasaron entre el duque y don Quijote para hacerle sentar a la cabecera de la mesa, dijo:
—Si sus mercedes me dan licencia, les contaré un cuento que pasó en mi pueblo acerca desto de los asientos.
Apenas hubo dicho esto Sancho, cuando don Quijote tembló, creyendo sin duda alguna que había de decir alguna necedad. Miróle Sancho, y entendióle, y dijo:
—No tema vuesa merced, señor mío, que yo me desmande ni que diga cosa que no venga muy a pelo, que no se me han olvidado los consejos que poco ha vuesa merced me dio sobre el hablar mucho o poco, o bien o mal.

—Yo no me acuerdo de nada, Sancho —respondió don Quijote—; di lo que quisieres, como lo digas presto.

—Pues lo que quiero decir —dijo Sancho— es tan verdad que mi señor don Quijote, que está presente, no me dejará mentir.

—Por mí —replicó don Quijote—, miente tú, Sancho, cuanto quisieres, que yo no te iré a la mano, pero mira lo que vas a decir.

—Tan mirado y remirado lo tengo que a buen salvo está el que repica, como se verá por la obra.

—Bien será —dijo don Quijote— que vuestras grandezas manden echar de aquí a este tonto, que dirá mil patochadas.

—Por vida del duque —dijo la duquesa—, que no se ha de apartar de mí Sancho un punto: quiérole yo mucho porque sé que es muy discreto.

—Discretos días —dijo Sancho— viva vuestra santidad por el buen crédito que de mí tiene aunque en mí no lo haya. Y el cuento que quiero decir es este: convidó un hidalgo de mi pueblo, muy rico y principal, porque venía de los Álamos de Medina del Campo, que casó con doña Mencía de Quiñones, que fue hija de don Alonso de Marañón, caballero del hábito de Santiago, que se ahogó en la Herradura, por quien hubo aquella pendencia años ha en nuestro lugar, que a lo que entiendo mi señor don Quijote se halló en ella, de donde salió herido Tomasillo el Travieso, el hijo de Balbastro el herrero...¿No es verdad todo esto, señor nuestro amo? Dígalo por su vida porque estos señores no me tengan por algún hablador mentiroso.

—Hasta ahora —dijo el eclesiástico— más os tengo por hablador que por mentiroso, pero de aquí adelante no sé por lo que os tendré.

—Tú das tantos testigos, Sancho, y tantas señas que no puedo dejar de decir que debes de decir verdad. Pasa adelante y acorta el cuento porque llevas camino de no acabar en dos días.

—No ha de acortar tal —dijo la duquesa—, por hacerme a mí placer, antes le ha de contar de la manera que le sabe, aunque no le acabe en seis días; que, si tantos fuesen, serían para mí los mejores que hubiese llevado en mi vida.

—Digo, pues, señores míos —prosiguió Sancho—, que este tal hidalgo, que yo conozco como a mis manos, porque no hay de mi casa a la suya un tiro de ballesta, convidó a un labrador pobre, pero honrado.

—Adelante, hermano —dijo a esta sazón el religioso—, que camino lleváis de no parar con vuestro cuento hasta el otro mundo.

—A menos de la mitad pararé si Dios fuere servido —respondió Sancho—. Y, así, digo que, llegando el tal labrador a casa del dicho hidalgo convidador, que buen poso haya su ánima, que ya es muerto, y por más señas dicen que hizo una muerte de un ángel, que yo no me hallé presente, que había ido por aquel tiempo a segar a Tembleque...

—Por vida vuestra, hijo, que volváis presto de Tembleque, y que sin enterrar al hidalgo, si no queréis hacer más exequias, acabéis vuestro cuento.

—Es, pues, el caso —replicó Sancho— que estando los dos para sentarse a la mesa, que parece que ahora los veo más que nunca...

Gran gusto recebían los duques del disgusto que mostraba tomar el buen religioso de la dilación y pausas con que Sancho contaba su cuento, y don Quijote se estaba consumiendo en cólera y en rabia.

—Digo así —dijo Sancho— que, estando, como he dicho, los dos para sentarse a la mesa, el labrador porfiaba con el hidalgo que tomase la cabecera de la mesa y el hidalgo porfiaba también que el labrador la tomase, porque en su casa se había de hacer lo que él mandase; pero el labrador, que presumía de cortés y bien criado, jamás quiso, hasta que el hidalgo, mohíno, poniéndole ambas manos sobre los hombros, le hizo sentar por fuerza diciéndole: «Sentaos, majagranzas ¿No sería conveniente reparar de forma más clara el texto de su comentario?, que adondequiera que yo me siente será vuestra cabecera». Y éste es el cuento, y en verdad que creo que no ha sido aquí traído fuera de propósito.

En el *Quijote,* Cervantes satiriza instituciones (Monarquía, Iglesia, Justicia) y degrada valores (heroísmo, honra, nobleza); se complace en mantear, pelar las barbas y azotar a un cristiano viejo, en desmitificar el heroísmo de la caballería, en poner de manifiesto la locura de un reino que pretendía imponer su voluntad a otros, en burlarse de un pueblo ignorante que creía en encantadores, en censurar la conducta de una Iglesia que perseguía a quienes no comulgaban con ella (proceder tan poco cristiano, por cierto). Ahora bien, sabiendo Cervantes los inconvenientes que dicha crítica podía acarrearle —con el Santo Oficio de la Inquisición—, recurrió frecuentemente al empleo de un lenguaje ambiguo; es decir, a unas expresiones que pueden entenderse de varios modos y admitir varias interpretaciones. Así, el capítulo VI de la Primera Parte prestó servicio a Cervantes para desplegar su crítica literaria, pero también le sirvió para poner de manifiesto la responsabilidad de la Iglesia en los autos de fe, en la quema y prohibición de libros, etc. A pesar de la gravedad de sus acusaciones, Cervantes escribió con sonrisa burlona y pluma acerada.

En el texto comentado (*Quijote*, II, 31), Cervantes hace gala de su capacidad para contarnos dos narraciones —una de las cuales, el cuento de Sancho, aparece incrustada en la otra, la historia principal— y ofrecernos una temática doble: censura de las costumbres contemporáneas y muestra de la deshonra que padece don Quijote. Hoy en día sabemos que Cervantes tomó la narración de Sancho de la tradición oral (una variante se encuentra en *El pasajero,* de Suárez de Figueroa), pero el escudero pretende otorgar verosimilitud a su relato cuando afirma: «Les contaré un cuento que *pasó* en mi pueblo». Además, el narrador no quiere que nadie lo tenga por mentiroso. Pregunta a su amo: «¿No es verdad todo esto?». Don Quijote admite que su escudero ofrece muchos datos y parece difícil aceptar que sea un embustero: «Debe de decir verdad». Las señas geográficas (Medina del Campo, Tembleque, la Herradura) y aun los apellidos (Álamos, Quiñones, Marañón) no mienten. Por ejemplo, en la bahía de la Herradura (próxima a Málaga), perecieron en 1562 casi cinco mil hombres. Sin embargo, el criado afirma que *parece que los ve ahora más que nunca*. Realmente, ¿será cierto que los ve? Parece dudoso, según el contexto, porque Sancho, además, distingue entre lo que ha visto y lo que ha oído («no me hallé presente» —dice en cierta ocasión). Da la impresión de que Sancho no asistió a la comida entre el hidalgo rico y el labrador y que la expresión «parece que ahora los veo más que nunca» no responde tanto a la realidad como a una fórmula narrativa popular que pretende afianzar la verosimilitud del relato.

El escudero, como vemos, alcanza gran protagonismo, no sólo porque su nombre aparezca en mayor número de ocasiones que el de su amo, sino porque la acción está centrada en su discurso. En casi todo el texto, Sancho domina y dirige la acción; todas las miradas están centradas en su persona; todos desean conocer el final de su relato. Cervantes exhibe su arte narrativo puesto que no sólo los personajes, sino también los lectores estamos deseosos de conocer el final del cuento, cuyo discurrir se dilata reiteradamente. Sin embargo, en el texto comentado coexisten dos prototipos narrativos. El ilustre novelista va a contraponer su depurada técnica con otro tipo de narración: el modelo de Sancho. En el siglo XVII, la forma narrativa de Sancho era criticada por los teóricos. Así, Lucas Gracián Dantisco aseguraba que, cuando alguien contaba algo, su discurso debía ser continuado. El narrador debía tener bien memorizado el caso o historia para que las palabras salieran prontamente, sin dilaciones. Distraían al oyente mañas como estas: «Así señores que, como digo, y en fin que aquel tal... ayudadme a decirlo». A Dantisco también le parecía mal este tipo de narración: «Aquel tal, que fue hijo de fulano, que iba muchas veces a casa de tal mercader, que fue casado con una flaca que llamaban la tal. ¿No le conocistes? ¿Cómo no? Antes no conocistes otra cosa. Un buen viejo muy ducho que traía el cabello largo y peinado».

Por tanto, el escudero habla conforme a las fórmulas que empleaban los narradores populares. Según Dantisco, estos artificios restaban gusto a los oyentes y eran de poco fruto. Sabemos que la gente culta solía intercalar facecias en sus conversaciones, pero acostumbraban a servirse de relatos extraídos de autores cultos y nunca narraban con los incisos que emplea Sancho, sino que *decían bien*, con orden y hablar continuado. En el subtítulo de *El Patrañuelo,* Timoneda advierte de que el lector encontrará en dicha obra «admirables cuentos, graciosas marañas y delicadas invenciones para saber contar el sabio y discreto relatador». Según Dantisco, los aldeanos y labradores, en cambio, podían emplear giros y expresiones que fueran acordes con su mundo rústico y vulgar porque les cuadraba bien. Es más, añadía Dantisco, «si quisiesen salir de su ordinario, nos parecería mal». Por consiguiente, Cervantes está reflejando —y censurando— el modo popular de narrar cuentos y mostrando, al mismo tiempo, las formas que debía esquivar el buen narrador.

Observamos, por tanto, que el texto comentado gira en torno a dos planos narrativos. A más de esto, tal duplicación corre pareja con series lingüísticas bimembres: *ceremonias y ruegos, dilación y pausas, cólera y rabia, cortés y bien criado, embobado y atónito*. Estas series se extienden a oraciones compuestas con paralelismo: *El labrador porfiaba con el hidalgo que tomase la cabecera de la mesa y el hidalgo porfiaba también que el labrador la tomase.* Tales series bimembres se complementan con series antitéticas: el eclesiástico se sienta frontero a don Quijote; la impaciencia del capellán causa placer a la duquesa; frente a los ruegos de don Quijote se hallan las órdenes opuestas de la duquesa; frente al enojo de don Quijote se alza el contento de Sancho. Aquello que a un personaje agrada, causa enfado a otro.

En las series bimembres, son de particular interés cuantas se refieren a los personajes de la historia principal y cuantas aluden a los nombres y apodos de los personajes del relato de Sancho. En cuanto a la historia principal, vemos que, desde el principio, se establece una clara oposición entre los representantes de los estamentos privilegiados —quienes se sientan a la mesa— y el representante del estado llano, quien no es invitado a ella. El eclesiástico es colocado en lugar destacado («frontero») y don Quijote, en el principal (aunque en son de burla); el duque, a un lado; la duquesa, a otro. Al margen del castigo que aplica al cristiano viejo, impidiéndole comer —más llamativo puesto que Sancho casi siempre está hambriento—, Cervantes refleja la diferencia social: mientras que nobleza y clero se sientan a la mesa para comer, el pueblo sirve de bufón, entretiene a los comensales y asiste al banquete de los demás.

En cuanto a los nombres de los personajes del cuento que narra Sancho, también se refleja en ellos la oposición entre nobles y villanos. Por un lado, los rancios nombres y apellidos (Álamos de Medina del Campo, doña Mencía de Quiñones, don Alonso de Marañón); por otra parte, los apodos burlescos o poco halagadores (Tomasillo el Travieso, Balbastro el herrero). *Travieso* (del latín *transversus*) guarda las connotaciones de *revoltoso, inquieto* y *vicioso*. A más de esto, se establece un contraste entre la muerte gloriosa de los señores (el caballero del hábito de Santiago se ahogó en la Herradura) y las vulgares pendencias de los villanos (herida sufrida por Tomasillo). Entre los primeros, cabe establecer así mismo otra bimembración interesante. Observamos que el hidalgo rico y principal procede de los Álamos de Medina del Campo y su esposa, de una familia de abolengo: los Quiñones. Su nombre —Mencía— recuerda también a ilustres damas de la nobleza medieval castellana. Cabe la posibilidad de que Cervantes aluda con este enlace a un hecho no demasiado infrecuente en la Edad Media y en el Siglo de Oro: muchas familias nobles que habían perdido patrimonio o se habían empobrecido casaban a sus hijos con personas ricas aun cuando éstas no fuesen nobles o su nobleza fuera reciente. Todos salían ganando pues una parte se ennoblecía (o alcanzaba mayor rango) y la otra se enriquecía. Medina del Campo fue un importante foco mercantil y financiero y no sería de extrañar que los Álamos debieran su riqueza a dichas actividades.

Estas actividades mercantiles y financieras enaltecieron a muchos individuos durante la baja Edad Media y el Siglo de Oro. El dinero adquirió gran importancia para conseguir honra, según recoge la literatura contemporánea (véanse las estrofas 490 y ss. del *Libro de buen amor* y la letrilla de Quevedo *Poderoso caballero es don dinero*). Ahora bien, ¿qué era la honra? Vimos en la *Introducción* que los señores gobernaban las tierras o poblaciones que el rey les concedía en calidad de beneficio u honor, y que la honra era una inmunidad especial que protegía a los nobles. Sin embargo, a partir del siglo XIV, no sólo cambió el género del sustantivo *honor* (antes era femenino), sino también el concepto. La persona que tenía honor era poderosa e ilustre; por tanto, era acatada —honrada— por la comunidad. Del verbo *honrar* se derivó el vocablo *honra,* la cual, según *Las Partidas* (II, XIII, 17), consistía en el ascenso digno de alabanza que conseguía el hombre por sus hechos gloriosos, a causa de su linaje o por acciones virtuosas propias. Hasta tal punto el honor implicaba honra que ambos conceptos tendieron a confundirse. De hecho, en el siglo XVI algunos escritores (Covarrubias, Hidalgo, Valdés) los identificaron. Como se ve, en la definición de *honra* se hablaba del mejoramiento o del *valer más,* pero se trataba de un juicio que se asentaba en ideales cristianos y en la importancia de la sangre. Sin embargo, en los últimos siglos medievales, ese *valer más* no se basó tanto en la importancia del linaje como en la grandeza de los hechos que llevaba a cabo el individuo.

Existía, además, otro componente no menos importante: la limpieza de sangre. Es decir, los miembros del estado llano —los villanos— eran mayormente cristianos viejos y consideraban que este valor era suficiente para que se tuviera en cuenta su dignidad y honradez, y acusaban a los nobles de no disponer de «sangre limpia» puesto que durante la Edad Media muchos señores mezclaron su sangre con familias judías. Obsérvese que Sancho habla de un labrador «pobre, pero honrado», quien presume de «cortés y bien criado». Esta caracterización resume el espíritu de la época: el común de la población no quería *valer menos* que los nobles *(hidalgos)* y se consideraba tan digno como éstos.

Por su parte, la casa de Austria, que rigió los destinos del reino desde la llegada de Carlos I, impuso una rigurosa etiqueta que contrastó con la tradicional austeridad castellana. En el reino se desató la obsesión por conseguir honra y por demostrar a los demás que uno se había engrandecido y, por consiguiente, era respetado y acatado por la comunidad. La población española del Siglo de Oro vivió bajo el gobierno de una monarquía que la utilizó para conservar y engrandecer sus posesiones, pero también se vio obligada a cumplir con un ceremonial extravagante, con una solemnidad ficticia y con un código de honor; es decir, un conjunto de normas que regulaban las relaciones personales de tal modo que podía considerarse ofensa grave no ceder la acera, no saludar con la cortesía debida, mirar de mala manera, sonreír de forma inadecuada y actitudes similares. Así, el escudero de *Lazarillo de Tormes* abandonó su tierra por «no quitar el bonete a un caballero su vecino». Si el sujeto ofendido exigía una satisfacción, el ofensor estaba obligado a dársela (en duelo, por ejemplo); en caso contrario, el ofensor perdía su honor. Si el ofendido consentía el agravio y no exigía una satisfacción, resultaba desacreditado.

En el texto comentado, Cervantes ridiculiza la manía por el protocolo, la ceremonia y el ademán afectado puesto que, aun cuando el duque y don Quijote porfían sobre el lugar que deben ocupar en la mesa, al final se hará la voluntad del poderoso. El cuento de Sancho sirve a Cervantes para resaltar la vanidad de tantas ceremonias y cortesías como entonces se usaban. Tantas etiquetas no son más que vana apariencia pues el hidalgo, cuando pierde la compostura y la afectación de los modales finos, descalifica y desprecia a su invitado llamándolo *majagranzas (majadero)*. La relación de semejanza que se establece entre la narración de Sancho y la historia principal (obsérvese que su discurrir es muy parecido y que ambas se inician con el mismo verbo: *convidar*) permite identificar al labrador con don Quijote y al hidalgo rico, con el duque, de tal modo que es don Quijote quien en realidad es llamado *majagranzas*. Se vinculan dos circunstancias similares y se dispone una analogía entre el cuento y la historia principal: el hidalgo es al duque como el labrador es a don Quijote. Éste no sólo es identificado con un labriego, sino que es tachado de *majadero*.

En consecuencia, comprobamos que el cuento de Sancho no sólo sirve para cuestionar las ceremonias contemporáneas, sino también para desacreditar a su amo. En efecto, Cervantes aprovecha también el episodio para marcar un jalón importante en el proceso de vencimiento y deshonra que experimenta don Quijote.

Expliquemos esta última afirmación. La honra se manifestaba exteriormente en el trato de favor recibido. La persona más honrada era sentada en silla de respaldo; la que era un poco menos, en silla rasa; la inferior, en un banco. Por ese motivo, Sancho se queda *bobo* al ver la honra —acatamiento, reverencia— que los duques hacen a su amo. Sin embargo, parece obvio que los duques se burlan de don Quijote porque éste, aunque fuese hidalgo, *valía mucho menos* que ellos. Don Quijote, en efecto, no cumple los requisitos que, en el siglo XVII, otorgaban honra a un hombre: ser prudente, justo y valiente; tener hacienda; descender de antepasados nobles; tener un oficio digno; ir bien vestido; vivir acompañado de muchos criados y disponer de un buen nombre. Bien al contrario, don Quijote está loco, es pobre, carece de orígenes conocidos, fue escarnecido cuando recibió la orden de caballería, va mal vestido, va acompañado de un solo criado y carece de buen nombre. En aquella época, el calificativo de *majagranzas* era exactamente el término antónimo de una persona honrada que dispusiera de buen apellido y gracioso nombre. La simetría que se establece entre la historia principal y el cuento es de tal calibre que el relato de Sancho sirve para poner de manifiesto la burla de que es objeto don Quijote: el duque no pone a éste en la cabecera de la mesa para distinguirlo, sino para reírse de él. Así lo entiende también don Quijote, quien, cuando termina de oír el cuento, siente enorme vergüenza (el texto continúa: «Púsose don Quijote de mil colores...»).

En el Siglo de Oro, sentir vergüenza regulaba la deshonra. En este caso, don Quijote se sonroja porque ha sido desacreditado por su escudero. La acción por la cual pierde su crédito don Quijote no puede compararse con otras viles que también deshonraban (adulterio, traición, robo), pero *mancha* igualmente su conciencia caballeresca y, por tanto, el hidalgo se siente abochornado y humillado. Su sentimiento de vergüenza marcha parejo con la deshonra que experimenta. Fijémonos en el contraste que se produce, pues, entre la imagen —falsa— que los duques quieren proyectar de su acatamiento a don Quijote y la cruel realidad, que supone la deshonra del caballero. Cuando don Quijote solicita algo a los señores, nunca logra su deseo: debe sentarse donde le ordena el duque, se confunde cuando piensa que Sancho dirá alguna necedad, ruega inútilmente a los duques que echen a Sancho de la estancia, se irrita, etc. Existe, por tanto, un evidente contraste entre la reverencia que le hacen los duques y el nulo caso que le prestan. La honra no es tal, sino una burla. Esa derrota de la voluntad del caballero —su deshonra— alcanza su momento culminante cuando Sancho identifica a su amo con un majadero. En ese lento vencimiento que padece don Quijote en la Segunda Parte —imagen de la decadencia hispana—, encontramos este momento crucial: el escudero se ríe del caballero. Don Quijote aún caerá más bajo —recordemos la piara de cerdos que lo atropella—, pero este momento sintetiza su abatimiento: Sancho se ríe abierta y sutilmente de su persona. La humillación resalta más si tenemos en cuenta la caracterización que el autor hace de Sancho, quien, directa o indirectamente, es llamado *necio, embobado, tonto, mentiroso, hablador*. La única calificación positiva *(discreto)* es irónica porque Sancho demuestra sobradamente su falta de discreción cuando trata a la duquesa de «vuestra santidad». Es preciso tener en cuenta que este tratamiento era impropio e inadecuado para tratar con una duquesa. El escudero carecía de la cultura y de la sensatez necesarias para ser discreto.

En realidad, la ironía de llamar *discreto* a Sancho no es la única puesto que el texto comentado muestra la habilidad cervantina para manejar dicha figura retórica. Veamos otros tres casos: la forma verbal *convidó,* el sustantivo *príncipes* y el adjetivo *buen* («buen religioso»). Cuando Cervantes afirma que el duque *convidó a don Quijote con la cabecera de la mesa,* sabemos que el autor no emplea el verbo *convidar* en sentido estricto *(rogar una persona a otra que la acompañe a comer por vía de obsequio),* sino que pretende darnos a entender lo contrario de lo que dice; el duque no busca otra finalidad sino burlarse fina y disimuladamente de don Quijote. Cuando Cervantes se refiere a la honra que aquellos *príncipes* tributaban a su invitado, entendemos que el autor no emplea el sustantivo *príncipes* en su sentido recto porque aquellos aristócratas no se comportaban como personas excelentes, ni como individuos superiores o grandes, sino como sujetos mezquinos y despreciables que ocupaban su ocio en burlas despiadadas; obsérvese que la duquesa únicamente parece interesada en divertirse a toda costa («no ha de acortar por hacer a mí placer» —afirma en cierta ocasión). En tercer lugar: el eclesiástico no es representado como ejemplo de buen religioso; al menos, carece de la virtud cristiana de la paciencia (se muestra impaciente y disgustado con la narración de Sancho). Por tanto, cuando Cervantes dice de él que es *buen religioso,* el autor ironiza.

Concluimos. Acabamos de ver que Cervantes censura el espíritu poco cristiano del capellán y la vida parasitaria de los duques, quienes ocupaban su tiempo libre con chanzas y burlas aunque éstas fueran tan poco piadosas como burlarse de sus convidados. Además, hemos comprobado que una misma realidad puede ser tratada de muy distintas maneras. Las diferentes perspectivas, la ambigüedad y la ironía cervantinas se dan la mano. Una cosa es la simulada cortesía y otra, la cruda realidad; una, la aparente reverencia que se tributa a don Quijote; otra, la burla que padece el derrotado caballero. Nuestro autor, como hemos visto, no era muy partidario de las ceremonias. Al margen de emplear este episodio para exponer la deshonra de don Quijote, Cervantes también lo utiliza para cuestionar la obsesión por las cortesías vanas de aquella sociedad. Hoy en día, aunque esos conceptos estén desfasados, parece evidente que la sociedad española aún conserva residuos de ellos. Pensemos en los conflictos que se desatan entre la Administración central, autonómica y local por causa del protocolo, en el afán de aparentar (viviendo por encima de nuestras posibilidades) y en el uso de signos que sirven a los miembros de la comunidad para manifestar bien a las claras quién *vale más* o quién *vale menos:* teléfono móvil, coche más lujoso que el del vecino, lucimiento de joyas... Por otro lado, el código de honor que regía en el Siglo de Oro no tiene sentido actualmente y no vengamos injurias a punta de espada, pero es evidente que el hombre humillado y ofendido intenta vengarse de los insultos y ofensas (a veces de forma más acerada). Las grandes obras literarias, además de valores estéticos, poseen un indudable interés para acercarnos a nuestras raíces; para desarrollar el espíritu crítico; para reflexionar y ayudarnos a conocer nuestras señas de identidad, a entender nuestra cultura, a captar mejor el presente; en definitiva, ayudan a conocernos más y mejor a nosotros mismos.